T0267705

Wendy Wunder

LA PROBABILIDAD DE LOS MILAGROS

Wendy Wunder

LA PROBABILIDAD DE LOS MILAGROS

TRADUCCIÓN DE ELENA MACIAN MASIP

ALFAGUARA

Papel certificado por el Forest Stewardship Council®

Penguin
Random House
Grupo Editorial

Título original: *The Probability of Miracles*
Primera edición: septiembre de 2022

Publicado por acuerdo con Rights People, London
Producido originalmente por Alloy Entertainment, LLC

© 2011, Alloy Entertainment & Wendy Wunder
© 2022, Penguin Random House Grupo Editorial, S. A. U.
Travessera de Gràcia, 47-49. 08021 Barcelona
© 2022, Elena Macian Masip, por la traducción
© 2022, MorePics en iStockphoto LP, por los recursos gráficos del interior

Printed in Spain – Impreso en España

ISBN: 978-84-204-5994-3
Depósito legal: B-11.694-2022

Compuesto en Punktokomo S. L.
Impreso en Black Print CPI Ibérica
Sant Andreu de la Barca (Barcelona)

AL 5 9 9 4 3

Para G y C

Hay dos formas de ver la vida:
una es creer que nada es un milagro.
La otra es creer que todo lo es.

ALBERT EINSTEIN

UNO

Cuando el padre de Campbell murió, le dejó en herencia 1.262,56 dólares, todo lo que había sido capaz de ahorrar durante sus veinte años como bailarín de fuego en el espectáculo «El espíritu de Aloha» del Hotel Polynesian de Disney. Y, casualmente, esa fue la cantidad exacta que el gordo de su tío Gus pedía por su Volkswagen Escarabajo de 1998 de color azul vapor, el único color que merece la pena si quieres un Escarabajo. Cam lo tenía entre ceja y ceja desde los seis años y había pagado de muy buena gana hasta el último centavo. El coche se mezclaba entre la neblina como si fuera incorpóreo y cuando lo conducía se sentía invisible, invencible y sola.

Tenía la esperanza de sentirse igual en el cielo.

Aunque no es que creyera en el cielo, ni en ningún dios (sobre todo, no en uno que fuese hombre), ni en Adán y Eva, como la mitad de los idiotas que vivían en Florida. Ella creía en la evolución: a los peces les habían salido patas; a las ranas, pulmones; a los lagartos, pelo; y los monos habían tenido que aprender a caminar con dos patas para cruzar la sabana. Fin de la historia.

Tampoco creía en la Inmaculada Concepción, pero si le decías a alguien que pensabas que lo más probable era que a la Virgen María le hubieran hecho un bombo, como al veinte por ciento de las adolescentes de Florida, te podías meter en un buen lío. Era algo que tenías que guardarte para ti.

Porque los demás necesitaban sus milagros. Los demás creían en la magia. Sin embargo, la magia era para la gente que se podía permitir el pase semanal para todos los parques de Disneyland o dormir ocho noches en el Grand Floridian. La magia, y eso era algo que Cam sabía muy bien después de haber pasado toda una vida trabajando para el ratón más famoso del mundo, era un privilegio y no un derecho.

Inhaló el ambientador de aceite de plumaria. Era un poderoso afrodisíaco hawaiano, pero como nadie iba con ella en el coche, solo le había servido para enamorarse todavía más de su automóvil. Que era macho. Se llamaba Cúmulo.

En ese momento, Cúmulo estaba en la zona cebra del aparcamiento del Hospital Infantil. Normalmente, Cam aparcaba en la zona koala: prefería el mural con el árbol de eucalipto y los tonos grises suaves y sobrios a las austeras rayas blancas y negras de la zona cebra. Pero cuando había llegado, hacía dos horas, no había sitio.

Si hubiera sido un poco más intuitiva, se lo habría tomado como una señal. La visita no iría bien. Las cosas llegarían a un punto en el que serían también blancas o negras. Los tiempos grises, los buenos, habían quedado atrás.

Una familia de cuatro salió del ascensor del aparcamiento. La madre intentaba darle la mano a un niño sano de cuatro años que daba saltitos torpes y descontrolados con unas zapatillas de Spider-Man que tenían luces rojas parpadeantes en un lado. Y una niña calva y enferma de dos años con un vestido rosa dormía en el hombro de su padre, que se dirigía con una expresión aturdida a un monovolumen, probablemente preguntándose cómo era posible que su vida se hubiera convertido en eso.

Cam conocía bien esa sensación. Necesitaba hacer algo, cualquier cosa —darse un atracón y vomitar, emborracharse, fumarse un cigarrillo, lo que fuera— para librarse de ella. Abrió la guantera con manos temblorosas y rebuscó para ver si su madre había escondido allí algún paquete de tabaco. Sus dedos dieron contra una esquina dura.

«¿Qué tenemos aquí?», se preguntó mientras sacaba una hoja doblada en un cuadradito. El papel crujió mientras lo desdoblaba. Al principio, la letra no le pareció suya. Había apretado el lápiz con mucha fuerza contra el papel. Las oes eran redondas y grandes y las consonantes se erguían rectas y orgullosas, como si la escritora supiera que tenía todo el tiempo el mundo. Durante los últimos meses, la letra de Cam se había convertido en los garabatos débiles y decadentes de una anciana.

LISTA DEL FLAMENCO

- Perder la virginidad en una fiesta rollo botellón, con barril de cerveza y todo.
- Que un gilipollas me rompa el corazón.
- Regodearme en la tristeza, lloriquear, patalear y dormir un sábado entero.
- Vivir un momento incómodo con el novio de mi mejor amiga.
- Que me despidan de un trabajo de verano.
- Ir a derribar vacas dormidas, el legendario pasatiempo de la América rural.
- Destrozar los sueños de mi hermana pequeña.
- Acosar a alguien, aunque de forma discreta e inocente.
- Beber cerveza.
- Salir una noche entera.
- Cometer robos de poca monta.

Cam se quedó mirando la hoja de papel. Hacía casi un año que no veía esa lista, desde que la había escrito en la litera superior del bungaló número 12 del Campamento para Adolescentes Empoderadas de Shady Hill, situado en las profundidades de los bosques del oeste de Carolina del Norte. El folleto prometía «ayudar a las chicas a acceder a su fuerza interior y a que las más tímidas florezcan y se conviertan en el alma de la fiesta», lo que al principio le había puesto los pelos de punta. Pero quería pasar tiempo con su mejor amiga, Lily, fuera de un hospital, y esa opción era mejor que ser monitoras en un «campamento de enfermos», donde el océano de cabezas calvas, los carritos de medicinas que hacían la ronda, repletos de botes de pastillas, y la ocasional visita compasiva de un famoso eran recordatorios constantes y deprimentes de su condición. En Shady Hill solo eran chicas normales en un campamento: el grupo de los flamencos. Cada bungaló tenía que elegir un pájaro y ellas habían decidido escoger el que era menos probable encontrarse en aquel bosque, uno que no se confundiera con sus alrededores. Un flamenco.

Cam cerró los ojos y se apoyó en el reposacabezas de Cúmulo. Casi podía oír la voz de Lily: «Y luego guardas la lista y dejas de pensar en ella y poco a poco... Al final, el simple hecho de anotar las cosas hará que sucedan».

A lo largo del verano, Lily se había obsesionado con burlarse de los libros de autoayuda que encontraba en la sección de autoestima de la «biblioteca» del campamento. Mientras las otras chicas se sumergían en las páginas de *Enredos después de clase* y *Graduarse en pasión*, que la prima de alguien había escondido debajo de uno de los tablones del suelo de la biblioteca, Lily leía sobre «afirmaciones positivas». Se habían pasado una tarde entera delante del espejo viejo y agrietado del baño informando jocosamente a sus reflejos de que eran hermosas, poderosas y merecedoras de grandes cosas. Lily leía sobre «visualizaciones» y se reían mientras cerraban los ojos e imaginaban que un arcoíris de luz purificaba sus órganos enfermos. Y luego hicieron esa lista.

—Lil —había empezado a decir Cam, pero ella seguía a lo suyo, resumiendo en voz alta mientras se enrollaba en el dedo un mechón de la parte verde de su melena.

—No puedes escribirla en ordenador ni en el móvil. Tiene que estar escrita a mano, como de la vieja escuela. Y no se la puedes enseñar a nadie o no se hará realidad.

—Venga ya, Lily…, no creerás eso de verdad, ¿no? ¿Que si lo escribo se hará realidad?

—Pues claro que no. Pero deberíamos hacerlo, solo por las risas. Toma —le había dicho, y le había lanzado un lápiz gigante de color naranja que había comprado en la tienda de recuerdos de las Cavernas Davis en la última excursión del campamento—. Ponte a escribir una lista de todo lo que quieres hacer antes de morirte.

Cam había garabateado en el margen superior de la libreta.

—¿Y cómo la llamamos? —le había preguntado a Lily, que ya estaba escribiendo con furia—. «Lista de cosas que hacer antes de morir» es un aburrimiento.

—¿Qué otras expresiones tenemos para morir? ¿Estirar la pata? Podemos llamarla «La lista de cosas que hacer antes de estirar la pata» —había contestado Lily sin levantar la vista.

—Ni hablar —se había negado Cam.

—Pues no sé, Campbell. Llámala la «Lista del Flamenco» y ya está.

—¿No te parece eso un poco irrelev…?

—¡Ponte a escribir de una vez!

Cam había suspirado, había escrito «La lista del flamenco» en letras mayúsculas y luego había pensado qué incluir. Había decidido ser realista, ya que lo que de verdad echaba de menos desde que había enfermado era la normalidad. Por eso había ido a Shady Hill en lugar de al campamento del cáncer, aunque los bungalós olieran a moho. Quizá incluso había ido precisamente porque olían a moho. Cam quería una vida que estuviera llena de moho, metafóricamente hablando, claro, así que había decidido hacer una lista de las cosas normales que tal vez se perdiera si no conseguía pasar de la adolescencia. Como «Perder la virginidad en una fiesta rollo botellón, con barril de cerveza y todo» o «Regodearme en la tristeza, lloriquear, patalear y dormir un sábado entero».

—¿Cómo crees que será? —la había interrumpido Lily, que había terminado su lista y estaba sentada con aire dubitativo en su litera, mordiendo la punta del bolígrafo.

—¿Cómo será el qué, Lily? —A veces, Lily saltaba hasta la mitad de una conversación, olvidando que Cam no habitaba en el interior de su cerebro y no había experimentado el principio de la misma—. ¿El último año de instituto? ¿Las Olimpiadas de Invierno? ¿El baile de fin de curso? ¿El sexo? ¿La cena de hoy?

—La muerte.

—La muerte. —Cam había hecho una pausa—. Bueno, pues supongo que habrá un túnel y una luz blanca y lo de mirar hacia abajo y ver tu propio cuerpo y…

—Pensaba que no creías en la vida después de la muerte.

—Y no creo. Lo que se conoce como «experiencia cercana a la muerte» es un evento neurológico. Un gran sueño desencadenado por unas cantidades ingentes de hormonas liberadas por la glándula pituitaria. Lo que la causa es la dimetiltriptamina, no Dios.

—Ah —había contestado Lily, decepcionada, mirando por la ventana.

—Bueno, ¿y tú cómo crees que será?

—Creo que al principio estará oscuro. Tiene que haber oscuridad cuando tu cuerpo se apaga. Luego, un arcoíris luminoso atravesará la oscuridad, trazando un puente. Estará rodeado de estrellas resplandecientes que iluminarán tu camino hacia el mundo de los espíritus.

Cam esbozó una sonrisa irónica.

—¿El mundo de los espíritus? Un momento, deja que lo consulte con mi atrapasueños…

—El cielo —dijo Lily—. Yo creo que el cielo existe.

Cam abrió los ojos y se quedó mirando el lúgubre aparcamiento subterráneo. «Quizá sea hora de empezar a tachar algunos de estos puntos», pensó mientras leía de nuevo la lista. Como el último punto parecía ser el único que estaba al alcance de su mano en ese momento, decidió empezar por ahí.

Llamó a Lily.

—¿Qué robo, Quimiosabia?

—¿Qué? —La voz de Lily sonaba ronca y pastosa, como si se acabase de despertar.

—Está en la lista.

—¿Qué lista? —Cam oyó el ruido de las sábanas y los crujidos de la cama mientras su amiga se incorporaba.

—¿Te acuerdas de la lista que hicimos en el campamento de verano?

—¿Por qué incluiste robar en tu lista del flamenco? —preguntó Lily exasperada—. De todos modos, se supone que no tienes que forzarlo, Campbell. Tienes que dejar que las cosas sucedan sin más.

—Me parece que necesito acelerar un poco el tema —respondió Cam. Dejó caer la cabeza sobre el volante y giró el cuello, restregando la cara sobre la parte superior.

—Pues roba un bálsamo de labios. Se me acaba de terminar —cedió Lily. Cam casi podía verla mirándose los labios secos en el espejo con los ojos entornados.

—¿Y qué más?

—Un flamenco de plástico de la tienda de todo a un dólar —sugirió Lily—. De esos que la gente pone para adornar el patio.

—Eso no va a ser fácil.

Cam levantó la lista del volante y dio unos golpecitos cariñosos al coche.

—A Whole Foods, Cúmulo —dijo, y arrancó.

DOS

A Cam le encantaba cómo olían los supermercados de la cadena Whole Foods: una mezcla de sándalo, pachuli, lavanda, barro, ajo y olor corporal. Whole Foods era uno de los pocos sitios de Florida en los que Cam no parecía sospechosa, con su sudadera negra y ajustada con capucha y los vaqueros pitillo gastados y rotos que podía ponerse solo porque su buena amiga C había reducido su cuerpo medio samoano hasta una talla 32.

En Whole Foods, las personas como ella, es decir, los bichos raros con un toque nativo, eran bienvenidas. Ese era el lugar donde la gente intentaba conectar con lo nativo, con lo auténtico, y donde fingían ser más tolerantes. Cam olisqueó un desodorante sin aluminio mientras se metía un bálsamo de labios en su mochila de lona verde, que estaba recubierta de todo un collage de parches. En el de arriba de todo se leía «IMAGINE...» y los demás tenían eslóganes como «TÍBET LIBRE», «MATRIMONIO PARA TODOS», «NINGÚN SER HUMANO ES ILEGAL», «PAZ EN ORIENTE MEDIO», «LA

REGLA DE ORO», «LA SALUD PÚBLICA ES UN DERECHO HUMANO» y «¿DÓNDE ESTÁ MI VOTO?», este último en solidaridad con el pueblo iraní, al que un malvado dictador le había robado las elecciones.

Ella era la única persona en todo el condado de Osceola, Florida, que se preocupaba por cuestiones como elecciones robadas, la libertad o los derechos humanos. Los demás estaban demasiado ocupados procreando, algo con lo que allí se empezaba bastante temprano. En el baile de fin de curso del último año de instituto se habían comprometido tres parejas.

Cam no había ido al baile porque probablemente hubiera alguna regla que impedía llevar a tu coche como acompañante, pero si hubiera estado presente habría deseado *pomaika'i* a cada una de las felices parejas, «buena suerte» en hawaiano. La iban a necesitar. Más que suerte, un milagro. Sin un milagro, cada una de esas parejas terminaría divorciada, intentando criar a tres hijos con un sueldo de doce dólares la hora e incrementando el número de diabéticos por consumo de alimentos ultraprocesados que vive en parques de caravanas, conduce coches destartalados y compra en tiendas de todo a un dólar que puebla el dichoso estado del sol.

Pero tal vez a ellos les iría bien. Así lo esperaba Cam. Tal vez ellos fueran diferentes.

Se metió un poco de raíz de caléndula en el bolsillo de la sudadera. Ni siquiera sabía qué era, pero le encantaba cómo sonaba: «ca-lén-du-la». Pensaba comer un poco de camino a la salida.

—Disculpa —dijo una voz cantarina tras ella.

Dio un brinco. ¿Ya la habían pillado?

Se dio la vuelta y se encontró con la típica compradora de Whole Foods: unos cincuenta años, pelo gris atado en un moño mal hecho, ojos azules, cara lavada, pantalones anchos y una bolsa de la compra de algodón orgánico. Cada vez más exprofesores de universidad y trabajadores sociales acababan comprando en esos lares porque era lo único que podían permitirse después de la jubilación.

—¿Sí? —preguntó Cam mientras manoseaba el bote de raíz de caléndula que tenía en el bolsillo.

—¿Dónde te cortas el pelo?

—Eh…, ¿el pelo?

—Sí, es un corte muy bonito.

Cam llevaba su grueso pelo negro muy corto. Se lo rapaba ella misma al dos con la vieja máquina de su padre.

—Me lo corto yo misma —dijo.

—Ah, pues te queda muy bien. Tienes una cara muy bonita —la alabó la típica compradora de Whole Foods mientras metía unas cápsulas de fibra en el carrito.

—Gracias —respondió Cam, y esperó a que la mujer doblara la esquina antes de meterse una cajita de tampones orgánicos sin cloro en la cintura de los pantalones.

No era la primera vez que lo oía. «Una cara muy bonita». Dios, cómo odiaba esa frase. Antes del cáncer, era un eufemismo para: «Es una pena, qué gorda está».

Y ahora lo era para: «Qué desperdicio, qué lesbiana más guapa».

A la madre de Cam la martirizaba que no hubiera querido dejarse crecer el pelo después de la quimioterapia. Pensaba que el pelo largo era poderoso. Además, sin pelo largo, Cam no podría bailar nunca en «Aloha». Sin pelo largo, había quedado relegada a la cocina del fondo del hotel, donde pasaba horas trabajando como pinche, tallando piñas en forma de barco para el arroz polinesio.

—Siempre te quedará Perry —le solía decir Cam—. Igual algún día puede bailar contigo.

—¡Arg! —exclamaba exasperada su madre, echando las manos al cielo. Como buena bailarina de hula (aunque en realidad era una mujer italoamericana de Nueva Jersey), era muy expresiva con las manos. Alicia había conocido al padre de Cam en Nueva York cuando los dos tenían poco más de veinte años y bailaban en clubs y, ocasionalmente, en el coro de algún espectáculo de Broadway. Se había apuntado a clases de danza polinesia solo para pasar más tiempo con él y, al final, había acabado adoptándola como modo de vida.

Perry, la hermanastra de once años de Cam, jamás podría bailar en «Aloha». Era el resultado de un rollo de una noche posdivorcio que su madre había tenido con un miembro del elenco de «Noruega» en Epcot. Perry tenía una larga melena rubia casi blanca y se movía con la falta de garbo de un vikingo.

—Perry es muchas cosas —solía responder su madre—, pero no una bailarina.

Si la madre de Cam quería que esta bailara, no era tanto por tener un legado, sino porque la danza tenía poderes curativos, al menos para el espíritu. Y Cam sí bailaba —lo llevaba en la sangre—, pero sola, en casa, delante de su espejo Spikork de Ikea.

«TYLER, MIEMBRO DEL EQUIPO DE WHOLE FOODS», escaneó el código de barras de las pastillas mentoladas que había decidido pagar.

—Eres cajero —masculló Cam, mirando la chapa verde con el nombre y las toscas letras blancas.

—¿Qué?

—No te tragas esa basura, ¿verdad? No eres un miembro del equipo. No les importas como persona.

—Vale. Lo que tú digas.

—En Disney fueron los primeros en usar ese truco. Llaman a sus empleados «miembros del elenco» para que el pobre tipo que hace animales con globos se piense que es una estrella de Disney. —«TYLER» se limitó a gruñir—. Si tienes que llevar una chapa con tu nombre, eres un empleado —continuó.

—Sé que has robado un bálsamo de labios —le dijo mientras le tendía las pastillas. Tenía los dedos gruesos y con los nudillos muy marcados, el pelo negro despeinado y los ojos marrones, con una manchita dorada adorable en el izquierdo.

—Pero no sabes lo de la raíz de caléndula, ni lo de los tampones —contestó ella. Y tampoco sabía que llevaba una esponja natural escondida en el sujetador—. Que tengas un buen día.

Y entonces se dirigió a la puerta poco a poco, imaginándose una escena de *Sonrisas y lágrimas*, esa en la que Rolf se encuentra a la familia entera detrás de la lápida en la abadía y duda, intentando decidir si ama o no a Liesl, antes de soplar en ese silbato nazi de pacotilla. ¿La amaría «TYLER, MIEMBRO DEL EQUIPO DE WHOLE FOODS», o soplaría el silbato?

La amaba.

Seguía siendo libre, y caminaba por los Alpes del aparcamiento hacia la neutral y amable Suiza de su coche. Suspiró y, por un segundo, deseó estar en los Alpes de verdad. Vivir en Florida era como vivir en el sol. Podía incluso ver el calor gaseoso que se elevaba desde el asfalto.

Cam colocó el botín de Whole Foods en el salpicadero y le envió una foto a Lily. Tachó «Cometer robos de poca monta» de la lista del flamenco y la volvió a meter en la guantera. Entonces, en el teléfono empezó a sonar el tono de llamada de Lily, «I Believe in Miracles» de los Ramones. Lo había elegido porque pensaba que tal vez Lily creyera en los milagros. De forma sarcástica.

—Buen trabajo, Bola de Billar. No te creía capaz —dijo cuando Cam cogió la llamada.

—¿Qué quieres decir con eso?

—Nada. Ya sabes cómo eres.

—¿Cómo soy? —preguntó Cam mientras abría el tarrito de bálsamo y se lo extendía por los labios.

—Ya sabes, eres brutalmente honesta y sincera y tienes siempre la razón, incluso cuando estás harta de tener siempre la razón, porque sabes que hace que resultes muy desagradable. Pensaba que ser así te pondría lo de robar un poco más difícil.

—Hoy me han dado una mala noticia, Lil.

—No será la primera vez que nos dan malas noticias.

Cam se quedó en silencio. Quitó la muñeca bailarina de hula que tenía pegada en el salpicadero con una ventosa y la movió adelante y atrás para que se le abrieran y se le cerraran los ojos.

—No importa —continuó Lily. Hizo una pausa en la que ninguna de las dos dijo nada—. Lo único que importa es que te hagas con ese flamenco.

—Vale —contestó Cam, y colgó.

Respiró hondo y, por un instante, sintió que flotaba. Pero cuando exhaló notó que todo lo que tenía dentro —el estómago, el plexo solar, la garganta— era exprimido por un par de puños imaginarios, crueles y decididos a estrangularla.

Cam pasó junto a las plazas comerciales llenas de toldos rosas y aguamarina hasta que encontró el bazar Family Dollar. Nadie que fuera vestido de negro compraba en Family Dollar. Era casi una regla. No se confundiría entre la multitud.

Se encasquetó el viejo sombrero de paja decorado con una cinta amarilla de su abuela para darse un poco de color y se puso sus enormes gafas de sol rojas. Y, por suerte, mientras cruzaba el aparcamiento, consiguió atrapar una bolsa de plástico de Family Dollar que intentaba escapar, envuelta en un tornado en miniatura.

Se puso a mirar los saldos que había expuestos en la acera y fingió observar detenidamente los cachivaches de plástico de colores fabricados en china. Los flamencos estaban en una gran caja de cartón fuera de la tienda, apretujados los unos contra los otros, mirando con sus ojos pintados de negro las antorchas hawaianas, las piscinas para niños, los manguitos y las copas de plástico para margaritas que estaban a mitad de precio porque era verano.

Cam examinó uno con atención, como si una necesitara inspeccionar la calidad de un flamenco de plástico. Luego lo metió de cabeza en la bolsa de plástico de Family Dollar, asfixiándolo, y volvió al coche. Mientras buscaba la llave, alguien le dio unos golpecitos en el hombro.

—¿Piensas pagar ese flamenco?

«Maldita sea», pensó Cam, pero antes de que pudiera contestar: «¿Qué flamenco?», notó que iba a pasar. Era como el miedo, solo que más fuerte. Sintió una brisa fría y el brazo izquierdo le empezó a temblar. La cabeza pareció ocupársela entera un globo lleno de aire, una descarga eléctrica le recorrió la espina dorsal y luego se mareó y perdió el equilibrio. Era como si le hubiera caído un rayo.

Y entonces todo se volvió negro.

TRES

Cuando volvió en sí, estaba bañada en sudor y tenía un dolor de cabeza terrible y palpitante. Le costó recordar dónde estaba y quién narices era ese hombre bigotudo que la miraba a través de unas gruesas gafas. En la chapa con su nombre se leía: «HOLA, ME LLAMO DARREN».

—Hola, me llamo Cam —dijo ella—. ¿Dónde estoy?

—En el aparcamiento de la tienda de todo a un dólar. Has robado un flamenco.

—No creo que eso haya sido formalmente demostrado —contestó tumbada en el asfalto. Hacía tanto calor que sentía que el suelo debajo de ella se estaba empezando a derretir. Tocó una bolita de alquitrán con los dedos y la atravesó con la uña.

—Bueno, está en la bolsa y no tienes el recibo.

—¿Has llamado a una ambulancia?

—Sí, está de camino.

—Muy bien, hombretón. Entonces me largo de aquí.

La sirena ya se oía en la distancia, así que se levantó poco a poco del suelo con una mueca de dolor. Sería el servicio médico de la ciudad, y no el de Disney, del que se podía librar en un abrir y cerrar de ojos con una nota del médico porque era un servicio médico de pacotilla.

—Espera —dijo el encargado de Family Dollar—. No te puedes ir así. No estás en condiciones de conducir. Hace un momento, estabas retorciéndote como un pez fuera del agua y echando espuma por la boca.

—Sí, eso pasa. La próxima vez que veas algo así, coge un depresor lingual para que el afectado no se trague la lengua. ¿Te importa si me llevo el flamenco?

—Son dos con ochenta y nueve.

—Madre mía, Darren, sí que regateas duro. ¿Qué tal si me lo llevo y punto?

Cam cogió el flamenco y lo tiró en el asiento trasero, arrancó el Escarabajo y salió del aparcamiento. Poco a poco, iba recuperando el control de los brazos y las piernas, pero le pesaban. Darren tenía razón: seguramente, no estaba en condiciones de conducir.

Miró por el retrovisor. El hombre seguía en estado de shock, así que no pudo hacer mucho por impedir su huida. Con un poco de suerte, no habría apuntado su matrícula.

Antes de volver a casa, decidió cuál sería el hogar perfecto para el flamenco, al que había llamado Darren. Le sacaría una fotografía delante de Celebration, la ciudad diseñada por Disney. Casi todos los principales ejecutivos de Disney vivían en esa comunidad, donde tenían normas sobre qué ropa ponerse, qué coche conducir, cuántos hijos tener (tres) y si se les permitía tener mascota o no.

Los «artistas» como Cam y los flamencos rosas como Darren no eran parte del plan. Cam sacó una foto de Darren delante de las puertas de Celebration y luego entró con Cúmulo en la comunidad, donde todo tenía un aspecto tan telegénico como espeluznante. Era como vivir en el set de una comedia familiar. Encontró la casa de Alexa Stanton en la sección federalista del pueblo, donde cada casa estaba diseñada para parecerse a la vivienda de un padre fundador, con su pintura amarilla, sus contraventanas negras y sus señoriales columnas blancas.

Alexa era la líder de las animadoras y odiaba a Cam porque era lista y podía hablar de política con el cerebrito de su novio. Antes, solía meterse con ella por su peso.

Lanzó el flamenco al césped perfectamente recortado de Alexa solo para que cuando lo viera se preguntara qué hacía ahí. Un flamenco de plástico. ¿Sería una señal, como la cabeza de caballo de *El padrino*? ¿Iba alguien a por ella? Sin embargo, en el fondo, Cam sabía que Alexa jamás pensaría de ese modo. Se limitaría a ignorar a Darren y a dejar que el jardinero se encargara de él. Jamás se le ocurriría la referencia a *El padrino*. No todo el mundo era cinéfilo, como Cam. Era una consecuencia de pasarse horas sentada mientras el platino caía gota a gota a través del catéter que llevaba en el pecho. Durante las sesiones de quimioterapia no había nada más que hacer que ver películas.

Darren odiaba ese jardín, era evidente. Parecía asustado y solo, tirado de lado en ese cuadrado verde y perfecto. Su ojo negro pareció abrirse más y suplicar: «¡No me dejes aquí!».

«Hace bien en estar asustado», pensó Cam. Su instinto no se equivocaba. Aquel pueblo de fantasía no quería tener nada que ver con él ni con lo que representaba: latas de cervezas, dientes deformados, inmigrantes, salario mínimo, gente sin seguro médico, sangre, sudor y lágrimas, rock duro, el mundo real, la muerte.

Al final todo se reducía a eso, ¿no? La gente tenía miedo a morir…, así que vivían en Celebration.

Cam decidió que, pensándolo bien, prefería quedarse con Darren.

Cam vivía lejos de Celebration, en Ronald Reagan Drive, en un rancho que se caía a trozos con tres habitaciones y una moqueta peluda beige de los setenta, el techo lleno de masilla y unas paredes tan finas que tenía que dormir con los auriculares puestos para no oír los sonidos que profería su madre haciendo el amor.

Era consciente de que en el universo de la mayoría de la gente las palabras «madre» y «haciendo el amor» nunca aparecían juntas en una misma frase, pero, por desgracia, a ella no le quedaba otro remedio que vivir en la realidad, con una madre de verdad que traía a casa hombres de verdad de países de mentira como Epcot.

Su conquista actual, que ya duraba un año, era Izanagi, un chef de un asador «japonés».

Izanagi era la última persona a la que tenía ganas de ver cuando entrara por la puerta, exhausta después de la visita con el médico y de convulsionar en el aparcamiento de la tienda de todo a un dólar. Vestido con un kimono rosa, estaba cortando verduras para hacer una tortilla y haciendo malabarismos a la vez. Le lanzó un trozo de pimiento rojo a Perry en la boca y ella aplaudió como una foca amaestrada.

Cam intentó escabullirse a su habitación para echarse una siesta, lo que debería haber sido fácil en aquella cueva a la que llamaban casa. Las estalactitas de masilla y las estalagmitas de pelo de alfombra deberían haber amortiguado el ruido que hizo al entrar, pero una de las peculiaridades de su madre era que tenía un oído supersónico de murciélago, algo muy apropiado para su vida en las cavernas. La gente se adapta. Selección natural. Darwin. La evolución.

—¡Campbell! —gritó su madre desde la habitación—. ¡Come algo! ¡Izanagi está haciendo una tortilla!

—¿De verdad? No me había dado cuenta. Es muy discreto.

—¿Qué?

—Nada. No tengo hambre.

—Cam, por favor.

Se estaba convirtiendo en una canceréxica. A una pequeña parte de ella le gustaba poder llevar ropa ajustada y le daba un poco de miedo comer. Otra parte de ella no se podía creer que las chicas sanas eligieran pasar hambre para parecerse a ella, una persona con talla de niña, una enferma, la nada. Al menos, su viejo y carnoso yo habría vivido hasta cumplir los dieciocho.

Cam oyó chop y entonces usó sus reflejos de malabarista de fuego para atrapar la gamba que volaba hacia su cara.

—Necesitas proteínas —dijo Izanagi.

—*Domo arigato*.

Mordió un pedacito de gamba y se sorprendió de que no le dieran arcadas. Igual si cubría la tortilla entera con kétchup se la podría comer.

—Me comeré la mía al lado de la piscina —dijo, y no era broma. Tenían piscina, era cierto. Era la única razón por la que su madre seguía viviendo en aquella casa y la única cosa que parecía capaz de mantener. El resto de la casa se caía a pedazos y estaba llena de moho, pero la piscina con forma de riñón estaba resplandeciente. Cuando la madre de Cam tenía veinticinco años, había prometido no vivir jamás en una casa sin piscina, así que el padre de Cam le había comprado esa.

Él también la había disfrutado. Invitaba a todo el elenco de «Aloha» para celebrar fiestas cada vez que la temperatura bajaba de diez grados, la única época en la que Disney cancelaba el espectáculo al aire libre.

Eso era algo que Cam echaba de menos de su padre, además de otras muchas cosas.

—Hola, cariño —la saludó su madre cuando salió al patio a darle la tortilla. La melena ondulada, que le llegaba por la cintura, resplandecía bajo el sol. Alicia dormía boca abajo, lo que dice mucho de una persona. Solo el siete por ciento de la gente que vive en el planeta duerme boca abajo, y son personas vanidosas, gregarias y demasiado sensibles. También son personas con los pechos pequeños, aparentemente, porque esa postura no puede ser cómoda si tienes las tetas grandes.

Cuando estaba embarazada de Cam, tenía problemas para dormir de lado, así que su padre la llevó hasta Clearwater, donde cavó un agujero en la arena para la barriga. Alicia se tumbó como una ballena varada y por fin pudo echarse una siesta. Cam empezó su vida como una tortuga bebé, enterrada en la arena. A veces, su padre la llamaba Tortuga, pero el mote nunca tuvo mucho éxito.

Su padre era muy considerado, y a pesar de todo aquello —llevarla a la playa, cavar el agujero, comprar la piscina, hacer de padre— su madre ni siquiera había llorado en su funeral. Era la última prueba que Cam necesitaba, si es que le hacía falta alguna, de que el verdadero amor no existía. Las conexiones entre la gente eran temporales. Egoístas, oportunistas, diseñadas para perpetuar la especie. El «amor» —o al menos el amor romántico— era una fantasía que la gente se permitía porque si no la vida era insoportablemente aburrida.

—Me pregunto si llorarás en mi entierro —comentó Cam mientras cortaba la tortilla con el canto del tenedor. El esponjoso cojín de huevo soltó sus jugos y estos se mezclaron con el kétchup, creando un charco acuoso en el plato. Adiós a su apetito.

—¿Qué? Campbell, el día de tu entierro estaré muerta. Esto no te va a matar, ¿me oyes? Por encima de mi cadáver. Ya te lo dije. Y por eso necesito que mandes las solicitudes a la universidad. Te hace falta un plan para septiembre. —Alicia llevaba meses recolectando folletos para universidades estatales llenos de coloridas fotos de grupos multiculturales de alumnos felices. Los panfletos se habían ido amontonando y cogiendo polvo en la encimera de la cocina. La gente que duerme boca abajo también es dada a tácticas pasivo-agresivas, como acaparar folletos de universidades y encontrar formas de irse por las ramas cuando en realidad lo único que quiere es preguntarle a su hija cómo ha ido en el médico.

—No iré a ninguna de esas universidades, mamá.

—Sí que irás. Y si no te hubieras gastado ese dinero en el coche, habrías tenido más para comprar libros. Me voy a cargar al tal Gus por haberlo aceptado. Lo juro por Dios.

—¿Por qué no se lo encargas a alguien de Jersey?

—Pues podría, ¿sabes? —Su madre dio un sorbo de café con un brillo nostálgico y travieso en los ojos. «La gente mayor siempre exagera los peligros y las rebeldías de su juventud —pensó Cam— porque sus vidas adultas son un aburrimiento».

—En realidad no conoces a nadie de la mafia, ¿verdad?

—Un amigo del primo de un amigo.

Su madre glorificaba a menudo sus orígenes. La gente de New Jersey era dura, pero guay; en Jersey se encontraban los mejores *bagels* y la mejor pizza y el mejor maíz y los mejores tomates, y así todo el rato. Cam creía que tendrían que abrir una sección en Disney llamada Jerseyland para todos los románticos enamorados sin remedio de Nueva Jersey que buscaran una versión simplificada de sí mismos. Porque eso es lo que hacía Disney: te proporcionaba un simulacro de tu vida que tenía mejor pinta que la real, que era mucho más turbia, y te convencía de que vivir no estaba tan mal. Baudrillard había descrito este concepto y Cam había escrito sobre ello en el ensayo que tenía que incluir en la solicitud para Harvard. Y la habían aceptado, algo que no pensaba contarle nunca a nadie. Era su triunfo final y secreto; no era tan estúpida como para esperanzarse.

Además, solo la habían aceptado debido a su extraordinaria historia. Estar casi muerta la hacía especial, como los atletas olímpicos, las estrellas de cine, los emprendedores de dieciocho años, los autores publicados y los niños que se habían criado en un barco de vela que conformaban el resto de la lista de aceptados.

—Bueno —dijo al fin su madre.

—Bueno, ¿qué?

—El PET, Cam. ¿Qué te han dicho del PET?

—Se supone que tienes que llamarles. A mí no deberían decirme nada, soy menor. —Eso era cierto, pero Cam ya no permitía que su madre la acompañase al Hospital Infantil. Ya era bastante tortura sentarse en una sala de espera llena de niños de tres años calvos y enfermos; no iba a hacerlo, además, con su madre.

—Pero sé que se lo habrás sacado.

—Sí —admitió Cam.

—¿Y bien?

—De perdidos, al río. —Esa frase siempre la hacía reír. Su abuela era la única que seguía usándola, porque probablemente fuera la única persona que conocía que seguía usando refranes.

—Campbell...

Cam empujó un trozo de tortilla por el kétchup de su plato y luego lo tapó entero con la servilleta.

—El cáncer está por todas partes. Ese sería el resumen. No ha cambiado nada. Mentira, ha crecido un poco alrededor de los riñones.

La tomografía había mostrado el esqueleto de Cam tan resplandeciente como un árbol de Navidad, lleno de nódulos brillantes de cáncer alrededor del centro, como una guirnalda de luces. Las imágenes del pecho parecían de otro mundo, como si fueran imágenes del telescopio Hubble o de algún lugar acuoso y turbio de las profundidades del océano, excepto, una vez más, por las ascuas resplandecientes de cáncer, que al doctor Handsome no le había gustado nada ver.

El doctor Handsome —sí, ese era su verdadero nombre, «guapo», lo que provocaba interminables chistes sobre si era un médico de verdad o solo interpretaba a uno en la televisión— había colocado su bolígrafo plateado por encima de la pantalla y lo había utilizado para trazar un círculo imaginario que unía los puntos naranjas y resplandecientes que le rodeaban los riñones. Utilizaba el mismo bolígrafo en todas las visitas. «Lo que dice mucho de él», pensaba Cam. Debía de ser un regalo, lo que significaba que contaba con gente que lo quería y que estaba orgullosa de su doctorez. Y él era un sentimental si le importaba tanto como para no perderlo. O eso o era un poco obsesivo. Una persona que prestaba atención a los detalles. «Una buena característica para un médico», pensaba Cam. Era mejor que no metieran la pata. Lo máximo que le había durado a ella un bolígrafo eran unos cinco días. El doctor Handsome y ella eran muy distintos.

—Esto no es lo que queríamos ver —había dicho mientras daba vueltas al boli, para luego dejarlo colgando, sujeto con el índice y el pulgar. Se había llevado la mano que tenía libre a la cabeza, se había peinado el pelo negro con los dedos y había suspirado.

Era la primera vez que Cam lo veía mostrar negatividad. Siempre había sido muy positivo, pero ese día parecía derrotado.

—Quizá eso de ahí —Cam le había cogido el bolígrafo y había vuelto a señalar la parte naranja— sea mi segundo chacra. Creo que está por ahí. El segundo chacra es el naranja, el que alberga el poder y el cambio. ¿Con esa máquina se ven los chacras, las auras y esas cosas?

El doctor Handsome había intentado hablar, pero parecía tener un nudo en la garganta. «¿Va a llorar?», se había preguntado Cam. Y sí, así era.

—Cam... —Había recuperado la compostura—. Lo siento. Es que estoy muy muy cansado... Cam, no hay nada que podamos hacer.

Cam llevaba cinco años yendo a su consulta y pensaba que ya lo había visto de todos los ánimos posibles. A veces, cuando estaba cansado, se mostraba alegre y juguetón. Se le daban muy bien los niños pequeños. Tenía un payaso de goma para desahogarse en su consulta, así que los niños podían darle puñetazos y relajarse antes de las visitas. Cam le había dado un golpecito y el payaso se había balanceado hacia delante y hacia atrás.

—Pero eres el doctor Handsome —dijo. Sabía que cuando daba lo mejor de sí era cuando se centraba en la medicina—. Deja esas emociones a un lado y sácate un discurso de esos de médicos. Háblame de forma científica, con dureza y frialdad. Di «malignidad» o «subcutáneo» o algo así. Te hará sentir mejor.

—En esta ocasión, la ciencia no basta, sopa Campbell. Lo que necesitas es un milagro.

La madre de Cam estaba sentada en su tumbona preferida, hojeando un número de la revista *InStyle*. Dejó la taza de café sobre la mesita de cristal y, sin levantar la vista, preguntó:

—¿Y hay algún ensayo clínico nuevo en el que podamos entrar? —Estaba fingiendo no estar preocupada, pero Cam reparó en la arruga delatora que tenía entre las cejas, que había pasado de ser una delgada línea a una profunda grieta.

—No queda nada.

—Siempre queda algo —repuso ella mientras giraba otra página de la revista. Era un artículo que te enseñaba cómo llevar la última tendencia (encaje negro) a los veinte (medias), a los treinta (vestido negro) y a los cuarenta y más allá (¡nunca!).

—Se les han acabado los ensayos, mamá. Cualquier otra cosa que prueben me matará antes que el cáncer. Los niveles del recuento sanguíneo no estaban bien.

—Luego los llamaré y haré que te metan en algo. Al menos te pueden dar un poco más de cisplatina —dijo, mirándola por fin a los ojos.

—Mamá, no me estás escuchando. No queda nada más.

—Iremos al St Jude's, o al Hopkins, o algo.

—Ya hemos ido, mamá. Al St Jude's, dos veces. Han hecho todo lo posible. —Cam estaba cansada. No quería seguir pensando en eso. Solo quería irse a dormir y olvidarse del asunto por unas horas. Echó la cabeza hacia atrás y los nuevos cojines del patio, hechos a medida con una tela parecida a la goma de color verde periquito, sisearon un poco bajo su peso. El sol de Florida le daba en la cara y le resultó agradable durante un par de segundos, pero pronto empezó a parecerse más a la radiación que al calor.

—El doctor Handsome dice que necesito un milagro.

—Muy bien, Cam —dijo su madre, suspiró y cogió un chicle de nicotina—. Pues buscaremos un condenado milagro.

—Esa no es la mejor forma de empezar. —Cam abrió los ojos y contempló el cielo azul sin nubes—. Si buscas un milagro, es mejor que no lo adjetives con «condena...»

—No me pienso rendir, Campbell. Jamás me rendiré. —Las últimas tres palabras fueron *in crescendo*, y luego dio un golpe con las palmas de las manos en la mesa de cristal.

—En las orejas no tengo cáncer —murmuró Cam—. Todavía.

—¡Maldita sea! —gritó Alicia, y lanzó la taza de café contra el suelo de cemento que rodeaba la piscina. Se rompió con un golpe sordo.

—Te vas a arrepentir de eso. Era la taza de Papá Noel —dijo Cam, impertérrita. La taza preferida de su madre tenía una foto descolorida, apenas perceptible, de Cam y Perry hacía diez años, sentadas en el regazo de Papá Noel.

Cam estaba acostumbrada a los arrebatos de su madre. Hacía años que convivía con ellos. A Alicia le había pasado algo hacia la mitad de su vida y casi todas sus emociones —tristeza, miedo, alegría, confusión, indefensión— encontraban una única forma de canalizarse: la ira. Era especialmente notoria por la mañana, después de la primera taza de café. Su madre decía que era hormonal, pero Cam pensaba que, simplemente, era Alicial.

—Tienes que creerme, Campbell —dijo Alicia, recuperando la compostura—. No pienso dejarte morir.

—Me tranquiliza mucho, de verdad. Te creo. Ahora necesito una siesta.

Mientras Cam abrazaba a su madre y se iba a su habitación, se dio cuenta de que se pasaría el resto de su corta vida haciendo que los demás se sintieran mejor ante la perspectiva de perderla.

CUATRO

Cam contuvo el aliento y sumergió la cabeza bajo el agua. Necesitaba amortiguar los sonidos de los vítores de sus vecinos, que se dirigían al instituto para la graduación.

Hacía demasiado calor para una ceremonia al aire libre, así que cada graduado podía invitar solo a dos personas, que presenciarían el acto desde los asientos con aire acondicionado del auditorio. Cam había metido sus entradas para la «Ceremonia de graduacion» —con la palabra «graduación» mal escrita en tinta dorada y cara— entre las páginas 218 y 219 de *Anna Karenina*.

Abrió los ojos dentro de la piscina turquesa. Costaba saber que estabas llorando cuando tenías la cabeza bajo el agua. Además, que esta estuviera fría le calmaba el sarpullido lleno de puntitos azules que le estaba saliendo en los antebrazos. Parecían arándanos. Qué comparación más mona para describir una lesión cancerígena.

Notaba la vibración de la depuradora en la espina dorsal. Permitió que su cuerpo se hundiera hasta quedar sentada en el fondo resbaladizo de la piscina. Había decidido no ir a su graduación. Había faltado tanto a clase por la quimioterapia y los ensayos clínicos que había perdido el contacto con casi todos sus compañeros, y tampoco quería oír hablar de sus planes para el futuro, la mayoría de los cuales incluían trabajar en Disney, al menos durante el verano. Alexa y su amiguita, Ashley, estaban esperando con ansia saber si las habían elegido como una de las Cenicientas. Siendo sincera, Cam estaba un poco celosa de que los demás tuvieran un futuro. Ella no quería pensar en el suyo.

La gota que había colmado el vaso quizá había sido que ni una sola persona del claustro fuera capaz de ponerle la tilde a «graduación».

Cam se impulsó hacia la superficie y cogió aire en cuanto emergió. Luego salió de la piscina y se secó las misteriosas lágrimas que se habían mezclado con las gotas de agua con cloro que le caían de las puntas del pelo. Se las secó a golpecitos porque hacía años su abuela le había dicho que frotarse la cara hacía que te salieran arrugas. Como si ella tuviera que preocuparse por eso. Se rio.

Por suerte, se había cogido un turno en el trabajo. Eso le serviría de agradable distracción.

A Cam le encantaban las mañanas en la cocina. Por la mañana, la cocina de un restaurante era como una bestia amable y adormilada. Parpadeaba, se estiraba, se abría, se cerraba. Todavía se oían los sonidos de forma individual, antes de que todo se acelerara y la bestia recobrara su aliento fiero entre la cacofonía de las sartenes y las ollas.

Joe, el cocinero, era siempre el primero en llegar. Cam y él tenían un sistema que les funcionaba: nadie hablaba hasta el mediodía. Joe necesitaba que le hiciera efecto el café, y ambos disfrutaban del silencio que precedía al caos.

Sin embargo, esa mañana, Joe no era capaz de cerrar el pico.

—Igual pongo un poco de estragón en la salsa —dijo—. ¿Qué te parece, Cam? Un toque a mostaza que compense lo dulce y lo agrio. —Estaba removiendo una cazuela con salsa con una enorme cuchara de madera mientras su viejo y cascado radiocasete portátil reproducía a duras penas su canción preferida de Led Zeppelin. Hacía ya unos años que había descubierto cómo desconectar la música de carácter mágico que se oía a través de la red de sonido infinita que envolvía todo el parque.

—Tienes que seguir la receta, Joe. Solo es un trabajo temporal, ¿recuerdas? Para que puedas tener seguro médico para los niños —contestó Cam sin levantar la vista de la tabla de cortar. Cortó otra piña por la mitad con un movimiento perfecto de su cuchillo de carnicero.

—Claro. Nada de estragón. —Joe era un chef brillante que esperaba subir escalones rápidamente hasta uno de los restaurantes de Disney que tuvieran un menú de verdad. El hotel Polynesian servía comidas estilo banquete, lo que era aburrido —la misma cena para todo el mundo, en dos turnos diferentes—, pero ya era un escalón más desde el patio de comidas del hotel All-Star Sports, que era más económico. Cam estaba intentando convencerlo de que se presentara a un casting para uno de esos *reality shows* de cocineros en los que podías ganar tu propio restaurante, pero ninguno de los dos conseguía imaginar cuál podía ser su papel allí. Era absolutamente corriente: un hombre del medio oeste, de altura y peso corrientes con el pelo castaño y corto.

—Pero podrías ser precisamente ese —solía argumentar Cam—. El tipo del medio oeste absolutamente normal y corriente que empieza pasando desapercibido y que al final sorprende a todo el mundo con su brillantez.

Cortó otra piña por la mitad. El cuchillo hizo un ruido muy satisfactorio al clavarse en la tabla.

—Bueno, ¿y tú qué vas a hacer este verano, Cam? ¿Tienes planes? —preguntó Joe mientras vertía una garrafa de diez litros de leche de coco en la cazuela.

—No, la verdad es que no. ¿Por qué estás tan parlanchín, Joe? No me gusta este nuevo Joe parlanchín.

—¿Estoy parlanchín? No me había dado cuenta. Solo estaba charlando, supong…

Pero antes de que pudiera acabar la frase, todo el elenco de «Aloha» entró en la cocina bailando al ritmo del tambor. Las mujeres movían las caderas adelante y atrás y los hombres zapateaban siguiendo los ritmos profundos y vacuos. Su madre llevaba en las manos el volcán de chocolate humeante más grande que había visto nunca.

—¡Felicidades, Cam! —gritaron todos.

Mucho mejor que cualquier ceremonia.

—¡Muchas gracias! —dijo Cam, sonrojándose.

Entonces su madre le dio el regalo de graduación —un iPhone— y alguien vestido de Tigger entró dando saltitos y le dio un cheque enorme. «Lo mejor de los Tiggers —pensó Cam— es cuando te entregan un cheque enorme». El aprieto en el que estaba había llegado a oídos de los peces gordos de Disney y le habían regalado un cuantioso cheque por su graduación. Y encima estaba en dólares de verdad, no de Disney.

—Podemos gastarlo en Tijuana —sugirió su madre.

Había pasado un mes desde el pronóstico del doctor Handsome y había sido fiel a su promesa. Prácticamente había dejado el trabajo para convertirse en una cazadora de milagros. De hecho, era un milagro que Cam hubiera podido ir a trabajar y que no tuviera una cita con un «curandero» o similar.

—No pienso ir a Tijuana —respondió Cam. Muchas de las curas milagrosas que su madre había investigado requerían hacer senderismo hasta una clínica turbia y cara de Tijuana, donde te inyectaban todo tipo de mierdas superlocas.

A lo largo de ese mes, Cam había ido a un acupunturista, un profesional del Reiki, un reflexólogo, un herborista, un hipnotizador, una *taulasea* —una mujer experta en medicina samoana que la había hecho beber leche materna— y había tenido una visita telefónica con una «curandera a distancia» de Nueva Zelanda llamada Audrey. Le habían pagado ochenta y cinco dólares australianos, además del coste de la llamada a Nueva Zelanda, para que Audrey canturreara en el teléfono un rato y luego le mandara a Cam un correo electrónico con los «resultados» de la cura, entre los que había gráficos de barras que medían la fuerza de su aura.

Al menos se habían echado unas risas.

Sin embargo, Cam se había jurado que eso era todo. No pensaba probar más mierdas estúpidas rollo New Age. De hecho, si oía una nota más de Yanni o de Enya o de nada que se tocase con un arpa, iba a perder los estribos.

Tigger se quitó la cabezota para revelar la simpática sonrisa de Jackson. Jackson lo tenía todo ancho. Tenía la espalda muy ancha y un grupo de pecas de irlandés que le cubrían la ancha nariz samoana. Cuando sonreía, se le veía el roto en la paleta que se había hecho cuando tenían siete años y habían dado vueltas demasiado rápido en la atracción de las tacitas giratorias.

—Felicidades, Cam —dijo.

—Vaya, Jackson, estás subiendo como la espuma. Así que has conseguido el trabajo de Tigger, ¿eh?

—Sí, pero solo para el verano. —Se sonrojó. Era el trabajo perfecto para él, porque no tenía que hablar.

La familia de Jackson se dedicaba al mundo del espectáculo, como la de Cam. Sus padres también bailaban en «Aloha», así que Cam y él se habían criado juntos, jugando en la piscina en forma de volcán del Polynesian mientras sus padres trabajaban. Incluso habían participado juntos en una actuación a los cinco años en la que imitaban los movimientos y las posturas de los adultos mientras el público suspiraba y decía: «Oooh, qué monos, niños isleños».

Sin embargo, Jackson se había convertido en un chico muy tímido. Cuando Cam había intentado besarlo una vez en un juego de atrevimiento, mientras estaban en la cola para el Space Mountain en Tomorrowland, se había puesto tan nervioso que no le había hablado en meses.

Y así concluía la vida amorosa de Cam. Un beso que no llegó a tal en el Space Mountain.

—Puedes gastarte este cheque en tu futuro —dijo Jackson, y fue muy dulce, pero patético al mismo tiempo.

—Ya he estado en el futuro contigo, Casanova, y no era muy interesante, ¿no te acuerdas?

—Lo siento —respondió Jackson, rojo como un tomate—. ¿Quieres que vayamos esta noche? ¿Al Space Mountain?

—Antes baila conmigo —le pidió Cam, y toda la fiesta se trasladó al escenario, donde bailaron danzas tradicionales de Hawái y Samoa que contaban historias. Empezaron lento, con movimientos fluidos y llenos de matices de manos y brazos y pasos grandes y ondulantes, como las olas del mar. Luego, las chicas tahitianas se subieron al escenario y las cosas se desmadraron. Aquellas chicas sí sabían bailar, con sus *varus* y sus *fa'arapus*. Las caderas se movían por todas partes. Cam hizo todo lo que pudo por seguirles el ritmo, pero al cabo de unos diez minutos se cansó.

Más tarde, Jackson y ella encendieron sus cuchillos de fuego y jugaron un poco con ellos. A Cam le encantaba el olor del líquido inflamable y sentir el calor extremo de las llamas cerca de la cara. Siempre le sorprendía que hubiera algo aún más caluroso que el verano de Florida. Dejó que Jackson marcara el ritmo y se aseguró de mantenerse a un paso de distancia. Por lo general, no vacilaba; ese no era uno de sus trucos. Pero, como Jackson estaba siendo tan dulce, comportándose como si estuvieran en una cita, no quería hacer nada que le dañara el ego.

Aunque estuviera haciendo malabarismos con fuego, no pudo evitar fijarse en que Jackson estaba más corpulento. Se le habían desarrollado los músculos de las caderas, que ahora estaban bien definidos y se le marcaban debajo de los pantalones cortos. El *lava-lava* le quedaría genial dentro de unos años.

La música fue decayendo y la gente empezó a irse para prepararse para el verdadero espectáculo, que empezaba a las cinco y media. Cuando terminó, cada una de las familias pasó junto a la mesa de Cam para darle un regalo envuelto en *siapo*, una tela sagrada samoana hecha de corteza y pintada con un patrón especial, único para cada familia. Se decía que esa tela daba vida (la leyenda decía que si envolvías los huesos de un muerto en ella, esa persona podía resucitar) y proporcionaba curas milagrosas, lo que a Cam le parecía un chiste. Sin embargo, las aceptó educadamente y prometió a todos que dormiría con ellas. El *siapo* le recordaba a su padre. No se acordaba de cómo era el patrón de su familia, así que se había hecho uno con la cara de Mickey Mouse.

—¿Estás lista? —le preguntó Jackson. Se había vuelto a poner el traje de Tigger y llevaba la cabeza del disfraz debajo del brazo.

—¿Te vas a poner eso?

—Tengo que devolverlo al vestuario, y no puedo llevarlo en una bolsa en el monorraíl. Los niños se quedarían destrozados.

—Por Dios —contestó Cam—. Vale. Bueno, vamos.

Todas las familias de los empleados de Disney tenían una especie de pasaporte para entrar gratis al parque en cualquier momento. Era como poseer el billete dorado de *Charlie y la fábrica de chocolate*, y Cam debía reconocer que era una manera bastante divertida de crecer.

Caminaron por el frondoso bosque tropical del recibidor, que tenía su propia cascada, y subieron hasta las vías de cemento que pasaban a través del hotel. Los raíles y el tren futurista contrastaban con la madera natural, el follaje y las artesanías tradicionales que conformaban el corazón del Polynesian. El plan de Disney era crear un mundo en el que el pasado y el futuro se unieran de golpe, en una armonía disyuntiva, y el lugar del parque en el que eso era más evidente eran las vías del monorraíl del Polynesian.

Cam estaba en el andén con Jackson, observando cómo lo acosaban niños quemados por el sol que querían hacerse una foto con Tigger, cuando le vibró el teléfono.

Lily:
¡Feliz graduación! ¿Dónde estás?

Cam:
En una cita.

Lily:
☺!!! Si no hay un mínimo de sobeteo te voy a matar.

Cam:
¿Sobeteo? Pero ¿cuántos años tienes?
¿Quién dice esas cosas?

Lily:
Hazlo y punto.

Cam guardó el teléfono mientras Jackson espantaba a algunos niños con gestos juguetones. Cogió a Cam en sus peludos y suaves brazos, la bajó y fingió darle un beso torpe en los labios, lo que provocó una retahíla de risitas nerviosas y descontroladas en los niños. A Cam le encantaba que Jackson fuera tan resuelto cuando iba disfrazado.

Posó para varias instantáneas más con los niños y Cam se aseguró de colar al menos una parte de su cuerpo en cada una de ellas poniendo los dedos en forma de V encima de la cabeza de Tigger. Pero cuando el flash de la cámara saltó por última vez, empezó a sentirse mareada y a tener náuseas. Luchó por mantener la conciencia. Empezó a experimentar visión en túnel: las paredes verdes del bosque tropical comenzaron a estrecharse. Miró al techo de azulejos de teca y madera de caoba. Los patrones grabados se movían hacia delante y hacia atrás en su campo de visión.

—Oye, Jackson —dijo débilmente, pero el chico estaba demasiado ocupado con su público de amantes de Tigger—. Jackson —repitió con más fuerza—. Necesito ir a casa. ¿Puedes llevarme a casa? —consiguió decir antes de que un terrible y paralizante dolor de estómago la obligara a doblarse hacia delante.

Jackson la llevó hasta el aparcamiento, donde se quitó el disfraz y tiró la cabeza de Tigger en el asiento trasero. Condujo a Cúmulo hasta su casa a toda velocidad, pero, cuando llegaron, el dolor ya había remitido. Al menos, lo suficiente como para permitirle hablar.

—Lo siento —dijo Cam. Estaban en la entrada de casa y el atardecer caía a su alrededor. El resplandor de un rayo de calor iluminó el interior del coche de forma lenta e intermitente. A Cam le encantaban los rayos de calor. Le recordaban que vivía en un planeta. Con cada golpe de luz, veía la cabeza de Tigger por el rabillo del ojo, con su famosa y prominente mandíbula y esos ojillos brillantes y constantemente sorprendidos. ¿Sabría algo, por poco que fuera? Cam deseó ser como Tigger y estar en un perpetuo estado de ignorancia.

—Amar significa no tener que decir nunca lo siento —murmuró Jackson, o al menos eso fue lo que a Cam le pareció oír. Jugueteó con el llavero de Scooby Doo de Cam antes de dárselo y le rozó los dedos con los suyos, ásperos y callosos. Le encantaban sus manos. No había nada peor que un hombre con las manos suaves.

—¿Qué has dicho? —preguntó ella.

—No importa. Es una mala cita de una mala película. Esto no se me da muy bien.

—*Love Story*. 1970. Protagonizada por Ali McGraw y Ryan O'Neal —dijo Cam con voz robótica.

—Es bastante mala —admitió Jackson.

—Sí, pero en el buen sentido.

—Bueno, ¿te gustaría salir conmigo alguna vez? —preguntó al fin.

—Por Dios, Jackson. ¿Te ha obligado tu madre a pedírmelo? —Cam veía el azul claro de su camiseta de Dunder Mifflin, que asomaba desde debajo del disfraz peludo y rayado de Tigger.

—No. O sea, no del todo.

—Por favor. No tienes por qué ser el chico majo que sale con la chica moribunda. No conviertas eso en parte de tu identidad. Luego te costará sacártelo de encima, créeme. La gente se acordará y nunca conseguirás a la tía buena rubia.

—Me gustas, Cam.

«En fin, es un poco tarde para eso», pensó Cam. Ni siquiera era capaz de mirarlo, porque era tan bienintencionado que se le rompía el corazón. «A veces, los hombres son el sexo débil», pensó. Los más galantes, puros, inocentes y honorables. Quizá porque no tenían que luchar tanto.

Por suerte, Izanagi salía de casa justo cuando Cam y Jackson salían del coche.

—Justo a tiempo —dijo Cam—. ¿Te importa llevarlo a casa, Izanagi?

—Claro que no —contestó—. Vamos, chaval.

Cam saludó a Jackson con la mano.

—Adiós por ahora —dijo. La frase preferida de Tigger.

—Oooh —dijo Perry cuando vio entrar a Cam. Tenía puesta una camiseta ajustada de Hello Kitty, unos pantalones muy cortos y unas zapatillas peludas rosas, y estaba paseando por la casa mandándole mensajes a alguien con su móvil fucsia. Como llevaba dos coletas bajas, a la altura de la nuca, parecía una muñeca—. ¿Qué tal tu cita? ¿Te han dado besos de tornillo? —preguntó sin levantar la vista del teléfono.

—¿Y qué sabes tú sobre besos de tornillo?

—Probablemente más que tú.

—Espero que no, golfilla.

—¡Mamá! ¡Cam me ha llamado golfa!

—Cariño, si camina como un pato y grazna como un pato… —canturreó Alicia mientras entraba, guiñó un ojo y le dio un abrazo a Cam. Por alguna razón, estaba de buen humor.

—¡Mamá! —chilló Perry.

—Deja de lloriquear, Perry. Sabes perfectamente que te lo ha dicho de broma. Ve a abrazar a uno de tus unicornios.

Perry tenía once años, pero su habitación seguía forrada de pósteres de unicornios y plagada de unicornios de cristal, unicornios de porcelana y unicornios de peluche. Cam odiaba esa fase en la que en las habitaciones de las chicas coexistían grupos de bandas de rock con montones de animales de peluche, pero ¿quién era ella para juzgarlas? Acababa de tener una cita con Tigger.

—¿Sabes qué, Campbell? Un unicornio podría curarte —dijo Perry, levantando por fin la vista del teléfono. Se quedó mirando a Cam como si acabase de tener una idea brillante.

—Los unicornios no existen, genia —contestó Cam—. Son solo cabras mutantes con un solo cuerno.

—No, lo que pasa es que son muy difíciles de encontrar y extremadamente salvajes y solo pueden ser domesticados por una virgen. Es perfecto, ¿no? Tú podrías domesticar uno enseguida. Gracias a tu virginidad —dijo Perry, enfatizando cada palabra con un movimiento con el dedo. Luego echó a correr pasillo abajo.

—¡Cállate, Perry! —le espetó Cam mientras se dirigía a su habitación. Recorrió el pasillo arrastrando los pies por la moqueta peluda, más oscura cada día que pasaba. Se encontraba demasiado cansada para preocuparse por el hecho de que su hermana de once años estuviera al corriente del estado de su vida sexual. Y, sin duda, demasiado cansada para sentirse agradecida porque al menos su antagonismo con su hermana siguiera dentro de los baremos de normalidad. Todo lo demás, como la extrema fatiga que sentía en ese momento, estaba muy muy lejos de ser normal. Se encontraba demasiado cansada incluso para llamar a Lily. No veía la hora de dejarse caer en la cama y hundirse en el más profundo de los sueños, pero al doblar la esquina tuvo que ahogar un grito.

Su habitación estaba vacía.

CINCO

—¿Dónde están todas mis cosas? —gritó.

Abrió los cajones y los encontró vacíos. En el armario, todas las perchas, también vacías, se balanceaban en la barra. Su edredón había sido sustituido por una vieja manta eléctrica. El Mondrian que había creado con cuatro pizarras mágicas unidas con cinta adhesiva estaba desconectado, y la réplica del sistema solar que había hecho en segundo estaba colgada del techo. Su muñeca de Wonder Woman, vestida con una falda de hojas, estaba traumatizada en su escritorio al lado de una bola mágica. Las paredes estaban salpicadas de constelaciones de pasta adhesiva azul, donde antes colgaban sus pósteres.

—¿Qué has hecho con los Ramones? —preguntó—. ¿Y el póster de *Ciudadano Kane*? ¿Dónde está Piolín? Pero ¡¿esto qué es?!

—Lo hemos empaquetado —dijo Perry, que apareció en la puerta detrás de Alicia, dejando estratégicamente el cuerpo de su madre entre el suyo y el de Cam.

—¿Que habéis empaquetado a Piolín? —Lo único ñoño que había en Cam era que tenía un canario llamado Piolín. Toda la familia era alérgica a los gatos y los perros, así que se había visto obligada a amar a un pájaro. Se posaba en su hombro y le comía de la mano—. ¿Dónde está Piolín?

—Piolín está en la cocina, Campbell. Solo estábamos limpiándole la jaula, para prepararlo para el viaje —dijo Alicia.

—Ya, diría que esa es la información que me falta. ¿Qué viaje? —preguntó.

—Nos vamos a Maine.

—¿A Maine?

—A Maine. —Alicia recogió un cojín del suelo y lo lanzó a la cama. ¿Te acuerdas de Tom, el tipo al que conocí en clase de yoga?

—Tom. Tom, el de los viajes de ácido. ¿Tom, el que ni siquiera sabe qué día es y lleva semanas sin ducharse? ¿Ese Tom? ¿Estamos poniendo toda la carne en el asador de Tom, el Tom que está escribiendo una ópera rock, el Tom que tiene cinco iguanas? —Cam se apoyó en el escritorio. Estaba un poco mareada.

—Tom sabe de un pueblo místico de Maine que es famoso por sus poderes curativos. Ha dicho que deberíamos irnos enseguida, algo de que Saturno estaba retrógrado. —Alicia se encogió de hombros.

—¿A esto hemos llegado?

—Bueno, te niegas a ir a Tijuana.

Sí, a eso habían llegado.

—¿Le preguntamos a la bola mágica? Solo para tener una respuesta en la que podamos confiar. —Cam la cogió y le preguntó en silencio si Maine serviría de algo. El dado dio tumbos sumergido en el líquido morado y nebuloso y al final mostró: «PREGUNTA MÁS TARDE»—. Pero ¿qué va a haber en Maine, mamá? No es que haya nada en el agua. No hay arroyos mágicos, solo el océano Atlántico. El mismo océano Atlántico que tenemos en Florida, solo que más frío. Congelado.

—Pero estará bien, aunque solo sea por salir de aquí un tiempo, Cam —intervino Perry.

Cam se quedó callada. No podía discutirle eso.

Antes de morir, su padre le había hecho prometer que saldría de Florida. Su sueño era que ella asistiera a una universidad de la Ivy League. Era un sueño que tenían los dos. Habría estado muy orgulloso si hubiera sabido que la habían admitido en Harvard.

Y solo por aquella promesa estaba casi dispuesta a acceder a lo que le pedían su madre y su hermana. Igual no le haría daño salir de Florida por un tiempo, sobre todo con aquel calor.

—¿Cuánto tiempo? —preguntó Cam.

—Al menos durante el verano —contestó Alicia—. El tiempo que cueste.

—Está bien, vámonos. —Sacudió la bola mágica y la puso en la estantería.

—¡Genial! —Alicia saltó varias veces y abrazó a Cam—. El remolque ya está listo. Solo tenemos que engancharlo a tu coche por la mañana.

—No pienso enganchar mi coche a ningún remolque.

—Quieres llevarte el coche, ¿no?

—¡Vale, tú ganas! ¿Habéis metido mis películas?

—No nos vamos allí para ver películas —repuso Alicia.

—Me las llevo. —Se agachó para sacar su colección de DVD y las notas que Lily y ella estaban tomando para su guion (¿o era un cómic? Todavía no lo habían decidido), *Quimiosabia y Bola de Billar en Manhattan*, sobre dos superheroínas con neuroblastoma. Dejó los DVD y las páginas en el suelo junto a su cama y se asomó para echar otro vistazo—. Y vamos a parar en Carolina del Norte para ver a Lily —ordenó cuando salió—. Y en Hoboken, para ver a la abuela. Y en cada trampa para turistas que veamos por el camino.

—Madre mía —dijo Perry separando las sílabas. Izanagi tenía a su madre apretujada contra el coche y la estaba besando con demasiada lengua—. Somos tus hijas —gimoteó—. Terminad de una vez con el *sayonara*.

Perry brincó hacia el coche con la mochila llena de todos sus productos esenciales para un viaje por carretera: dos paquetes de gominolas ácidas, unas pastillas de menta, una bolsa de Cheetos, tres Twix, su iPhone con funda rosa y un libro de sopas de letras con letras grandes.

Cúmulo parecía sentirse satisfecho de sí mismo, unido al remolque y preparado para arrastrarlas a ellas y a sus pertenencias por toda la costa este. Su guardabarros delantero estaba un poco henchido de orgullo. La jaula de Piolín iba en el asiento trasero, sujeta con el cinturón, y la muñeca bailarina de hula les guiñaba un ojo desde su ventosa, ante el asiento del copiloto. Cam se dirigió a la parte trasera del remolque y pegó a Darren con cinta adhesiva en la esquina derecha. «Perfecto», pensó, y notó una sensación... ¿Emoción? ¿Esperanza? No esperanza, exactamente, pero tal vez Alicia tuviera razón. Moverse era mejor que quedarse esperando.

—Mamá, sube al coche —le pidió mientras rodeaba el remolque. También se estaba acostumbrando a la idea del remolque. Viajar con todas tus cosas estaba bien, era reconfortante. Liberador. Era como tener un garaje móvil. Un vagón de los tiempos modernos.

U-Haul, la marca de los remolques, ponía en cada uno de ellos un dato curioso de un estado distinto. A ellas les había tocado Utah y el dato curioso era sobre los cañones del Escalante, algo que no tenía nada de especial excepto porque la imagen de ciento veinte centímetros del cañón era muy Georgia O'Keefe. Iban marcadas con una vagina de ciento veinte centímetros.

—Por Dios, Cam, solo se te ocurriría a ti —le había reprochado su madre el día anterior, cuando Cam se había quejado.

—Eso me hace sentir muy bien, mamá, qué bien que sugieras que mis pensamientos son una locura. Todo un modelo de crianza.

—Está bien, Cam, lo siento —había contestado Alicia, exasperada—. ¿Quieres que pida uno distinto? ¿Uno sin vagina?

—No, no pasa nada —había cedido, y cuando se había levantado a la mañana siguiente ya no le molestaba tanto.

—Venga, mamá, es hora de salir —insistió Cam dándole unos golpecitos en el hombro.

—Vale, vale —accedió Alicia mientras se despegaba de Izanagi.

Este respiró hondo, recuperó la compostura y luego se dirigió a su Honda Accord oxidado con sus vaqueros manchados de pintura. Metió la mano por la ventanilla abierta y sacó dos regalos rectangulares envueltos impecablemente con papel marrón y lazos de rafia. Izanagi, cuando se trataba de sus ocupaciones artísticas, respondía al estereotipo: era un minimalista meticuloso y ordenado. Cuando no estaba trabajando en el restaurante, escribía poemas y pintaba cuadros silenciosos y limpios, como susurros.

Les dio los regalos a las chicas. Perry abrió el suyo con avidez. Dentro había una sencilla libreta marrón y un lápiz envuelto en papel marrón.

—Para que hagáis un diario de viaje —les dijo.

—¡Un diario de milagros! —exclamó Perry, y se lanzó a los brazos de Izanagi, abrazándolo por la cintura.

—Gracias —dijo Cam, que prefirió mantener las distancias—. Abriré el mío cuando lleguemos.

Esos días se resistía bastante a escribir nada. No quería que nadie leyera sus pensamientos imperecederos una vez ella hubiera perecido y abandonado el planeta para siempre.

—Dios, cuánto amo a ese hombre —dijo Alicia mientras subía al coche y le tiraba un último beso. Él se retiró, cabizbajo y con las manos en el bolsillo. Se instalaría en su casa para vigilarla.

—Tienes un concepto extraño del amor.

—¿Y tú qué sabes?

—Nada, obviamente. ¿Por dónde vamos? —Cam conducía durante el primer tramo del viaje.

—Gira a la izquierda.

—¿Hacia el sur? Por lo que he aprendido sobre geografía, aunque, vale, he perdido muchas clases, Maine está hacia el norte.

—Tenemos que parar en casa de Tom.

—Santo Dios, ¿en serio? —Cam quería ponerse en marcha antes de perder las ganas.

—Nos tiene que dar indicaciones específicas. Este sitio es casi imposible de encontrar, aunque tengas GPS. ¿Y sabes lo típico que se dice, «desde aquí es imposible llegar»? Pues resulta que la gente de Maine es muy así. Nadie nos ayudará cuando estemos allí.

Tom vivía en una jungla descuidada de manglares, vides y palmeras. Prácticamente necesitabas un machete para abrirte paso hasta la puerta principal. El interior —y no era fácil distinguir entre el interior y el exterior— estaba lleno de ratones, salamandras y las famosas cinco iguanas, que campaban a sus anchas por la casa. Solía tener el televisor encendido en algún canal que emitiera *La jueza Judy* o algún otro programa de conflictos legales, y la única forma de saber que también era un local comercial era una plaquita dorada junto al timbre en la que se leía: «THOMAS LANE, HERBOLARIO, CURANDERO, CHAMÁN Y CACIQUE».

—Señoritas —las saludó al abrir la puerta. Llevaba una camiseta verde y azul desteñida con lejía y se estaba fumando un porro—. ¿Quieres colocarte con el humo? —preguntó, a punto de exhalar en la cara de Alicia.

—No. —Negó con la cabeza—. Luego tengo que conducir.

—Tú misma —contestó. Sorprendentemente, ese día se había lavado la melena gris, que le llegaba por los hombros, y no llevaba manchas en los pantalones. Tenía el rostro relajado y sus pálidos ojos azules estaban menos rojos que de costumbre. Igual había una nueva persona en su vida, «o una nueva hierba», pensó Cam—. ¿Qué puedo hacer hoy por vosotras? —preguntó—. Tienes buen aspecto, Campbell. ¿Te has estado tomando las semillas de albaricoque que te dije?

—Hum, más bien no —contestó mientras esquivaba a la iguana inmóvil que tomaba el sol.

—Cam, debes abrir tu corazón a las posibilidades del universo. No podremos ayudarte hasta que no te ayudes a ti misma.

—Lo que tú digas. ¿Nos puedes dar las indicaciones para llegar? —Le llegó un extraño olor de la poción que estaba hirviendo en el cazo sucio que había en los fogones.

—¿A Promise? —preguntó Tom.

—Hum… ¿Promise? —Era la primera vez que oía el nombre cursi del pueblo al que iban.

—Sí, a Promise —dijo Alicia.

—Oh, Cam, estoy muy orgulloso de ti por haber decidido dar este paso. ¿Quieres colocarte con el humo? —le preguntó, acercando la cara a la suya.

—No, por Dios, échalo allí.

Tom tenía un aliento raro y agrio porque se alimentaba esencialmente de perritos calientes para bebés de la marca Gerber. Decía que eran más fáciles de digerir, así que comía tarros y tarros de salchichas y luego los reutilizaba. Tenía una pared entera cubierta de estanterías repletas de tarros de perritos calientes para bebés Gerber en los que guardaba sus hierbas. Estaban llenos de polvos, hojas, raíces, tés y otras pociones mágicas, y ninguno de ellos estaba etiquetado. Simplemente estaban colocados allí, como si fueran un mapa bizarro de la mente de Tom. Sabía dónde estaba cada hierba, pero encontrar las indicaciones para llegar a Promise era otra historia.

—Veamos… —musitó Tom—. Indicaciones, indicaciones… ¿Dónde estarán? —rebuscó entre algunos de los libros que tenía apilados por el suelo y en la mesa y las sillas del comedor—. Promise es un lugar mágico, Campbell. Es hermoso.

—¿En serio, Tom? ¿Has estado?

—No, pero la leyenda dice que es igual que Shan-gri-La.

—¿En Maine?

—Ajá. Así es como dicen «sí» en Maine. Vale, aquí las tengo. —Tom desenterró una bolsa vieja y arrugada de Dunkin' Donuts con algo garabateado—. Aquí está el mapa. La carretera principal que lleva hasta Promise está detrás del Dunkin' Donuts que está al lado de la Ruta 3, y solo se ve desde la ventanilla de venta a los vehículos. La gente dice que da buena suerte pedir un pastel *whoopie* y un chocolate caliente antes de entrar en el pueblo. El número del hotel está en el dorso.

—¿Qué narices es un pastel *whoopie*? —preguntó Cam—. Esto es un chiste.

—No, Campbell —repuso Tom, que de repente se había puesto muy solemne. Su boca, normalmente curva-da hacia arriba, se puso recta y sus cejas despeinadas y tupidas se hundieron—. Esto no es ningún chiste. Si con-seguís encontrar el pueblo, algo que la mayoría de gente no logra, pueden suceder cosas mágicas. Cosas maravi-llosas, como que lluevan peces diminutos del cielo y se hallen curas milagrosas para enfermedades, que creo que es lo que estás buscando, jovencita. Así que toma —concluyó, tendiéndole la bolsa arrugada.

—Gracias —contestó Cam.

Lo de la lluvia de peces le recordó a un libro llama-do *Lluvia de albóndigas* que su padre solía leerle. Era una historia sobre un pueblo mágico donde cada día, a la hora de cada comida, llovían alimentos desde el cielo y la gente los atrapaba con sus platos. Luego las cosas se salían de madre y los vecinos tenían que navegar hasta el mundo real en barcos hechos de tostadas gigantes.

—¿Tienen barcos hechos de tostadas gigantes? —preguntó Cam.

—¿Qué? —preguntó Tom.

—No he dicho nada.

—Ahora marchaos, y no os olvidéis de mandarme una postal —dijo él.

Cam miró el mapa, dibujado con el pulso inestable de un drogadicto en recuperación. Atrapó las lágrimas que empezaban a escocerle en la garganta antes de que se le acumularan en las comisuras de los ojos. Era patético que estuvieran intentando algo así. Una parte de ella deseaba quedarse arrellanada en el confort de su dormitorio con finas paredes, envuelta en su edredón, y que su madre le llevara caldo de pollo hasta que todo terminara. Pero cuando miró a su madre y a Perry, que la observaban fijamente desde el umbral con los ojos muy abiertos, extasiadas por aquella realidad alterada que suponía aquel viaje por carretera, comprendió que no se trataba solo de ella.

—Vámonos, zorras —dijo de broma, levantando la bolsa arrugada. Alicia se la quitó y Cam soltó—: Zorra mainera...

—¿Quién es mainera y por qué es una zorra? —preguntó Perry mientras recorrían el peligroso camino hacia el coche por entre los manglares.

SEIS

—Sabemos leer, Perry. No hace falta que los leas en voz alta —dijo Cam.

Perry había caído irremediablemente en la primera trampa para turistas que habían encontrado, o, por utilizar un eufemismo más amable, en la primera atracción turística. Llevaban seis largas horas en la carretera y se les estaba yendo un poco la olla. Alicia se había obsesionado con llamar una y otra vez al hotel fantasma de Promise, Maine —nadie cogía nunca el teléfono—, y Perry no podía parar de leer los carteles que se iban encontrando. Los carteles del parque temático South of the Border habían empezado en Georgia, a unos 16 kilómetros de distancia los unos de los otros, y ahora que estaban hacia la mitad de Carolina del Sur los veían prácticamente cada cien metros. El preferido de Cam —«AL SUR DE LA FRONTERA… ¡NUNCA DEJES SALCHICHAS POR AHÍ!»— tenía un perrito caliente tridimensional de cinco metros colgando en forma de sonrisa.

En realidad, Cam agradecía la presencia de los carteles. Así tenía algo que mirar, además del paisaje desolador de América la bella. La belleza ya no parecía ser una prioridad para nadie. A juzgar por la interestatal 95, el país se había convertido en una serie de grupúsculos cancerosos de casas baratas replicados de forma descontrolada. Era como si las hubieran tirado en mitad de los campos de soja vacíos y sin árboles para luego conectarlas con supermercados enormes, centros comerciales y más supermercados enormes. Al parecer, lo único que la gente necesitaba eran sitios donde ir a buscar cosas. Cada casa tenía su propio columpio y su patio de césped salpicado de juguetes de plástico. Nadie se molestaba siquiera en construir una valla para ocultar la mala costumbre de comprar juguetes de plástico. La gente consumía plástico sin vergüenza.

No era de extrañar que los osos polares se estuvieran ahogando.

Ya estaban cerca del parque temático. Cam atisbaba las luces de la Sombrero Tower, que parpadeaban sobre los árboles como un ovni. Y cuando recorrieron la siguiente curva y Alicia condujo a Cúmulo hasta llegar a las piernas de un enorme Pedro de neón, la ofensiva mascota de South of the Border, un señor mexicano, lo único que Cam era capaz de pensar era «¿Por qué?».

El parque estaba vacío (¿es que la gente no había visto los carteles?), seco, polvoriento y desolado. Consistía en unos cuantos almacenes llenos de baratijas y tirados de cualquier manera. Por el complejo había estatuas de yeso de animales africanos: una jirafa naranja, un gorila enorme en camiseta. Cam no tenía ni idea de qué podían tener que ver con México. Costaba un dólar coger el ascensor hasta la cima de la Sombrero Tower, desde donde se podía ver la nada a kilómetros a la redonda.

—Vaya, este sitio está de capa caída —comentó Alicia. Por fin dejó de llamar al hotel Promise Breakers, se apartó el teléfono de la oreja y miró a su alrededor.

—Ya. Seguro que tuvo mucha clase en otros tiempos.

—No estaba tan mal.

Cam se alegraba de verlo de noche, ya que el neón le daba un toque especial. South of the Border era una maravilla de noche: barato, sórdido, hortera y sucio; menos por la ausencia de prostitutas, al menos a simple vista, casi podía compararse con la verdadera Tijuana. Metió a Piolín en su jaula y la tapó para que el pájaro no tuviera que ver tanta vulgaridad.

—Muy bien, ¡todas al lado del estereotipo! —dijo Cam. Su padre solía decir eso cuando los turistas de Disney le pedían que se hiciera una foto con ellos. Cam sacó la cámara e hizo una foto de su madre y de Perry pellizcando las mejillas de un enorme Pedro de yeso.

Luego se dirigió a la tienda de regalos oeste, que tenía el tamaño de una manzana de casas y contenía, según estimaba Cam, cosas mucho mejores que la tienda de regalos este, que estaba en el otro extremo del complejo.

—Pero la sección de unicornios está en la tienda de regalos este —protestó Perry.

—Entonces nos vemos luego en el salón de juegos.

Dentro de la tienda de regalos había miles de metros cuadrados de vasos de chupitos, bolas de nieve, campanillas de viento, contenedores para palillos, llaveros, pegatinas, muñecos cabezones y todo tipo de novedades. Era el cielo de las áreas de descanso. Cam se puso manos a la obra. Podría haber pagado con el cheque de Disney, pero, por desgracia, había desarrollado una pequeña adicción a los hurtos.

—Esta será la última vez —se dijo. Sabía que era lo típico que decían los adictos, pero aquella sería la última, de verdad.

Encontró el regalo perfecto para Perry enseguida. Estaba de pie ante un expositor giratorio de tazas de café de plástico personalizadas y tenían una en la que se leía «Perry». En realidad era de chico —era azul y tenía dibujada una pelota de fútbol enorme—, pero era perfecta. Perry odiaba que su nombre fuera de género neutro, así que cuando lo escribía, lo deletreaba «Peri» y dibujaba una margarita en lugar del punto de la i. Su hermana se había convertido en un prefijo.

La taza la enfadaría un segundo, pero luego la haría reír. Cam se la metió en el bolsillo delantero de la sudadera y luego, para su madre, robó una rana hecha de conchas con unos ojos de plástico que se movían. Alicia detestaba las artesanías hechas con conchas y había jurado que jamás formarían parte de la decoración de su hogar, sobre todo de la del baño. Cam insistiría en que aquella rana viviera en su baño de Maine.

Aunque tampoco tenían, de momento, ninguna habitación en Maine. Cam estaba bastante segura de que ese hotel ni siquiera existía. Se metió un palo para rascarse la espalda con forma de flamenco por los pantalones. Llevaba sus pantalones anchos llenos de bolsillos que se ataban por las rodillas, así que podía hacerse con un buen botín. Entonces recibió un mensaje de Lily:

TMSLA (tu misión si la aceptas):
Petardos y candelas romanas de Rocket City.

Iban a parar en casa de Lily en una hora y Cam no veía la hora de que llegara el momento. Si su amiga quería petardos, le conseguiría petardos.

Carolina del Sur era uno de los pocos estados que todavía no tenían leyes que te impidieran dejar que tus hijos se volaran los dedos con una M-80. Cam fingió seguir mirando los artículos de la tienda mientras se dirigía a la salida y luego cruzó la carretera hasta la tienda de petardos, Rocket City. Estaba al lado de la gasolinera, lo que parecía responder a una planificación deficiente. ¿A quién se le ocurría poner una tienda de explosivos al lado de una gasolinera? De todos modos, no era una misión difícil de cumplir, porque la mujer desdentada del mostrador estaba ocupada viendo un programa de camiones gigantes en televisión.

Los largos detonadores de los petardos le arañaban las piernas al pasar junto al Sombrero Ride, el tren difunto, decrépito y destartalado del parque. La montaña rusa tampoco funcionaba, pero la arreglarían el mes que viene, o eso decía Carlos, el tipo que montaba guardia en la puerta vacía.

Cam se encontró con su madre y con su hermana en el salón de juegos. Perry, en cuya mejilla izquierda galopaba un unicornio blanco, le estaba rogando a su madre que le sacara un gráfico de sus biorritmos en una vieja máquina de madera de los setenta.

Alicia seguía pegada al teléfono, escuchando cómo comunicaba el número del único hotel que había en Promise, Maine.

Al final, Perry ganó la negociación. Alicia metió un dólar en la máquina, las luces amarillas resplandecieron alrededor de la cabeza parpadeante de un *swami* y Perry metió el dedo en una pinza que se parecía a las que le ponían a Cam en el hospital para medir sus niveles de oxígeno. Las luces parpadearon de nuevo y luego la máquina escupió una tarjeta que decía que Perry tendría suerte en el amor.

«No me digas —pensó Cam—. Es una diosa escandinava rubia». ¿Habría alguien sentado en el interior de esa máquina?

—Inténtalo tú, Cam. Venga.

—Claro. Y si dice que tendré suerte en el amor sabremos que es una estafa.

Cam metió el dedo en la pinza, las luces parpadearon y la cabeza del *swami* se apagó. Entonces escupió otra tarjeta. A primera vista, ya se había dado cuenta de que era distinta a la de su hermana: no tenía ningún bonito borde rojo alrededor y, cuando intentó sacarla, fue como si el *swami* se la quisiera tragar otra vez. No la soltaba. Cam la cogió con las dos manos y tiró con más fuerza, pero no logró sacarla. Apoyó un dedo en la máquina y tiró por última vez. Cuando por fin la desencajó, se cayó hacia atrás. Bajó la vista: lo que tenía en las manos era un papel en blanco.

Le dio la vuelta para ver si había algo impreso en la otra cara. Echó un vistazo a la rendija por si había otra tarjeta, pero no. La cara de cera del *swami* parecía sonreírle con maldad.

—Está en blanco —dijo Cam, decepcionada, muy a su pesar.

—¿Lo ves? —contestó Perry—. Tienes que creer; si no, no sabe que existes.

Cam hizo una bola con la tarjeta. Igual sus niveles de oxígeno estaban muy bajos. Se sentía débil desde que habían llegado a Atlanta y probablemente lo más razonable fuera ir al hospital, pero sabía que si dormía bien por la noche, al día siguiente estaría bien.

O quizá no. Quizá, después de todo, su futuro estaba en blanco.

SIETE

El camino serpenteante de la entrada de casa de Lily, que estaba cubierto de pinocha, se adentraba en un bosque de pinos y se abría al llegar a una casa moderna, inspirada en las cabañas de madera que se encuentran en el bosque. Igual que el sirope bajo en calorías, era una imitación enorme y diluida del modelo original. Las marcadas líneas horizontales de su arquitectura estaban interrumpidas por unas ventanas preciosas en forma de arco y suavizadas por un caótico jardín de estilo inglés que había crecido sin control en el patio delantero. La hierba mojada del patio trasero descendía hasta el lago.

Solo eran las ocho de la tarde, pero Cam estaba cansada. Habían tardado menos de una hora en llegar a casa de Lily desde South of the Border, pero, Cam había pasado todo el trayecto dudando si lograría llegar. Le palpitaba la cabeza y le dolía todo. Casi había tenido que recurrir al pequeño gotero de morfina para emergencias que llevaba en el bolsillo secreto de los pantalones, pero no quería estar malhumorada e irritada cuando viera a Lily, así que se había limitado a beber un montón de agua y a tomar un poco de la raíz de caléndula que había robado en Whole Foods. Sin embargo, ver la casa de Lily la alivió un poco. Solo había estado una vez, pero la imagen le resultó familiar y reconfortante de inmediato. La gente que vivía allí sabía de qué iba el tema.

Cam salió del coche y estiró los brazos en el aire. Antes de que pudiera siquiera ponerse los zapatos, Lily salió corriendo por la puerta principal, la cogió de la muñeca y tiró de ella colina abajo, hacia el agua.

—Ay, ay, ay —canturreó Cam mientras intentaba, sin éxito, evitar las piñas que terminaban todo el tiempo bajo sus pies.

—Cuidado con las piñas —le advirtió Lily, que saltaba con aire etéreo alrededor de ellas con un vestido blanco y vaporoso que la hacía parecer una diminuta hada de los bosques.

Fueron de puntillas hasta el final del muelle, donde Lily había preparado dos Coca-Colas, una caja de cigarrillos American Spirit y una concha que usaba como cenicero. De vez en cuando, la fibra de vidrio de la lancha motora rechinaba al chocar contra los neumáticos que estaban clavados a los lados del muelle. La luz de la luna había creado un camino amarillo y brillante en el agua que casi la invitaba a recorrerlo.

—Bueno, pues lo he hecho —anunció Lily mientras encendía un petardo y lo lanzaba fuera del muelle. Explotó con un estruendo que resonó sobre el lago. Resultó que Lily era toda una experta en pirotecnia, o una pirómana, Cam no estaba muy segura—. ¿Qué más me has traído? —preguntó, buscando ávidamente más explosivos en la mochila de Cam.

—¡Espera un momento! ¿Qué es lo que has hecho? —preguntó Cam. Por lo que veía, Lily había hecho muchas cosas desde que habían compartido litera por última vez en el ensayo clínico de Memphis. Su pelo, que solía llevar corto y punki, con las puntas verdes, volvía a estar de su color natural, rubio ceniza, y le llegaba hasta los hombros. Lo llevaba peinado hacia atrás con una delgada diadema. Había dejado de usar su llamativo lápiz de ojos dorado y ahora llevaba una sombra de ojos azul clarito (¡azul!) que combinaba con el azul cristalino de sus ojos—. ¿Qué has hecho, Alicia, meterte en la madriguera del conejo?

—Supongo que podríamos llamarlo así. —Lily esbozó una sonrisilla. Se sentó junto a Cam al borde del muelle y metió los pies en el agua.

—¿Lo has hecho? ¿Eso? —preguntó Cam mientras veía lo lejos que podía salpicar. Luego observó cómo el agua se calmaba dibujando círculos concéntricos.

—Afirmativo. —Lily sacó un pie y lanzó unas gotas de agua medio metro más lejos que Cam.

—¿Con quién?

—Con Ryan —contestó Lily sin poder reprimir una sonrisa.

—¿Y quién es Ryan? —preguntó Cam. No se podía creer que se estuviera enterando en ese momento. Hablaban día sí, día no. ¿Cómo era posible que Lily no le hubiera comentado que tenía un «amante»?

—Lo conocí en la iglesia.

—¿Ahora vas a la iglesia? —Era una sorpresa tras otra.

—Y formo parte de la agrupación juvenil —contestó Lily mientras sacaba el pie del agua. Temblaba un poco, así que cogió su toalla de playa naranja y se la echó encima. Se acurrucó contra Cam, pegando su hombro al de ella.

—¿Y los de la agrupación juvenil no estáis en contra del sexo antes del matrimonio? —Cam no entendía cómo era posible que tuviera frío. Todavía estaban a veintiséis grados y había mucha humedad, pese a la ligera brisa que venía desde el lago.

—Públicamente.

—¿Y en privado?

—Como conejos.

—Ya. Gracias por resolver por fin el misterioso atractivo de la agrupación juvenil. Entonces ¿también vas a conciertos de rock cristiano?

—No. Tenía que poner ciertos límites —respondió Lily. Todavía escuchaba a Rancid, Propagandhi, Anti-Flag, Dead Kennedys y otros grupos punk, pero había renunciado a otros como Crucifux y Christ on a Crutch, por Ryan. Por no mencionar el nombre del Señor en vano y todo eso.

—¿Y cómo es? No sé por qué, me lo imagino desgarbado, con pecas y granos.

—Cam.

—Pero en el buen sentido. Con granos, en el buen sentido.

—¿Cómo se pueden tener granos en el buen sentido?

—No lo sé. —Cam sentía algo. ¿Eran celos? ¿Estaba celosa de Ryan, ese tipo desgarbado lleno de granos? ¿Le daba envidia que Lily hubiera tenido esa experiencia? ¿O estaba enfadada porque no se lo hubiera contado? De repente, se sintió avergonzada por haberle confesado a su amiga sus pensamientos y deseos más íntimos mientras ella llevaba una vida secreta. Observó una libélula que revoloteaba sobre el lago saltar de un sitio a otro cinco veces antes de preguntar—. Entonces, ¿Ryan es… tu novio?

—Cuando rompa con Kaitlin.

—Ya. —«Hay una pega —pensó—. Siempre hay una pega».

—No. Yo sé que me quiere. Es solo que lleva mucho tiempo con Kaitlin, así que no le resulta fácil librarse de ella —contestó Lily mientras sacaba un American Spirit de la cajetilla.

—Déjame adivinar. Kaitlin no cree en el sexo antes del matrimonio.

—Cam. Me quiere. Las mujeres sabemos estas cosas —dijo entre dientes mientras se encendía el cigarrillo con el mechero de South of the Border que Cam había robado en Rocket City.

—¿Las mujeres? ¿Te ha hecho mujer?

—Completamente —respondió mientras adelantaba el labio inferior para exhalar hacia el cielo y no echarle el humo a la cara.

—No fumes —dijo Cam.

—No me rayes —replicó Lily mientras tiraba la ceniza al lago.

—Pero ¿cómo sabes que te quiere? O sea, ¿cómo estas tan segura?

—Por las señales, Campbell.

—¿Como en los dibujos de Bugs Bunny, cuando se le salen los ojos de las órbitas y hay una ristra de corazones que le rodea la cabeza y pajarillos que cantan y el corazón se le sale visiblemente del pecho?

Lily la miró.

—¿Cómo lo has adivinado?

—No, en serio.

—No lo sé —contestó Lily, jugueteando con el paquete de cigarrillos hasta sacar otro. Se lo puso en los labios y lo encendió—. Cuando me toca siento una vibración —continuó, guiñando un ojo por el humo—. Una energía que me recorre todo el cuerpo. Una sabiduría visceral. Tengo escalofríos, se me ponen los pelos de punta. Cada vez que me toca. Y solo cuando él me toca. Por eso lo sé.

—Una sabiduría visceral —masculló Cam—. ¿Y eso no significa simplemente que lo deseas?

—Por Dios, Campbell, ¡ya está bien! Sé lo que sé, ¿vale?

—Vale, vale, bueno, me alegro por ti. Felicidades por lo de Ryan. —Cam estaba intentando alegrarse por Lily, pero no había nada que sonara más como un salido que un chico de diecisiete años llamado Ryan.

—Y tengo que confesar otra cosa —dijo Lily mientras se volvía para mirarla. Por primera vez desde su llegada, Cam se fijó en lo delgada que estaba su amiga. Tenía la piel de un gris plateado y diáfano, los dedos largos y finos y las facciones, sobre todo la nariz y los pómulos, muy afiladas.

—¿Aún hay más? No sé si podré soportarlo. Oye, ¿no te estás pasando un poco con la cancerexia? ¿Ya comes?

—Sí, como, Cam, y he escrito una carta a la fundación Pide un Deseo. —Las dos habían jurado no hacerlo nunca. No iban a formar parte del negocio del cáncer ni explotar la enfermedad para conseguir cosas gratis—. Quiero ir a Italia con Ryan.

—¿Y a Kaitlin qué le parece? —preguntó Cam. No se podía creer que Lily hubiera claudicado.

—Cállate. Tú también deberías hacerlo. Escríbeles.

Además de «Querida fundación Pide un Deseo, desearía no tener cáncer», Cam no tenía ni idea de qué escribir. «Querida fundación Pide un Deseo, ¿podéis ayudarme a echar un polvo antes de morirme?». Venga ya. Llevaba tanto tiempo entrenándose para no querer, esperar ni desear nada que le costaba encontrar algo que pedir. Y estaba conforme. Tenía su coche, tenía su pájaro y estaba en la carretera, huyendo. Si seguía huyendo, quizá el cáncer jamás la atraparía.

—No tengo ningún deseo —dijo.

—Claro que tienes deseos. —Lily se apoyó en ella.

—Déjalo ya. No tengo. —Se apartó.

—Sí tienes —insistió Lily, tirando otro cigarrillo en el lago.

—¿Qué te pasa con la basura? Querida fundación Pide un Deseo, desearía que mi amiga Lily dejara de fumar y de tirar las colillas al lago.

—Pues les escribiré yo por ti.

—Estupendo. Seguro que me mandan a Disney World.

Los grillos que no paraban de cantar con su voz de soprano y unas cuantas ranas barítonas que croaban llenaban el silencio incómodo. Con todo ese rollo con Ryan, Lily se había adentrado en un lugar al que Cam, probablemente, jamás iría. Era como si, de repente, estuviera representando a Sandra Dee y Lily a Rizzo, de *Grease*, y Cam no se quitaba de la cabeza esa estúpida frase de la canción, «plagada de virginidad». Sentía que entre ellas se había abierto un abismo que se hacía cada vez más ancho y profundo. Un abismo que le atravesaba el corazón.

—Por cierto, Kaitlin tiene anginas, así que mañana Ryan nos llevará de pícnic. Así lo conoces.

—Fantástico. ¿Y qué voy a hacer yo mientras vosotros dos os vais a enrollaros al bosque?

—Bueno, Ryan tiene un amigo. Andrew.

—Por Dios, Lily, no.

—Por Dios, Cam, sí.

—Sabes que puedo jugar la carta de la enfermita, ¿no? La verdad es que me encuentro fatal.

—Confía en mí.

—Vale, está bien —accedió Cam. Deseó haber incluido «tener una cita a ciegas desastrosa» en la lista del flamenco, porque estaba segura de que habría podido tacharlo.

—Quiero hacer una cosa —dijo Lily. Se puso de pie y fue detrás de Cam. Esta pensaba que estaba buscando más petardos o algo así, pero antes de que pudiera darse la vuelta, Lily murmuró—. En el nombre del Padre, del Hijo y del Espíritu Santo, yo te bautizo, Campbell Maria Cooper.

Y entonces empujó a Cam al lago.

Cam tardó varios segundos en comprender lo que acababa de pasar, en conectar los pedacitos que componían la experiencia sináptica, unir los puntos y entender: empujón, caída, miedo, humedad, frío, chapoteo, sonidos amortiguados, agua, ¡lago! Se quedó suspendida un segundo en el silencio que reinaba bajo el agua. Notó las cosquillas que las algas le hacían en los pies y luego pataleó hacia la superficie.

El agua parecía tan limpia que Cam se volvió a sumergir antes de aferrarse a la escalera de plástico blanco que había al borde del muelle y se impulsó hacia arriba.

Lily se asomó por el borde con un brillo travieso en los ojos, esa mirada que significaba que no estaba pensando en nada bueno. Como aquella vez, en el hospital, cuando asaltó el armario de suministros, robó unas bolsas de basura blancas enormes, enrolló papel higiénico alrededor de sus cabezas y obligó a Cam a marchar con ella en la rúa de Halloween como «basura blanca».

—Perdona —dijo Cam mientras escupía agua—, pero ¿me acabas de bautizar? —Los padres de Cam eran agnósticos y no creían en rituales religiosos que pretendían distinguir a unas personas de las otras. ¿Cómo te iba a garantizar el acceso al cielo que alguien te tirara agua en la cabeza?

—Más o menos.

—¡Lily! ¡No le puedes hacer eso a alguien sin su consentimiento!

—A los bebés se lo hacemos siempre.

—Yo no soy un bebé. Ayúdame a salir. —Lily le tendió la mano y entonces Cam tiró de ella, arrojándola al lago de cabeza—. No me puedo creer que hayas caído —le dijo cuando salió a la superficie—. Es el truco más viejo del mundo.

—Me lo merecía —dijo Lily, nadando. La ropa mojada tiraba de sus cuerpos hacia las profundidades, así que flotar les resultaba difícil. Cam le tendió una mano y tiró de ella hacia la escalera. No pesaba nada.

—Pues sí. ¿Y cómo me desbautizo?

—Pecando. Y mucho.

—Me parece que eso se te da mejor a ti. Yo soy la más pura de las dos.

—Excepto por el asunto de «no robarás».

—Sí, eso se está convirtiendo en una mala costumbre.

La luna arrojaba su luz justo sobre Lily, como si fuese su foco personal. Bailaba tras ella entre las olas del lago.

—No crees que eso marque la diferencia, ¿no? —preguntó Cam.

—No lo sé. ¿Has encontrado a Jesús?

—¿Por? ¿Está ahí abajo? —bromeó Cam mientras se metía debajo del muelle.

—Qué graciosa. He pensado que era mejor prevenir que curar.

—Bueno… Gracias, supongo. —Cam intentó enfadarse, pero luego pensó que si no le había importado no estar bautizada, tampoco debería importarle estarlo. Su abuela católica estaría entusiasmada. Y era un gesto dulce por parte de Lily. Era su forma de incluir a Cam en el rebaño, en su nueva vida repleta de Ryans y cristianismo.

Cam salió del agua y se envolvió en la enorme toalla naranja. Las dos recogieron las latas de Coca-Cola, el cenicero y los cigarrillos sin dejar de temblar. La casa parecía sonreírles con una cara de ventanas con luz amarilla.

—Bueno, de todos modos, ahora estás salvada —dijo Lily. Entrelazó su brazo huesudo con el de Cam y subieron la colina juntas hacia la casa.

OCHO

Vivir en una mansión prefabricada no estaba tan mal. Al día siguiente, después de dormir con unos siete cojines de distintos tamaños y formas y sábanas a juego en una habitación para ella sola que además disponía de control de temperatura, establecida en veintidós grados, Cam se despertó llena de energía y lista para enfrentarse a lo que Lily le tuviera preparado.

Bajó adormilada las escaleras hechas de troncos partidos y cubiertas de una moqueta verde. La madre de Lily, Kathy, la saludó cuando llegó a la cocina. Era sureña, pero mucho, en plan *Lo que el viento se llevó*. Llevaba una media melena corta teñida de rubio, tenía tetas de silicona y uñas postizas.

—Buenos díííias, Caaam —dijo Kathy. No era tan tonta como el acento parecía sugerir. Qué extraño, que un acento te pudiera hacer parecer tonta. Cam no tenía, porque el acento de Jersey de su madre se le había disimulado con el de Florida y el resultado había mutado en una carencia de acento—. ¿Qué te apetece para desayunaaar?

Cam miró a su alrededor. Armarios de madera de cerezo, rojiza y oscura, electrodomésticos de acero inoxidable, encimeras de granito y una isla en el centro. La ventana que había detrás de la pila daba al lago, que en su versión matinal parecía humear volutas de niebla, como una taza de té. Probablemente, tendrían cualquier cosa que se le ocurriera para desayunar excepto lo que más le apetecía: cereales Lucky Charms.

«Mientras no me den piña», pensó Cam. La noche anterior, la madre de Lily había preparado un festín polinesio (tal y como lo interpretaba una cocinera de Carolina del Norte) con una cantidad considerable de piña.

—¿Es auténtico? —había preguntado Kathy.

—No sabría decir —había contestado Alicia—. Pertenezco a una enorme familia italiana de Nueva Jersey.

Todos se habían echado a reír. Las dos familias eran amigas, pero solo hablaban sobre cáncer. La enfermedad había consumido sus vidas y sus interacciones. Recuentos sanguíneos, ensayos clínicos, avances, síntomas, formas de obtener más energía, más vida.

El neuroblastoma era un cáncer de bebé. A las neuronas de los bebés les pasaba algo antes de madurar y empezaban a crecer sin control, creando tumores alrededor del hígado y luego extendiéndolos a los huesos, los riñones o a cualquier parte del cuerpo, en realidad. El noventa y nueve por ciento de los casos se encontraban en bebés. Y la mayoría de la gente, cuando se lo detectaban de bebés, lograba sobrevivir. De hecho, con los bebés, se conocían casos en los que incluso había desaparecido de forma espontánea y milagrosa. Si lo pillabas cuando eras mayor era otra historia. Las probabilidades de sobrevivir no eran muchas.

—Caaam. Quería hablar contigo un *minuuuto*, cariño —dijo Kathy mientras se servía otra taza de café.

«Más cháchara sobre cáncer», pensó Cam.

—¿Tenéis Lucky Charms? —la interrumpió, intentando evitar la conversación—. Me apetecen Lucky Charms.

—Puede que sí, cariño. Mira en la despensa.

La despensa era una habitación aparte casi tan grande como la del restaurante, llena de estanterías y estanterías de latas y comida desecada organizada por tipos. Cam echó un vistazo a la estantería de los cereales y comprobó que, tal y como se esperaba, todo era orgánico y con fibra. No le extrañaba que Lily estuviese adelgazando tanto. Cogió una caja de copos orgánicos y volvió a la cocina.

—Con esa despensa podrías alimentar a un pueblo entero —comentó.

—Sí, deberíamos llevar algo al banco de alimentos. Escucha, Cam…

—No había Lucky Charms, pero he encontrado esto —la interrumpió sacudiendo la caja—. Cuarenta por ciento menos de azúcar y libre de grasas trans.

—Genial. Caaam… Escucha, nos hemos enterado de que hay un nuevo estudio. Malcolm ha llamado a algunas puertas y hemos conseguido que acepten a Lily.

Es bastante caro, pero estaríamos encantados de pagártelo si quisieras probarlo con ella. Está en Chicago y hemos entrado porque conocemos a alguien que conoce a alguien y...

Cam se distrajo un segundo con un cardenal rojo que pasó volando por la ventana de la cocina, detrás de Kathy.

—Mi madre conoció a Madonna —comentó. Se sentó en un taburete junto a la isla de la cocina y apoyó los codos huesudos en el granito.

—Ah... ¿De verdad, cariño?

No era que abandonar la medicina occidental no le diera miedo. La medicina occidental era su vida entera. Toda su identidad se había desarrollado envuelta en leucocitos y linfocitos y neuroblastos y metástasis, quimioterapia, radiación, cirugías y procedimientos. Y nada de ello había importado. Ni la industria del cáncer, que valía un billón de dólares, ni toda su maquinaria habían servido de nada. Ahora, Cam era consciente de ello. Todo el dolor que le había causado, todos los trasplantes de médula ósea... Para nada. La guerra contra el cáncer, como cualquier guerra, era inútil, excepto por su capacidad para estimular la economía. Las drogas se vendían, los médicos cobraban, las empresas farmacéuticas se hacían de oro. Cam se había convertido en un daño colateral de la guerra contra el cáncer... y estaba harta. Había tirado la toalla.

—Pero no creo que Madonna pueda llamar a ninguna puerta —concluyó Cam.

—Bueno, ¿qué te parece, cariño?

—Kathy, creo que es muy amable por tu parte, de verdad. Pero no creo que ese sea mi camino.

—¿Y desde cuándo tienes un camino? —intervino Alicia, que estaba apoyada en el marco de la puerta con su pijama y su kimono y una taza de café en las manos. Tenía tallado en el rostro ese semblante rígido, serio y ligeramente divertido de madre decepcionada que Cam casi nunca veía, porque casi nunca hacía nada malo.

—Desde ahora. Vamos a ese pueblo loco de Maine, ¿no te acuerdas? Esa es nuestra estrategia, ya que no conocemos a alguien que conozca a alguien.

—¿No crees que al menos deberíamos intentarlo? —insistió Alicia—. Es medicina, Campbell. —Se apartó un largo mechón rizado de los ojos, que, como era por la mañana, estaban enrojecidos.

Cam vaciló un segundo. Intentarlo solía ser mejor que no intentarlo... Pero no en este caso. El viaje por carretera la estaba cambiando un poco. Ahora que se sentía implicada en la idea, quería terminar lo que habían empezado.

—*A'ohe I pau ka 'ike I ka halau ho'okahi* —dijo. Era un proverbio hula que significaba «no todo el conocimiento se halla en una sola escuela»—. No más ensayos, mamá.

Lo único que había hecho el último era disminuir su sistema inmunológico hasta tal punto que le había salido una culebrilla (una enfermedad propia de hombres de setenta años) e infecciones por hongos en todo el cuerpo, incluida la lengua. No había podido cerrar la boca en tres días. La «ciencia» que había en aquellos ensayos, simplemente, no tenía sentido. No se le destruye el sistema inmune a alguien para que esté más sano. Promise, en Maine, tenía tanto sentido como eso. Cam cogió un plátano y salió de la cocina.

Se dio de bruces contra Lily, que iba vestida con unos shorts vaqueros y un top de calicó y se disponía a preguntarle a su madre si había terminado de prepararle la cesta de pícnic.

—¿Le has pedido a tu madre que prepare la cesta para el pícnic?

—Ya casi está —contestó Kathy mientras metía el queso brie y los albaricoques.

—Gracias, mamá. —Lily le dio un abrazo. Era una niña mimada, pero, de algún modo, había convertido ese rasgo en una parte adorable de su personalidad. Luego se volvió para mirar a Cam—. ¿Eso es lo que te vas a poner? —le preguntó. Cam aún llevaba la camiseta demasiado grande que se ponía para ir a dormir, en la que se leía «Frankie Says Relax».

—Me acabo de despertar. ¿No es un poco pronto para ir de pícnic?

—Es que esta tarde Ryan tiene que ir no sé dónde. ¡Vamos! Vístete.

Cam volvió a la habitación de invitados y, murmurando entre dientes, se puso los pantalones anchos y un top negro y liso. Se peinó el pelo con la mano y punto. No tenía intención de impresionar a nadie.

Estaba pensando en si llevar pendientes o no cuando oyó una bocina desde la calle. Cogió su mochila, salió corriendo y, al ver un Hummer amarillo al ralentí, quiso que se la tragara la tierra.

—¡Vamos! —la apremió Lily. La cogió de la mano y tiró de ella hacia el enorme vehículo.

—Por Dios, Lily. ¿No sería mejor que condujera un Prius?

—No seas aguafiestas.

—Perdóname por ser reacia a destruir el planeta con mi tanque. Debería ser más maja.

—¡Campbell! —Lily la soltó y llegó a la camioneta literalmente de un salto, mientras la cesta de pícnic le golpeaba las piernas. Cam tuvo que ayudarla a abrir la puerta gigantesca—. ¿Dónde está Andrew? —preguntó al ver el asiento trasero vacío.

—En lacrosse —contestó Ryan.

—¿No viene? —insistió Lily.

—No.

—¡Ryan! ¿Por qué no me lo has dicho?

—No es para tanto, Lil, vamos —contestó él.

—Al menos dejadme coger un libro o algo para entretenerme —suplicó Cam. Intentó volver a la casa, pero Lily la empujó hasta que no le quedó más remedio que sentar el culo escuálido en el asiento de atrás.

Ryan tenía el pelo rizado y pelirrojo, la piel blanca y pecas. Tenía, de hecho, unos cuantos granos, pero nada muy repulsivo. Todo en él parecía nuevo, naciente y carente de pelo, como si acabase de salir de un huevo extraterrestre y hubiera caído en el planeta de la adultez. Todo menos su voz: tenía un timbre profundo y grave, como de actor, y cuando dijo: «Cam, me alegro de conocerte al fin», comprendió por qué Lily había caído de cuatro patas. De todos modos, habría preferido quedarse en casa e ir al cine con su madre y Perry.

Una vez llegaron al parque, subieron una de las colinas del este de Carolina del Norte. Cam se lamentaba por la pérdida de sus cuádriceps con cada paso agotador que daba, pero el aire era agradable y la refrescaba lo suficiente para animarla y para dar un poco de color a las mejillas de Lily. Llegaron al mirador, un acantilado con vistas sobre todo el «lago», que consistía básicamente en una especie de embalse fabricado por el hombre, una maravilla del Cuerpo de Ingenieros del ejército, un campo de soja inundado. De todos modos era bonito, con el sol que lo iluminaba y lo hacía brillar y las voces claras de los colimbos y los navegantes, que reverberaban hasta ellos.

Ryan extendió la manta de cuadros e insistió en rezar antes de ayudar a Lily a sacar la comida. Se aseguró de que ella comiera algo antes de tocar un solo bocado.

—Tienes que comer, Lily. Venga —insistió, preparándole un canapé perfecto con una galleta salada, queso al pimiento y un pepinillo, el aperitivo preferido de Lily.

Había sido divertido y caballeroso durante todo el paseo. Había cargado con todas sus cosas y había empezado conversaciones amistosas y triviales. Debía de haber tomado las mismas clases de etiqueta en el «club» del que Lily había formado parte de pequeña, y Cam supuso que hacían buena pareja.

Lily dio un bocado y se tapó la nariz y la boca con una servilleta. Al cabo de pocos segundos, la servilleta estaba empapada de sangre.

—¡Mierda! —exclamó Lily.

—Aprieta. —Cam se acercó para darle una servilleta de tela y buscó hielo en la neverita. Ayudó a su amiga a echar la cabeza hacia atrás y presionó el hielo contra el puente de su nariz. Lily tenía hasta los dientes manchados de sangre—. ¿Te pasa mucho? —le preguntó. Excepto por su aspecto frágil, era la primera señal que había visto de que su amiga no estaba totalmente en remisión.

—Sí. Es nuevo.

—Qué bien. Bueno, a mí me dio una crisis epiléptica en el aparcamiento de la tienda de todo a un dólar, si te sirve de consuelo.

—Fantástico. Ahora vuelvo. —Se dirigió a las cabinas donde estaban los retretes, que se encontraban en el bosque, a unos cien metros—. Aprovechad para conoceros mejor —añadió sin quitarse las manos de la nariz.

Cam se sentó en la manta y se limpió la sangre de las manos con un poco de agua embotellada. Ryan y ella se quedaron contemplando el lago.

—Bueno. —Cam aún estaba un poco nerviosa—. Se supone que tengo que conocerte mejor —dijo, como si estuviera en una novela de Jane Austen.

—¿Qué quieres saber? —preguntó Ryan.

—¿La verdad?

—Soy un libro abierto.

—Quiero saber cuáles son tus intenciones —dijo Cam, sin desviarse del vocabulario propio de Jane Austen.

—¿Mis intenciones?

Una brisa sibilante pasó susurrando a través de los pinos, por encima de sus cabezas, en la distancia. Cam oyó el repiqueteo de un pájaro carpintero.

—Sí. Con Lily. Ella cree que la quieres —dijo Cam.

Ryan se puso recto y se cruzó de piernas. Probablemente lo había puesto nervioso que le hablase de amor.

—Tengo la intención de disfrutar del tiempo que nos quede —contestó él mientras cogía una nectarina de la cesta.

—¿Y qué pasa con la otra tía?

—¿Qué pasa con ella?

—¿Vas a romper con ella?

Ryan se quedó mirando al lago, lanzó la nectarina al aire, la cogió y le dio un bocado con torpeza. Con la boca todavía llena de nectarina («¿Qué ha sido de la etiqueta?», pensó Cam), se volvió hacia Cam con mirada de acero y dijo:

—¿Y eso de qué serviría?

—¿El qué? —los sorprendió Lily. Llevaba una mancha de sangre seca tatuada en el antebrazo, pero esa era la única señal de que le había sangrado la nariz. Ryan se levantó y se marchó—. ¿Qué le pasa? —preguntó Lily.

—Ni idea —contestó Cam.

Esa noche, durante la cena, después de que Cam cometiera el error de comer en el bajoplato, Perry leyó en voz alta la vergonzosa lista de milagros que había anotado en la libreta que le había regalado Izanagi hasta entonces. Solo Perry podría encontrar milagros en la interestatal 95.

Se podía argumentar a favor de algunos de los puntos más imprecisos de la lista, como el número tres, «Alicia no ha perdido la paciencia desde Atlanta», o el siete, «Las patatas fritas del McDonalds», pero cuando empezó a anotar cosas como las grúas o los motores a gas bajo el paraguas de «Milagros del transporte», Cam tuvo que plantarse.

—Eso es tecnología, Perry, no un milagro. Todo lo que pueda estudiarse en algún término acabado en «-ía» queda descalificado como milagro.

—¿Y qué hay de la angeología y la unicorniología? —preguntó su hermana.

—O la teología. —El padre de Lily, Malcolm, esbozó una sonrisa irónica. Tenía un rostro ancho, apuesto y bien afeitado, aunque tenía las mejillas un pelín caídas.

—Me rindo —dijo Cam.

—Bueno, Cam, ¿cómo ha ido tu cita con Andrew? —Kathy le guiñó un ojo. En aquella familia, ponían lo más incómodo sobre la mesa a la hora de la cena, como una carcasa de pollo vacía, fría y desnuda a través de la cual soplara el viento.

—Pues me ha dado plantón —contestó mientras daba un buen bocado a una mazorca de maíz para que dejaran de hacerle preguntas.

—Tenía lacrosse —intervino Lily de inmediato, mirando a los acusadores ojos de su madre.

—Bueno, pues ¿qué te ha parecido Ryan? —continuó Kathy.

Cam supo entonces que la metedura de pata sería inevitable.

—Es majo —contestó con cuidado.

Le resultaba difícil aplacar la compulsión de decir la verdad y, cuando lo conseguía, todo el mundo se daba cuenta de que mentía. «Eso es lo que les deben de enseñar en esas clases de etiqueta —pensó Cam—. La etiqueta consiste básicamente en mentirle a la gente a la cara con educación». Sin embargo, en ese momento deseó ser capaz de hacerlo.

—Oh, oh… —dijo Malcolm. Tenía la cara rosada y Cam sospechaba que había bebido demasiado chardonnay—. Si dice que es interesante, sabremos que no lo puede ni ver.

—Pero es interesante —insistió Cam, consciente de que era una batalla perdida—. Y educado.

—Oooh, Lily —bromeó Malcolm mientras negaba con la cabeza—. No le gusta ni un pelo.

—Yo no he dicho eso —insistió Cam—. Me cae bien, Lily. Tiene una voz muy bonita.

—Muy bien —la interrumpió Kathy—. ¿Quién quiere tarta de melocotón?

Todo el mundo se quedó en silencio unos instantes. Alicia se puso de pie y empezó a recoger los platos.

—Yo te ayudo con el postre.

Cuando las madres entraron en la cocina, Lily le hizo un gesto a Cam, mirándola con severidad. «Arriba», parecía decir.

—Pero me gusta la tarta de melocotón —protestó Cam.

—Pues cómetela en mi habitación.

Cam siguió a Lily por las escaleras mientras hacía equilibrios con su triangulito de tarta en el plato. Temía el interrogatorio que estaba por venir.

—¿Por qué no te cae bien, Cam?

—¡Sí que me cae bien! He dicho que era genial —insistió.

—No, has dicho que era majo, interesante y que tenía una voz bonita, lo que, viniendo de ti, significa que lo detestas.

—Lily, solo he hablado con él unos diez minutos. ¿Cómo lo voy a detestar?

Lily la miró a los ojos, intentando encontrar ahí la verdad. Al final se rindió y relajó el rostro en una sonrisa.

—Solo quiero que os caigáis bien, ya está.

—Vale —contestó Cam—. ¿Quieres que trabajemos en la novela gráfica, guion o lo que sea? Lo he traído. —Se levantó emocionada y lo sacó de la maleta.

—Sí, por qué no —contestó Lily—. Pero deja que le dé las buenas noches a Ryan. Cinco minutos, lo prometo. —Salió de la habitación y se alejó por el pasillo.

Pero como los cinco minutos se convirtieron en media hora, Cam volvió a meter el proyecto en el sobre. De repente, al darse cuenta de lo inmaduro que le parecía, se sintió como si le hubieran dado un puñetazo. Escribir un cómic. Parecía la cosa más friki del universo. Solo una marginada social o una niña de diez años soñaría con algo así.

Cam estaba sola, excepto por la colección de troles con el pelo de colores de Lily, que la miraban fijamente. Se estremeció, avergonzada. Se tapó la cara con la almohada e intentó quedarse dormida.

A la mañana siguiente, Cam fue a despertar a Lily para despedirse. La habitación de su amiga era blanca, blanca como los lirios que habían inspirado su nombre. Todo era blanco excepto por un cuadro abstracto enorme de un gladiolo magenta en la pared del fondo. El blanco era para relajar la tensión, según la terapeuta de Lily, que era quien la había hecho pintar las paredes, que antes eran negras y tenían los nombres de las bandas favoritas de su amiga escritos con pintura de espray. Sin embargo, a Cam, tanto blanco la estresaba. ¿Y si se te manchaba algo? Era demasiada presión.

Lily estaba enterrada bajo su edredón acolchado, que también era blanco. Era tan diminuta que su cuerpo y sus miembros apenas se percibían debajo de las mantas. Cam saltó sobre la cama para decirle adiós.

—Me voy —anunció.

Lily se limitó a reírse debajo de las mantas.

—¿Te parece divertido?

—Un momento —dijo Lily y, cuando sacó la cabeza de debajo del edredón, Cam se dio cuenta de que estaba hablando por teléfono—. Estoy contigo en un minuto, Cam —dijo, y le hizo un gesto con la mano, como si quisiera apartarla, antes de volverse a meter debajo del edredón y empezar de nuevo con las risitas.

A Cam le pareció muy fría. «Estoy contigo en un minuto». ¿Y ese gesto que había hecho? Cam estaba harta de que la apartaran. Se iba y no tenía ni idea de cuándo volvería a ver a Lily. Antes nunca se hablaban de ese modo. «Estoy contigo en un minuto».

Mientras se dirigía a la puerta, se fijó en que había una bombona de oxígeno al lado del escritorio de plástico. Encima tenía dos marcos de fotos colocados uno frente al otro. En uno había una fotografía de Lily y Cam, sentadas en la cama de hospital del St. Jude's, cogidas de los hombros. Sonreían a la cámara con las cabezas calvas juntas. Antes de darse cuenta de lo que estaba haciendo, Cam la cogió y se la metió en la sudadera. Luego salió y cerró la puerta.

—¿Estás lista? —le preguntó Alicia desde el gran salón de la planta baja.

—Sí, estoy lista.

Cam puso un poco más de cinta adhesiva para sujetar mejor a Darren mientras arrancaban. Los padres de Lily los saludaron con la mano desde el escalón de la puerta principal. Cuando estaban a punto de salir, Lily salió corriendo de la casa.

—¡¿Cómo te atreves a irte sin decirme adiós?! —protestó, intentando recuperar el resuello. Se paró en mitad del camino de entrada.

—Lo he intentado —contestó Cam mientras acudía a su encuentro, a medio camino entre la casa y el coche.

—Oh, Cam, no pongas morritos. —Lily puso los brazos en jarras. El cordón de su camiseta de hospital estaba atado lo más ajustado posible alrededor de su cintura y, aun así, el dobladillo de los pantalones caía por encima de sus zapatillas y llegaba al suelo, absorbiendo el rocío de la mañana como las raíces de una flor.

—No pongo morritos. Me alegro mucho por ti. Mucha suerte con Ryan, espero que te concedan el deseo —añadió Cam con frialdad.

—Cam —dijo Lily.

Cam observó una mariquita que trepaba por una brizna de hierba durante unos instantes.

—Te está utilizando, ¿sabes? —le soltó.

—¿Y tú cómo lo sabes? —La mirada azul de Lily pasó de la preocupación al desprecio. Se endureció.

—Se lo pregunté, Lil. Y, por extraño que parezca, fue sincero. No me equivocaba con él —dijo Cam, y se arrepintió de inmediato. Se sentía vacía por dentro, como si no tuviera órganos. Era una cáscara. Un caparazón. Una carcasa vacía, solitaria y a la deriva.

—Por Dios, Campbell, no, por una vez no tienes razón. —La voz de Lily se puso más aguda al pronunciar la palabra «razón»—. Estás celosa, es evidente. —Suspiró y se pasó una mano por el pelo. Dio media vuelta y empezó a alejarse, pero entonces se detuvo—. No soportas verme feliz, ¿verdad? Necesitas arrastrarme contigo a tu desgracia. Pero yo necesito disfrutar mi vida, bajar un poco la guardia. Igual deberías probarlo.

Cam sabía que bajar la guardia sería su fin. La guardia era lo único que le quedaba.

—Supongo que no estoy tan desesperada —contestó.

Lily tardó unos instantes en asimilar el golpe bajo. Bajó la vista, pateó unas cuantas pinochas, respiró hondo y respondió:

—Es gracioso, porque eres la persona más desesperada que conozco, Campbell Cooper. —Levantó la mirada acuosa y la miró por última vez—. Y ya no tengo sitio en mi vida para tu negatividad. Necesito rodearme de energía positiva, así que necesito que me dejes en paz.

—Pareces uno de esos estúpidos libros de autoayuda.

—Te lo digo en serio, Campbell. Buena suerte con todo. —Lily volvió hacia su casa imitación de una cabaña de madera y saludó educadamente con la mano a Alicia y a Perry.

—Lily… —empezó a decir Cam, pero Lily se había ido.

En el coche, Cam sacó de la mochila el guion que habían empezado juntas. Mientras la casa de Lily desaparecía en la distancia, lo rompió justo por la mitad.

NUEVE

—¡Maria! ¡Lydia!

Su abuela salió gritando de su casa de tres plantas de Hoboken, desde la que se veía la silueta de Manhattan si asomabas por la ventana del ático y mirabas a la izquierda. Nana llevaba un chándal azul chillón. Todo a juego.

—Mamá, llámalas por su nombre —protestó Alicia.

—Ni siquiera me acuerdo de cómo se llaman. ¿Cómo era? ¿Harry y Jonathan?

—¡Mamá!

—Estoy de broma. Niñas, prometedme que a mis bisnietas les pondréis nombres de niña, ¿vale? Es mi último deseo. ¿Qué os parece Rose? Ponedle mi nombre a vuestras hijas.

—Claro, Nana —accedió Perry mientras la abrazaba.

—Buena chica —contestó ella y le dio un beso en la cabezota rubia.

Cam todavía no era capaz de hablar: ver a su abuela le había hecho un nudo en la garganta. No era consciente de lo mucho que la había echado de menos.

—Campbell —dijo la abuela mientras abría los brazos fláccidos de par en par. Campbell se derrumbó entre ellos.

—¿Ves? Sí que te acuerdas de mi nombre —dijo.

—De ti no me olvido nunca, cariño. Mi primera nieta... Eres mi corazón —le susurró para que Perry no la oyera—. Vamos, venid —les pidió mientras se secaba una lágrima en secreto—. Comamos. Seguro que tenéis hambre. Mírate, toda piel y huesos. Pareces una de las gemelas Olsen.

—¿Cuál? —bromeó Cam.

—La que está saliendo con Justin Bartha.

—¿Quién es Justin Bartha? Deberías dejar de leer la revista *People*.

—¿Qué pasa? La leo en el salón de belleza. No estoy suscrita ni nada por el estilo. —Sacó unas fiambreras de la nevera. Toma, cómete esto. Es lasaña milagrosa. Tony Spinelli la comió la semana pasada y le desaparecieron las piedras de la vesícula como por arte de magia.

—¿Crees en los milagros, Nana? —preguntó Cam.

—Lo que yo crea no importa, ¿no? Ahora mismo, Campbell, lo único que importa es lo que creas tú —respondió mientras se servía otra taza de café de su cafetera de acero inoxidable de los setenta.

Eso era lo que a Cam le encantaba de la casa de su abuela: nada cambiaba nunca, salvo que amarilleara o envejeciera. Nana conservaba su cafetera de los años setenta, el mismo cuadro bordado con la frase «LA COCI-

NA DE NANA», los mismos salvamanteles de hierro fundido, las mismas manoplas de croché y el mismo visillo amarillo y arrugado en la ventana de la cocina, que quitaba tres veces al año para lavarlo y plancharlo. La cocina tenía las mismas baldosas de siempre, de linóleo blanco y negro, como un tablero de ajedrez, y la misma mesa de fórmica cromada con cuatro sillas de vinilo rojo. Todo estaba igual que siempre.

—Ella no cree en nada —aseguró Perry.

—Creo en ti, Nana —repuso Cam.

—Pues más te vale encontrar algo más poderoso que yo, cariño.

Hubo un tiempo en el que Cam habría tenido fe, auténtica fe, en todo ese asunto de los milagros. De hecho, hubo un tiempo en el que creía que era especial. Le sucedían cosas, cosas sutiles pero maravillosas que la hacían pensar que había alguien, un poder superior, que la cuidaba.

Cuando tenía seis años pensaba mucho en las manos de Dios. Para la Cam de seis años, Dios era un anciano barbudo que estaba sentado en una nube y tenía unas manos enormes que te harían daño si decidían pegarte. Pero las manos de Dios no le pegaron nunca. Sin embargo, una vez, cuando subía fatigosamente la cuesta de su calle en un día caluroso de la cenagosa Florida, deseando tener una bicicleta para llegar antes a casa de su amiga Jessica a jugar a las Barbies, fue barrida del suelo por... ¿un vórtex misterioso? ¿Las manos de Dios? Y fue depositada justo en la puerta de Jessica. Un minuto estaba delante de la casa de Mark VanHouten, la que tenía el rottweiler terrorífico atado con una cadena, y al siguiente estaba a medio kilómetro de distancia, en casa de Jessica, con las Barbies de pelo rubio y corto en la mano, consecuencia de tener una hermana pequeña que se había hecho con unas tijeras.

En definitiva, hubo un tiempo en el que Cam sí habría creído en los milagros, un tiempo en el que fue elevada por una fuerza misteriosa y depositada con suavidad en la puerta de casa de su amiga. Pero aquello sucedió antes de los divorcios y del cáncer y de que su padre muriera de repente, en la mitad de su vida. Mucho antes de que Cam supiera que no llegaría a su dieciocho cumpleaños.

Al caer la noche, cuando Cam y Perry estaban babeando delante de un *reality show* y su madre visitaba a viejos amigos, la abuela entró en el salón vestida de negro. Llevaba un body y unas medias de Jazzercise debajo de unos bermudas y una gorra de béisbol y lápiz de ojos negro corrido debajo de los ojos.

—¿Preparada, Campbell? —preguntó.

—Dios mío, Nana, ¿preparada para qué?

—Para nuestra misión. Vamos a saltar la valla.

Según la historia de la iglesia, una mañana de domingo de 1999, la Virgen María se le había aparecido a una ama de casa llamada Joan Caruso mientras daba clase de religión a un grupo de alumnos de preescolar en la iglesia de Nuestra Señora de la Ascensión, situada en la calle de la Iglesia. Estaba fuera, en el patio, dejando que los pequeños se desfogaran de forma católica, mirando un nudo en el tronco de un árbol. Entonces, poco a poco, según aseguraba Joan Caruso, que había tenido cinco hijos en cinco años y probablemente llevaba ese mismo tiempo sin dormir, el nudo del tronco había mutado hasta convertirse en el rostro de la Virgen. Y la Virgen le había dicho: «Constrúyeme un altar aquí para que todo el que venga sea curado. Hoboken se convertirá en la Lourdes de América».

Cualquiera que hubiera oído esa frase tenía que pensar por fuerza que era un chiste. A Cam le sonaba a que esa tía, Joan, estaba viendo la película de Pocahontas, esa del árbol parlante, puesta de ácido. Sin embargo, la gente decidió creerla en lugar de recetarle antipsicóticos. Aquellos que conocían la historia peregrinaban hasta el árbol de Hoboken para ser curados por sus místicas hojas de arce.

—Vamos —insistió su abuela—. Aquí tienes una linterna.

—¿Por qué no podemos hacer esto a la luz del día? —preguntó Cam mientras encendía y apagaba las luces para comprobar que las pilas funcionaran.

—Ya te lo he dicho, por Rita. —La examiga de la abuela, Rita, era la voluntaria encargada de la administración de las hojas y había denegado tres veces la solicitud de Nana para visitar el árbol y llevarse una hoja para Cam—. Hay mucho rencor entre nosotras.

—¿Qué le hiciste? —preguntó Cam mientras se levantaba del sillón reclinable.

—Me acosté con su marido sin querer. Una vez. O dos. Quizá fueron dos —contestó Nana, distraída, mientras abría y cerraba los accesorios de su navaja suiza y luego la metía en su riñonera negra.

—¿Qué quiere decir «sin querer», Nana? ¿Cómo pasa eso sin querer? —preguntó Cam.

Pero su abuela se limitó a encogerse de hombros. Tenía la misión entre ceja y ceja.

—¿Vienes, Perry? —preguntó.

—No, gracias. Estoy demasiado cansada.

—Dale de comer a Piolín, ¿vale? —le pidió Cam—. Pero no lo dejes salir de la jaula. Se pone nervioso cuando está en un sitio nuevo.

Cam ya iba vestida de negro, como de costumbre, así que caminó junto a su abuela hasta la iglesia de Nuestra Señora de la Ascensión, que estaba dos casas más abajo. Doblaron la esquina y fueron a la parte trasera, donde se encontraba el patio, protegido por una valla de tres metros de ladrillos de color arena.

Cam no creía que ninguna hoja pudiera curarla, por supuesto. Ni siquiera creía que la Virgen fuera virgen. Se imaginaba a María después de que le hicieran el bombo, quedando con sus amigas alrededor del puente intentando decidir qué hacer.

—Ya sé —debió de decir una de las chicas de María—. Diles que ha sido Dios.

—¡Perfecto! —debieron de corear las demás.

Y entonces, con el boca a boca, se les debía de haber ido de las manos.

En definitiva, Cam no creía en ninguno de los milagros de María, pero le encantaba la idea de correr una aventura con su abuela y ayudarla a vengarse.

—Ahí está —anunció la mujer mientras señalaba el árbol, que estaba justo en el centro del patio. Alguien, probablemente una monja, se había encargado de cuidar muy bien el espacio. Era frondoso, verde y fecundo, tres palabras que no se solían asociar con Hoboken. Se parecía un poco al hotel Polynesian, pero con una flora diferente. El perímetro estaba rodeado de rosales, algunas otras plantas con flores, estatuas misceláneas de María y una relajante fuente con ángeles de la que brotaba agua en la esquina del fondo. Y, en el centro, estaba el arce.

—¿No podemos coger una hoja de estas y ya está? —preguntó Cam, señalando las hojas que crecían por encima de la valla y sobresalían.

—No. Es el del centro. Tiene que ser ese —susurró la abuela mientras se tapaba la cabeza con la capucha de la sudadera. El panadero y su esposa acababan de salir de la panadería italiana que había al otro lado de la calle y habían cerrado la puerta con llave. Miraron a Cam con desconfianza antes de volverse y encaminarse a casa con una caja de *cannoli* envuelta con un lazo rojo.

—Muy bien. Tú quédate aquí, ya voy yo. No quiero que te rompas la cadera —dijo Cam. El semáforo de la esquina se puso verde, pero, no pasaba ningún coche que las ayudase a disimular el ruido. En Hoboken, la noche estaba en calma.

—Pero si me quedo aquí fuera levantaré sospechas —contestó la abuela, cambiando el peso del cuerpo de un pie al otro.

—Entonces ¿por qué te has vestido así?

—No lo sé. Me he dejado llevar.

—Me parece que te dejas llevar mucho últimamente. Tienes que trabajar en controlar tus impuls…

—Salta ya. Apóyate aquí y sube —la interrumpió mientras se inclinaba y hacía una especie de escalón con las manos para ayudarla a subir.

—No estoy precisamente al cien por cien, ¿sabes? Estos días me siento un poco débil —le advirtió Cam mientras ponía un pie en las manos de su abuela y luego le colocaba las suyas en los hombros, cada vez más encorvados.

—¿Quieres que lo haga yo, cariño? —preguntó Nana. Cam estaba tan cerca de ella que podía notar su aliento, que siempre olía a regaliz, a anisete.

—No, ya voy yo.

—Vale. Apóyate y sube. Espera, ¿cuál es nuestra palabra clave? Por si hay un imprevisto o algo así —preguntó Nana.

—Banana —contestó Cam mientras se adelantaba, se agarraba al borde de la valla y se impulsaba hacia arriba. Bajó por el otro lado sin despegar la barriga de la pared y se quedó agarrada unos segundos para no caerse en un rosal. En cuanto se soltó, oyó:

—Dios mío. Banana. Banana. Banana.

—¿Qué pasa? —preguntó Cam—. ¿La policía?

—No. Rita. Me voy a casa. Buena suerte.

—¿Nana? —la llamó Cam, pero su abuela ya se había ido. Cam se fijó en el árbol, que estaba rodeado por una valla blanca y tenía el tronco iluminado con unas lucecitas azules y blancas que estaban fijadas en el suelo. Se acercó sigilosamente y alargó una mano para coger una de las hojas más bajas y, de repente, oyó el trino agudo e inconfundible de Piolín, repentino como un timbre.

—¡¿Piolín?! —Cam atisbó su pequeña barriguita amarilla posada en la cima del árbol, detrás de una hoja que ondeaba al viento. Sabía que no debería haberse fiado de Perry—. ¡Piolín, ven aquí! —susurró con insistencia, pero el pájaro no se movía. La adrenalina debió de hacerse con el control, porque su miedo a las alturas desapareció. Se sintió lo bastante ligera y ágil como para encaramarse hasta una de las ramas más altas, desde donde se agarró a otra todavía más alta para poder ponerse de pie. Alargó una mano hacia Piolín y lo volvió a llamar—. Vamos, bobo. Estamos en Jersey, Piolín. No estás acostumbrado a estas calles tan crueles. Ven aquí, Piolincito. —Silbó la melodía que le gustaba—. Ven aquí, Piolín. —Ya casi lo tenía. Rozó con los dedos las garras afiladas de su pata izquierda y entonces se empezó a resbalar. La corteza descascarillada que había bajo sus pies empezó a ceder y los trozos cayeron al suelo, hasta que se quedó totalmente suspendida, colgada por las axilas de una rama de un árbol absurdo de Hoboken.

Y entonces se oyó un portazo. Un cura calvo con unas gafas negras y enormes que parecían pesar demasiado salió de la rectoría con un albornoz.

—¡Baja ahora mismo de ahí! ¡Baja de ese árbol!

Piolín trinó una última canción. Todo empezó a moverse a cámara lenta. El pajarillo miró a Cam a los ojos como si se estuviera disculpando y luego batió las alas. No se fue, solo batió las alas, como si le estuviera diciendo: «Ven conmigo. Vámonos de aquí, Cam. ¿Por qué no vienes conmigo?». Exhaló un suspirito y luego se alejó volando bajo la luz de la luna, en dirección a la silueta parpadeante y estegosáurica de Manhattan.

—¡Cabrón! —le gritó Cam al cura, que, pese a ser de Nueva Jersey, no estaba acostumbrado a que le insultaran de ese modo—. ¡Has asustado a mi pájaro! ¡Cabrón! —le espetó con voz exaltada pero apenas audible, porque, por primera vez desde el funeral de su padre, no fue capaz de contener las lágrimas. Lo intentó: se puso rígida e intentó tragarse el doloroso nudo que tenía en la garganta. Sin embargo, una vez las lágrimas empezaron a fluir, no logró detenerlas.

El cura, el padre John, resultó ser un tío bastante decente. Habló con Cam hasta que la hizo bajar del árbol y luego la acompañó a casa. Le dijo que rezaría porque Piolín volviera casa sano y salvo, algo que no tenía por qué hacer después de que lo hubiera llamado cabrón. Dos veces.

—Cam… —la llamó Perry cuando subió la escaleras y entró en el salón.

Cam levantó la vista y atisbó la jaula vacía de Piolín en su campo de visión.

—Ni me hables, Perry. Déjame en paz. —Se volvió hacia su abuela—. No sé cuál de tus causas perdidas está más perdida, Nana, si reformar la Iglesia católica, curar un cáncer en fase IV o encontrar un canario perdido en Hoboken. Pero si pudieras al menos rezarle a san Judas por la última, te lo agradecería. —Cam se dejó caer en la vieja butaca de vinilo de su abuelo, que estaba cubierta de trapos y tapetes colocados en sitios estratégicos para que no se les pegaran las piernas al asiento.

—¿Has conseguido la hoja por lo menos? —La abuela no pudo evitar preguntárselo.

—Toma —contestó Cam, abriendo la mano que tenía cerrada en un puño, donde tenía una hoja verde y arrugada. Cuando se abrió pareció tener los nervios dibujados siguiendo el mismo patrón que las arrugas de la palma de su mano.

Las despedidas con la abuela eran difíciles; para no terminar llorando durante diez días tenía que fingir que estaba enfadada.

Cam y Perry estaban sentadas en la mesa, desayunando. Su madre estaba cargando el coche; debían partir en unos diez minutos. Se habían quedado en Hoboken tres días más de lo previsto, recorriendo el barrio para encontrar a Piolín, pero no había habido suerte.

—¿Quién se ha terminado el sirope? —suspiró la abuela con la cabeza metida en la nevera. Luego la cerró de golpe.

—Ca... —empezó a decir Perry, pero esta le dirigió una mirada que decía «ni se te ocurra venderme, niña», y, como todavía estaba intentando redimirse por haber perdido a Piolín, dijo—: He sido yo, Nana, lo siento. —Y entonces agachó la cabeza y se la tapó con los antebrazos para protegerse del trapo que la abuela le lanzó.

—Os zampáis todo lo que tengo en casa, qué gente —protestó la abuela indignada mientras se sentaba sin mirarlas —. Supongo que me limitaré a beberme este vasito de zumo de pomelo, ya que es lo único que me habéis dejado.

—Salud —dijo Cam, levantando su vaso para brindar con su abuela. Nana se limitó a mirar por la ventana que había sobre la pila, ignorándola.

—¿Dónde está tu madre? —preguntó al cabo de un rato—. No me digas que la habéis dejado cargando el coche sola, par de vagas.

—A ella le gusta —contestó Perry, y Cam esbozó una sonrisilla porque su hermana todavía no había aprendido a callarse cuando tocaba. Esperó a que su abuela estallara. Tres... Dos... Uno...

—¡Tu madre lo hace todo sola! ¡Lo mínimo que podéis hacer es meter vuestras maletas en el maletero! ¿Lo hace todo por vosotras y así es como le pagáis?

¡Ingratas! Eso es lo que sois, un par de ingratas. No tengáis hijos, porque os tratarán así.

—Pero, Nana —insistió Perry—, de verdad que le gusta hacerlo sola.

«Ay, Perry, ¡cállate!», pensó Cam.

Aunque era cierto, por supuesto. Alicia tenía un plan de acción neurótico y demente para llenar el maletero de la forma más eficiente posible y necesitaba un completo control sobre ello. Pero eso ahora no importaba. Cuando Nana tenía un arrebato, lo mejor era mantenerse alejada de ella.

Cam observó a su abuela dar un trago de zumo de pomelo. Luego, la mujer miró a Perry con los ojos llorosos entornados, como si estuviera decidiendo cuál sería su siguiente movimiento. Cam se lo veía venir, pero antes de que pudiera advertir a Perry para que se quitara de en medio, Nana inclinó su vasito y le lanzó el líquido que contenía a la cara.

La nube rosada de líquido voló por el aire a cámara lenta antes de aterrizar chapoteando en la frente de Perry. La niña se incorporó sobresaltada, con la boca medio abierta y el flequillo goteando, pegado a la cabeza. Estaba intentando decidir si romper a reír o a llorar, y como había tenido una mala semana, ya que todo el mundo la culpaba de que Piolín se hubiera escapado y todo eso, decidió llorar. Sin embargo, estaba tan ridícula que Cam se echó a reír, y entonces Nana se echó a reír, hasta que las tres lloraban y reían al mismo tiempo y el hielo se había roto oficialmente.

Cam le pasó una servilleta a su hermana y, al alargar el brazo, se le subieron las mangas. Intentó bajárselas a toda prisa, pero era demasiado tarde.

—¿Qué es eso? —preguntó Nana. En los últimos días, el sarpullido de Cam había empeorado. Tenía el antebrazo lleno de unas ampollas moradas feas y abultadas, del tamaño de una moneda de diez centavos, que marcaban el arduo progreso de la enfermedad y su ambicioso propósito de adueñarse de todo su cuerpo.

—¿El qué? —dijo Cam mientras metía el pulgar en el agujero que había hecho en el puño de la sudadera para que no se le enrollaran las mangas.

—No me vengas con «el qué», ya sabes a qué me refiero. A eso que llevas en el brazo.

—Son picaduras.

—En Hoboken no tenemos esa clase de bichos.

—Ah, pero tú no has estado en el Árbol Mágico —repuso Cam.

—Campbell... ¿No deberías ir a que te miraran eso?

Se encogió de hombros.

—Vámonos —dijo—. Seguro que mamá ya ha terminado de cargar el coche.

Las tres bajaron las escaleras estrechas de madera que llevaban al vestíbulo principal; primero Cam, luego Nana y finalmente Perry, que estaba apuntando algo en la libreta marrón de Izanagi.

—Milagro número trece —dijo mientras escribía—. Nana nos está acompañando a la puerta.

—Sí, ¿qué haces acompañándonos hasta la puerta? —preguntó Cam. Normalmente, después de fingir estar enfadada y montar un berrinche falso, Nana se refugiaba en su dormitorio sin ni siquiera despedirse.

—Solo quiero asegurarme de que os largáis —bromeó ella.

Hacía un día precioso. Su ridículo remolque ocupaba dos espacios de la calle de la Iglesia. Alicia se secó el sudor de la frente con el dorso de la mano; parecía satisfecha consigo misma. El maletero estaba lleno y listo para partir.

—Vamos —dijo—. Adiós, ma. —Abrazó a su madre sin reparar en lo extraño que era que hubiera salido a despedirlas.

Perry abrazó a su abuela y esta se disculpó por tirarle el zumo.

—Supongo que nos toca a nosotras —dijo Nana entonces. Cam y ella caminaban en círculos como dos luchadores en un ring.

—Pues sí.

—¿Quieres que choquemos el puño o algo así? —preguntó la abuela tendiéndole el puño.

—Puedes abrazarme si quieres —dijo Cam.

Nana la rodeó con los brazos y Cam contuvo las lágrimas.

—Estaré bien, Nana.

—Eso ya lo sé. Me preguntaste qué creía… Y creo que estarás bien —dijo, estrechando a su nieta por última vez—. Ahora idos, que me esperan mis diez días de llanto.

DIEZ

Volvían a estar en el tren de la vagina, rumbo al norte. Cam echaba de menos a Lily. Aunque ya hacía días que se habían ido de Carolina del Norte, Cam no conseguía sacarse las palabras «te está utilizando» de la cabeza. Era probable que hubiera sido demasiado dura, como también lo había sido la palabra «desesperada». Deseó poder retirar lo que había dicho.

Los carteles azules que anunciaban las opciones de comida rápida disponibles en cada salida se iban sucediendo, uno detrás de otro. Cam todavía se sobreexcitaba un poco, un vestigio de los días en los que comía demasiado, cuando veía una señal de las buenas, las que anunciaban cuatro o más restaurantes en una salida. Sin embargo, en ese momento, la sola idea de comer esa basura le ponía el estómago del revés. Se notaba un sabor metálico en la boca y sentía náuseas, además de un extraño dolor que iba desde la mandíbula a los lados del cuello. Deseaba poder vomitar; tal vez después se sentiría mejor.

Cam y Perry iban escuchando sus respectivos iPhones por separado mientras su madre se deslizaba sobre la onda sinusoidal perfecta de la autopista de Maine. Era como si condujeran sobre la espalda encorvada de una serpiente marina gigante, subiendo y bajando.

Perry movía la cabeza arriba y abajo mientras repetía en silencio las palabras de una de las alegres canciones de Taylor Swift. Cuando Alicia había comprado un teléfono nuevo para Cam, le había comprado otro a Perry solo por ser justa. De no haber estado tan enferma, Cam se habría cabreado mucho, pero esa era la gracia de estar muriéndose: hacía que una no se preocupase por nimiedades que en otras circunstancias la habrían molestado. Que Perry disfrutara de su querida Taylor Swift, aunque hubiera perdido a Piolín.

—Debe de ser aquí —anunció Alicia. Todavía era de día, pero una farola brillaba sobre un logo redondeado, naranja y rosa de Dunkin' Donuts que estaba justo en mitad de la señal de la salida 33. Aparentemente, la salida 33 no tenía ningún otro servicio. No había gasolinera, ni hostal ni atracciones turísticas. Solo un Dunkin' Donuts.

—¿No habías dicho que era difícil de encontrar? —dijo Cam, levantando la vista hacia la rampa de la salida. Uno de los caminos llevaba directamente al edificio de ladrillo blanco, que estaba en lo alto de la colina. Era diminuto, pero estaba iluminado con un enorme letrero de neón de tres plantas.

—¡Es un milagro! —exclamó Perry, y alargó una mano para coger la libreta.

El camino que llevaba al Dunkin' Donuts ni siquiera estaba pavimentado. Los guijarros saltaban bajo los neumáticos de Cúmulo.

—Se supone que tienes que ir por la ventanilla donde venden para llevar —recordó Perry.

Alicia giró hacia la caja oxidada con el interfono, que estaba en el fondo. Parecía que unos vándalos adolescentes la hubieran aporreado con un bate de béisbol. A través del altavoz, que crepitaba como si tuviera electricidad estática, oyeron la voz cansada de una mujer que decía: «¿Ajá?».

—Esto... —empezó a decir Alicia—. Tres galletas *whoopie* —dijo.

Cam estalló en carcajadas y Perry aulló.

—Creo que se dice pastel *whoopie* —la corrigió Cam.

—¿Y qué diferencia hay? Pastel, galleta... —respondió Alicia, que también se estaba empezando a reír. Las tres estaban un poco groguis después de tantas horas de coche—. Pasteles *whoopie* —le dijo a la caja con el interfono—. Y tres batidos de chocolate.

—Lo de galleta *whoopie* suena fatal —se rio Cam mientras se dirigían a la ventanilla para pagar.

—Pastel *whoopie*, galleta *whoopie*... Todo suena fatal —coincidió Alicia.

Una mujer corpulenta con el pelo negro y grasiento recogido en un moño debió de oír las risas, porque las fulminó con la mirada mientras cogía el dinero y les daba los pasteles *whoopie*, que eran básicamente oreos gigantes, y los batidos de chocolate.

—Discúlpate, mamá. Te has burlado de su gastronomía —susurró Perry.

—Gracias —dijo Alicia por la ventanilla—. Es que estamos muy cansadas.

—Ajá —respondió la mujer.

Antes de salir del aparcamiento, se tomaron unos segundos.

—Cuando estés en Maine... —dijo Alicia, y entonces las tres dieron tres bocados simultáneos a sus pasteles *whoopie*.

—Salud —intervino Perry entre risas. Levantó su batido de chocolate y brindaron. En ese momento, sopló una suave brisa que hizo que el pequeño coche se meciera y que partió los arbustos, revelando un camino de gravilla.

—Debe de ser ese —dijo Alicia. Maniobró con el coche para rodear el Dunkin' Donuts y atravesó los arbustos con Cúmulo. Después de unos trescientos metros, los árboles se abrieron para revelar la cala escondida más hermosa de la bahía de Penobscot. Incluso Cam tuvo que admitirlo.

La autenticidad y la pureza de las vistas la dejaron sin respiración. Nunca había estado en un lugar que no estuviera intentando ser otro. Aquello no fingía ser Maine. No era parecido a Maine, ni imitaba a Maine. No era McMaine, ni MaineWorld, ni MaineLand. Ni siquiera había un cartel con una langosta gigante que les diera la bienvenida al pueblo. Era, simplemente, Maine.

Los edificios de madera gris que había cerca del muelle, que eran como cabañas, proporcionaban zonas de contraste contra el puerto ondulado y azul. A medida que subían la cuesta y se alejaban del agua, los edificios adquirían un aspecto más robusto y permanente. Las casas de ladrillo de la calle principal albergaban una estación de bomberos con un añadido: un dálmata asustadizo que se paseaba enfrente, de un lado a otro; una ferretería y algunas galerías de arte, situadas en lo que solía ser un molino. La enorme rueda hidráulica, que todavía estaba en funcionamiento, servía para entretener a los niños, que la observaban desde detrás de una valla mientras se comían sus cucuruchos de helado desde la heladería del otro lado de la calle. Al final de esta, la aguja blanca y afilada del campanario de la iglesia atravesaba el cielo, como si este fuera un enorme globo que explotar.

Cam bajó la ventanilla y se quitó los auriculares. El sonido de las boyas en la distancia armonizaba con el rumor de las olas al romper contra el muelle y los graznidos de las gaviotas. La niebla atemperaba lo justo la luz brillante del sol poniente, de modo que no había necesidad de entornar los ojos. El aire no era ni demasiado frío ni demasiado cálido, ni demasiado seco ni demasiado húmedo. Era perfecto, como meterse en una cama con sábanas limpias y frescas.

—Te perdono —le dijo a Perry sin apartar la vista del paisaje. Y, como eran hermanas, esta comprendió a la perfección a qué se refería.

—No me sentiré mejor hasta que no estés de buen humor.

—Me llevará un tiempo.

—Igual deberíamos habernos deshecho de la jaula —sugirió Perry, y las dos la miraron. Seguía sujeta en el asiento trasero con el cinturón. El pequeño columpio de Piolín se balanceaba hacia delante y hacia atrás con el movimiento del coche, rechinando.

—No. Quiero quedármela —repuso Cam.

—Estad atentas por si veis un hotel o algo así —les pidió Alicia mientras conducía por la calle principal. Pasaron por una librería, una cafetería, una oficina de correos y un vivero de langostas.

Cada vez que salían de la calle principal, se perdían y tardaban un rato en volver a encontrarla. Y cada vez que lo lograban, la calle se les antojaba un poco diferente. La librería parecía haberse convertido en un bar con una jarra de cerveza dorada colgada de las bisagras. La oficina de correos parecía haberse convertido en una panadería. A Cam le dio la impresión de que el palo de barbero que había visto en la esquina del fondo se había transformado en un atún azul que ejercía de letrero de la pescadería. La tercera vez que pasaron, Cam vio por fin una agencia inmobiliaria, pero ya estaba cerrada. Intentaron encontrar el camino de gravilla por el que habían llegado al pueblo, el que nacía al lado del Dunkin' Donuts, pero parecía haberse esfumado por arte de magia. En el pueblo no había ningún sitio donde dormir ni tampoco una forma de salir.

Alicia había empezado a sudar. Conducía inclinada sobre el volante y no dejaba de chasquear la lengua. Cam se dio cuenta de que estaba teniendo uno de esos momentos de madre soltera en los que se sentía totalmente sola, sin nadie a quien recurrir. Estaba dudando sobre sí misma y preguntándose en qué lío las había metido. A Cam le recordó a aquella vez que se había gastado hasta el último centavo de sus ahorros en llevarlas a la isla de Sanibel y llovió todo el tiempo.

Cam odiaba ser capaz de sentir las emociones de su madre, de experimentar su desesperación, como si siguiera simbióticamente conectada a ella con una especie de cordón umbilical emocional y tortuoso, mientras Perry pasaba el rato tranquilamente sentada en el asiento de atrás, lamiendo la crema de su pastel *whoopie*. Cam odiaba ser la mayor.

—No pasa nada, mamá —dijo—. Ya se nos ocurrirá algo.

—Gracias, cariño. ¿Por qué no hacemos una pausa y vamos al vivero de langostas? —Era el único edificio que no parecía cambiar.

Cam no entendía por qué habían llamado a ese restaurante «vivero de langostas», ya que era donde las langostas iban a morir. Era más bien como una perrera. ¿Serían langostas vagabundas, perdidas y malvadas? ¿O solo crustáceos respetuosos con la ley que vivían en el fondo del océano sin meter las narices en los asuntos de los demás? «Vivero de langostas» era, simplemente, un nombre poco apropiado y, además, poco apetecible, teniendo en cuenta que era un restaurante.

El edificio era una casita de teja gris que sobresalía sobre el océano. Alguien había clavado unas langostas de plástico en la pared exterior para luego atraparlas cruelmente en una vieja red. El tejado era rojo y tenía una pequeña cúpula coronada por una veleta de latón en forma de langosta. Dentro había unas cuantas mesas de pícnic con manteles de cuadros blancos y rojos.

La puerta se cerró de golpe tras ellas. Del pomo colgaba una cuerda de cuero con campanillas, que repicaron con el golpe.

—Estamos a punto de cerrar —les dijo un chico muy guapo con la espalda ancha. Tenía una melena ondulada que le llegaba a los hombros. Era castaña en las raíces, pero el pelo se le iba haciendo más y más dorado hacia las puntas, que se curvaban en todas las direcciones, como si estuvieran intentando crecer hacia el sol.

—Me llamo Asher —dijo—. ¿Acabáis de llegar?

—¿Cómo lo has sabido? ¿Por el remolque? —Asher levantó la vista. Parecía confundido. Cam solo intentaba ser simpática, pero se dio cuenta de que había sido brusca—. Quiero decir, sí, acabamos de llegar y tenemos un remolque porque llevamos ahí todas las cosas de nuestro antiguo hogar y queríamos traerlas al nuevo. A este pueblo... al que acabamos de llegar —aclaró Cam, que se ponía más roja con cada sílaba que balbuceaba.

Asher sonrió. Debió de pensar que era autista o algo así. La miró como si sintiera pena por ella. Le tendió la mano amablemente y dijo:

—Bienvenidas a Promise.

—Gracias —contestó Cam—. Me gustaría adoptar una langosta. —Supuso que aquella declaración no contribuiría a desmentir el diagnóstico de autismo, pero estaba decidida a rescatar a una, sobre todo después de ver lo apelotonadas que estaban en aquel acuario.

—¿Adoptar una langosta? —Asher llevaba una gorra desteñida azul de los Red Sox que le mantenía a raya la melena y una sudadera gris con tres agujeritos en el codo. Eso le gustaba. No confiaba en los hombres con un aspecto demasiado pulcro y aseado. Tenía una sombra de barba en la que se reflejaba la luz del sol, haciendo que resplandeciera en forma de puntitos. Llevaba un delantal de cuero y dos muñequeras de felpa blanca. «Pelear con langostas debe de ser un trabajo duro —pensó Cam—, como ponerle las herraduras a un caballo o la lucha cuerpo a cuerpo contra los caimanes».

—Sí. ¿No es esto un vivero de langostas?

—Sí, lo es —contestó él. Se quitó la gorra y se rascó la cabeza. «Un poco serio para mi gusto», pensó ella.

—Bueno, pues me gustaría tener una langosta como mascota. ¿Puedo rescatar a una, por favor?

Asher sonrió un poco, revelando un hoyuelo en la mejilla izquierda.

—Sí, por qué no. Valen diez dólares el kilo.

—Ha sido un viaje muy largo —intervino Alicia, ignorándolos—. ¿De verdad es demasiado tarde para cenar?

—Dejad que vaya a preguntar, a ver qué puedo hacer —contestó y se fue a la cocina. Al cabo de unos segundos, oyó que alguien golpeaba con furia las ollas y las sartenes—. Sentaos —les dijo mientras volvía de la cocina con unos menús forrados de plástico.

—¿Seguro? —preguntó Alicia. Se oyeron más golpes en la cocina.

—Se le pasará —contestó Asher con una sonrisa—. Avisadme cuando estéis listas para pedir.

Cam, Alicia y Perry se sentaron en una mesa y pidieron. Llevaban en el pueblo casi una hora y todavía se estaba poniendo el sol. Las rayas naranja melocotón y púrpura colgaban como un fondo pintado detrás del faro, que se erigía en soledad, en su pequeña isla, a unos trescientos metros de la península que cercaba la bahía. Las gaviotas y los pelícanos se lanzaban en picado al agua para cazar sus cenas y picoteaban los mejillones que estaban pegados a las rocas negras y afiladas, silueteadas por la tenue luz que poco a poco se apagaba. A Cam, la escena le evocaba algunas palabras que nunca había usado, palabras como «escarpado» «cardumen» o «berberechos». Era un lugar salado y lleno de crustáceos, un ecosistema totalmente nuevo.

—¿A nadie más se le hace extraño que el sol lleve dos horas poniéndose? —preguntó Cam cuando Asher les llevó su montón de marisco frito en unos barquitos de papel. «Vespertino —pensó—, perteneciente o relativo a la tarde: crepúsculo». Otra palabra digna del examen de acceso a la universidad. Entonces reparó en el puntito blanco, la estrella de la tarde, que empezaba a materializarse por encima del faro. Normalmente no habría pensado en pedir un deseo, pero aquella noche sí tenía uno: «Me gustaría que Lily me llamara», le dijo a la estrella. No se imaginaba cómo sería pasar por el final de aquella enfermedad sin su amiga.

—¡Es un milagro! —exclamó Perry. Abrió la condenada libreta y escribió «atardeceres eternos» con una floritura.

Alicia había terminado con sus almejas fritas y estaba hablando con Izanagi, con el teléfono en una oreja y la otra tapada con la mano.

—Estamos bien —dijo—. Todo irá bien. Saluda a las niñas.

Su madre le tendió el teléfono, pero Cam hizo una mueca, sacó la lengua y lo apartó con el mismo gesto que Lily había hecho para apartarla.

—¡Cam! —insistió su madre, tapando el teléfono—. Solo quiere saber si estás bien. —Jamás se había esperado que hablase con los otros asquerosos que su madre había encontrado en Epcot. Este era el primero.

Cam cogió el teléfono e imitó los ruidos de las interferencias con la garganta.

—Hola —saludó, e hizo algunos ruidos más—. Creo que se va a cortar. Te paso a Perry.

—Ay, Cam —suspiró Alicia.

Cam le pasó el teléfono a su hermana, que le resumió alegremente lo más destacado del viaje a Izanagi. Cuando terminó su largo y disperso relato, todavía estaba anocheciendo.

Asher llegó entonces a la mesa con una langosta viva en una caja que dejó en el suelo. El animal rascaba los bordes.

—Cam, ¿dónde vamos a meter una langosta? —preguntó Alicia—. Ni siquiera sabemos dónde vamos a dormir esta noche.

—No os la tenéis que llevar —se ofreció Asher.

—Lo siento —se disculpó Alicia—. Es que venimos desde Florida. Hemos intentado llamar al hotel, pero no contestaba nadie.

—Lo están renovando.

Cam no despegaba la vista de los pies del chico. Tenía incluso agujeros en la punta de las botas de seguridad. ¿No se suponía que eran indestructibles?

—Pues lo podrían haber dicho en el mensaje del buzón de voz. ¿Es que en Maine no hay buzón de voz? —preguntó.

—Sí hay. —Los golpetazos de la cocina empezaron de nuevo, como si fueran un indicador de que tenían que darse prisa y largarse—. Perdonadlo. Os podéis quedar conmigo si queréis.

—¿De verdad? —preguntó Alicia.

—¡Mamá! —Cam la fulminó con la mirada mientras imaginaba un pisito de soltero empapado de cerveza, con futones grises y sin sábanas en el suelo—. Desconocido. Peligro.

De niñas, Perry y ella habían pasado mucho tiempo solas. No había dinero para pagar una niñera y Alicia trabajaba de noche, así que las había machacado con las reglas del peligro que representaban los desconocidos. Les había enseñado vídeos terroríficos e incluso las había apuntado a una clase para aprender a protegerse contra posibles secuestros. La clase de los desconocidos y el peligro había asustado tanto a Perry que cuando tenía seis años se negaba a hablar con nadie que no tuviera su misma sangre.

—No es ningún desconocido —repuso Alicia—. Es Asher.

—Mamá, solo está siendo amable, y está intentando que nos larguemos para que no lo despidan. En realidad no quiere que nos quedemos con él.

—No pasa nada, en serio. En realidad no os quedaríais conmigo conmigo —aclaró—. Yo vivo en la antigua cochera; la casa principal es de mi abuelo y estará vacía durante el verano. Estoy intentando arreglarla. Os podéis quedar ahí si no os importa que yo entre a trastear de vez en cuando.

Cam se volvió hacia su madre.

—Hemos venido a buscar una langosta. No podemos irnos con la casa de este chico.

Una olla cayó al suelo.

—¡Mierda! —gritó alguien.

—Tenemos que salir de aquí antes de que Smitty nos ataque con la manguera. Lo he visto hacerlo antes —les advirtió Asher—. Bueno, entonces ¿qué?

Alicia puso una mano sobre el hombro de Cam y se lo estrechó con firmeza, casi haciéndole daño, lo que significaba que cerrara el pico.

—Gracias. Sería fantástico.

—Sois conscientes de que podría ser un asesino en serie, ¿no? —dijo Cam mientras entraban en Cúmulo.

—Qué va —repuso Perry—. Es demasiado mono.

—Relájate —le dijo Alicia—. Hemos venido aquí esperando milagros. Quizá este sea el primero.

—Es el número diecisiete, según mis cálculos —la corrigió Perry mientras anotaba «Un chico muy mono nos ha ofrecido una casa gratis» en la libreta.

—Por favor —dijo Cam, poniendo los ojos en blanco. Que les ofrecieran una casa abandonada no contaba como milagro.

Asher conducía un Jeep, por supuesto. Lo siguieron por una colina que se alejaba del océano y llegaba a la cima de un risco.

—Pero qué... —masculló Cam mientras Alicia aparcaba. Delante tenían una casa muy blanca y muy cuadrada que parecía colocada sobre sí misma, con capas, como una tarta nupcial. Descansaba sobre un patio de césped inclinado y unas vistas del océano preciosas. Tenía un porche que rodeaba toda la planta inferior, persianas negras y una puerta principal negra con un pomo de latón en forma de libélula. En el buzón había un cartel en el que se leía «AVALON JUNTO AL MAR».

Se quedaron mirando la casa boquiabiertas.

—¿Es una broma? —preguntó Cam. Era más grande que la de Lily.

—Como si estuvierais en vuestra casa —les dijo Asher asomándose por la ventanilla del Jeep—. Luego me paso para ver cómo estáis. —Y se fue hacia una pequeña cabaña que estaba un poco más apartada, también en la colina.

Incluso Cam se sentía feliz y eufórica. Bajaron del coche riendo de alegría y se quitaron los zapatos para notar la hierba fresca en las plantas de los pies. Alicia subió el volumen de la radio y dejó abiertas las puertas de Cúmulo para oír la música y bailar el hula sagrado en honor de la diosa del volcán al ritmo de «Please Don't Leave Me» de Pink. Hasta Perry lo intentó.

—¡Mucho mejor, Perry! —exclamó Alicia mientras ejecutaba sus pasos de baile—. El brazo derecho primero, Cam.

Cam ya lo sabía, por supuesto. Era el primer baile que había aprendido, a los tres años, pero estaba intentando ocultar el sarpullido. Sin embargo, cuando giró la muñeca y los dedos en la postura correcta, hacia el atardecer eterno, vio que dos de los granos más grandes habían desaparecido. No había ni rastro de ellos; ni una costra, ni una cicatriz, ni una silueta redonda y enrojecida. Solo la piel tostada, tensa y lisa, del antebrazo. «Debe de ser la brisa del mar», resolvió, porque de repente también podía respirar con más facilidad; ese pequeño silbido que se oía cuando exhalaba era cada vez más inapreciable.

Cuando la canción terminó, Cam estaba cansada. Quería meter su nueva langosta en la bañera, así que subió los escalones del porche con la caja bajo el brazo mientras Alicia y Perry seguían bailando. Con el sonido de fondo de las olas que rompían en la distancia, pensó en posibles nombres para su nueva mascota: Pincitas, Roja, Buzo... Cuando estaba a punto de limpiarse los zapatos en el felpudo, bajó la vista.

Se acercó más, se sentó en el primer escalón y ahogó un grito.

—¡Mamá! ¡Mamá! ¡Perry! ¡Venid, rápido! —gritó.

Debieron de pensar que le estaba dando un ataque, porque acudieron a la velocidad del rayo.

—¿Estás bien? —preguntó Alicia. Se puso las manos en las rodillas e intentó recuperar el resuello—. ¿Qué pasa?

Cam señaló el suelo.

Era Piolín.

Estaba ahí, mirando a Cam y parpadeando inocentemente, plantado en el felpudo de goma negra de Avalon Junto al Mar.

ONCE

—¿Qué, Piolín, qué te parecen tus amigas nuevas? —preguntó Cam.

Su madre estaba sentada en la encimera de la cocina, cortando trozos de papaya y dándoselos al canario. Alicia y Perry estaban convencidas de que su presencia allí era una señal milagrosa de que habían llegado al lugar adecuado. Llevaban una semana llenándolo de atenciones y Cam estaba harta. Cuando vivían en Florida apenas reparaban en su existencia. Ni siquiera lo llamaban por su nombre, para ellas, era «el pájaro ese».

Cam buscó algo de comer en la despensa. Cada vez se sentían más cómodas en la casa. Al principio iban casi de puntillas, con cuidado de no dejar rastro, de no dejar ninguna prueba de que la habitaban. Ocupaban solo dos o tres habitaciones, ya que no estaban acostumbradas a tener tanto espacio. Sin embargo, Asher, que encontraba cada día alguna excusa para ir a arreglar algo, les aseguró que nadie iba a volver, así que al final empezaron a relajarse poco a poco, a ocupar más espacio y a dejar un plato o dos en el fregadero.

Cogió la mantequilla de cacahuete y una cuchara y se puso manos a la obra.

—¿Y tenías que comprarle esa jaula tan hortera? —murmuró Cam antes de ayudarse a tragar la mantequilla de cacahuete con un poco de leche. Alicia había comprado una jaula de lujo en la tienda de mascotas del pueblo. Era negra con rayas blancas, como una cebra, y estaba decorada con un sofá diminuto de color púrpura y una alfombra naranja y peluda del tamaño de un salvaslip—. La vieja no tenía nada de malo. —La jaula estaba en un borde de la isla de la cocina. Los colores chillones de la decoración de Piolín contrastaban con los de aquella estancia, que estaba pintada de un marrón mostaza apagado.

Alicia le dio otro trozo de papaya.

—En los veintidós años que viví en Nueva Jersey, no vi ni una sola papaya —dijo—. El puesto de frutas del pueblo es un milagro. Lo sabrías si salieras de casa alguna vez.

—Encontrar papaya en un puesto de frutas no es ningún milagro —repuso Cam mientras intentaba abrir un armario. La puerta estaba encallada por culpa de la pintura. «Tendrían que haber dejado la madera tal y como estaba», pensó. Por fin, lo desencajó con un golpe sordo y la puerta se abrió con un ruido hueco y vibrante.

La casa era bastante bonita por dentro, pero necesitaba un toque femenino. Ninguna mujer toleraría los armarios pintados de la cocina, las lámparas hechas de anclas o el olor a humedad de la lana mojada, las colchas de tartán, ni tampoco los mapas antiguos y las cartas estelares que colgaban de las paredes, junto a los peces muertos lacados y las cornamentas de ciervo.

—En Maine sí es un milagro, ¿a que sí, pajarito? —dijo su madre poniendo morritos al lado de la jaula para darle un beso a Piolín.

—Dame eso. Ya no tienes permiso para darle de comer —decidió Cam—. No quiero que lo confundas con tu falsa lealtad.

—Este pájaro es un milagro, Campbell.

Que Piolín las hubiera encontrado en Maine no era ningún milagro. Las mascotas encontraban el camino de vuelta a casa todo el tiempo, era algo natural: el instinto de regresar a casa. ¿Es que no habían oído hablar del instinto de regresar a casa? Cam estaba contentísima de que Piolín lo tuviera, pero no lo bastante como para considerarlo un milagro, aunque no hubiera vuelto a la casa que conocía. Aunque hubiera sabido exactamente dónde encontrarla. Seguía siendo un instinto, una respuesta migratoria.

Cam le dio un trozo de papaya, pero él le giró la cara. La rechazaba.

—¿Tú también, Piolín? ¡Hay que ver!

Dejó al canario en la planta baja con su nueva amiga y subió las escaleras de caracol para volver a su cuarto.

—Campbell, ¿por qué no te quedas un rato con nosotras? —le preguntó su madre—. ¿Qué haces ahí sola todo el rato?

—Me apetece estar sola y ya está —contestó Cam mientras subía las escaleras con el tarro de mantequilla de cacahuete y una costilla de apio enorme del puesto de frutas «milagroso».

La mayoría de los miradores de la viuda de Maine, las pequeñas azoteas típicas de las casas del siglo XIX situadas en la costa, eran una simple terraza con una barandilla medio rota, pero aquel era adyacente a una pequeña habitación de cristal —una cúpula— en la que la viuda del propietario podía pasarse horas sentada, llorando por su marido, sin que las inclemencias de los elementos perturbaran su pena.

Cam lo había convertido en su dormitorio. Le encantaba estar allí, suspendida entre las nubes y el mar, entre la vida y la muerte, lejos de todo lo que pudiera acercarla a la realidad.

Tenía espacio suficiente para un colchón, una pequeña silla de madera en la que había colocado el portátil, y su maleta, que usaba a modo de cajonera porque no había armario. Era como una caja de verdad, no uno de esos burdos sacos de nailon y plástico de hoy en día que a la gente le costaba identificar en la cinta transportadora del aeropuerto: una maleta de piel de cocodrilo que había heredado de su abuela. Todavía tenía las pegatinas de cuando sus bisabuelos habían ido a «ultramar» en transatlántico. En una naranja y descolorida se leía «LISBOA» y, en otra verde y redonda, «BARCELONA».

Revolvió su interior en busca de algo que le diera calor. Para ella, abrigarse era un concepto totalmente ajeno. Por fin comprendía por qué la gente se dignaba a ponerse esas prendas utilitarias y sin forma. Qué no habría dado en ese momento por un forro polar; fantaseaba incluso con un jersey de cuello alto, o un chaleco de plumas. Se puso varias capas de lo que tenía: una bufanda negra, una rebeca gris y rota y su chupa de motorista de imitación de cuero, que era bastante fina. Luego metió la mano en el bolsillo de seda amarilla para la «ropa íntima», pero en lugar de encontrar los calcetines de lana que buscaba, sacó la hoja de arce mágica de Nueva Jersey y la lista del flamenco. El papel estaba suave y lleno de grietas, ya que lo había alisado y arrugado varias veces desde su partida desde Carolina del Norte, cuando se había peleado con Lily. Había estado a punto de tirarlo, pero algo se lo había impedido.

«Perder la virginidad en una fiesta rollo botellón, con barril de cerveza y todo», leyó, y se preguntó qué habría querido decir con eso. Se imaginó un jugador de fútbol adolescente cerrando con aire astuto el dormitorio de sus padres mientras la música subía flotando desde el salón abarrotado de gente. Pero no, no se refería a eso.

Cuando escribió la lista, se había imaginado un encuentro juguetón y consensuado bajo una pila de abrigos con un viejo amigo como Jackson, por ejemplo, que no se lo tomaría demasiado en serio pero tampoco pasaría de ella cuando todo terminara. Sería una experiencia que los llevaría a guiñarse un ojo en clase de Matemáticas.

La asustaba un poco, pero respetaba la idea de hacerlo para quitárselo de encima. La gente no se casaba a los diecisiete ni esperaba a los treinta para acostarse con alguien, así que tenía sentido hacerlo rápido, como cuando te quitas una tirita. Podías arrancártelo y seguir adelante, en lugar de tirar y tirar de ella durante años, preguntándote «dónde», «cuándo» o «con quién».

Siguió leyendo la lista y se detuvo en «Vivir un momento incómodo con el novio de mi mejor amiga». Al escribir ese punto, se había imaginado una transgresión seductora, un beso fugaz, no aquella conversación extraña con Ryan el día del pícnic. Pero no cabía duda de que contaba. La tachó con orgullo, como si fuese un verdadero logro.

Había otro punto en la lista que podía tachar fácilmente: «Acosar a alguien, aunque de forma discreta e inocente». Por conveniente que pareciera, alguien había dejado un telescopio en el porche.

Abrió las puertas de cristal de la cúpula y salió. Escuchaba los sonidos de Maine, que, por decepcionante y poco idílico que fuera, consistían en las risas agudas de su hermana y de un puñado de preadolescentes en bikini, las amigas que Perry había hecho en apenas una semana. Las niñas estaban jugando en la playa, a medio kilómetro de la casa, pero Cam las oía por encima de las olas, por encima del viento y del camión que recorría la calle principal del pueblo. Las oía por encima de básicamente todo lo demás. Las observó corretear entre las rocas a través del telescopio, como un colorido enjambre de insectos que jugaban a robar y esconder los prismáticos del socorrista guapo.

Para sorpresa de nadie, Perry solo había tardado un par de días en infiltrarse en aquella subcultura prepuberal rosa y brillante. Una vez dentro, había ascendido rápidamente a los primeros puestos y había organizado un pequeño ejército de niñas risueñas armadas con zapatillas rosas que hacían lo que ella decía, haciendo que en el país de Perry todo fuera a la mil maravillas. En solo una semana, Avalon Junto al Mar había sido el escenario de dos fiestas de pijamas en el sótano, donde el pobre Piolín había sido víctima de un karaoke pop desafinado y agudo hasta altas horas de la noche.

Cam movió el telescopio para observar las figuras que poblaban el césped delantero de Avalon Junto al Mar. La clase de Introducción al Hula de Alicia estaba llena. Las asistentes eran diez jubiladas rechonchas con vello facial, que estaban entrando por la puerta principal vestidas con *muumuus* de colores. Cada una llevaba un paquetito envuelto en papel de aluminio, algo para acompañar el té después de la clase. Su madre le había pedido que la ayudara a dar la clase, pero Cam llevaba bailando tanto tiempo que no habría sabido como dividir la danza en sus diversas partes.

Se centró en la alumna más alegre de su madre, una mujer con el pelo negro a la que se le cerraban los ojos cuando sonreía. La mujer soltó una profunda carcajada que vibró hasta en la última planta de la casa. «Hace demasiado que no hago eso —pensó Cam—. Reírme».

Cuando la última bailarina de hula entró en la casa, Cam supo que era el momento de dejar el telescopio. Sabía que era lo que debía hacer… Y lo intentó: levantó la vista unos instantes y empezó a retroceder a la fuerza hacia su habitación. Sin embargo, necesitaba hacer una cosa más. Se volvió, agachó la cabeza hacia el ocular y escudriñó las fachadas de ladrillo del pueblo en busca de Asher.

Lo encontró sentado en un banco de madera enfrente del vivero de langostas, disfrutando de un batido de vainilla durante un descanso en el trabajo. Había puesto el balón de fútbol americano que llevaba siempre con él debajo del banco y estaba leyendo un libro, aunque Cam no atisbaba a leer el título. «Además de deportista, un cerebrito», pensó.

—Ser demasiado perfecto es posible, ¿sabes? —dijo en voz alta.

Aunque lo mantuviera en secreto, le encantaban su pantorrillas cubiertas de pelo rubio suave y rizado, que bajaba hasta esconderse en sus botas de seguridad con los cordones perpetuamente desatados. Movió el telescopio para verle la cara. Tenía un lunar a un lado del ojo derecho y una cicatriz de varicela en mitad de la frente. Esa era su única imperfección.

Quizá un día se lo encontraría en una fiesta rollo botellón, pensó, bromeando consigo misma. Parecía un chico lo bastante dulce como para ayudarla con el punto número uno de la lista.

—Oh, oh… —masculló Cam—. Mira quién viene por ahí…

Una chica rubia y con las piernas largas, como una Barbie, vestida con unos shorts blancos, se sentó en el banco al lado de Asher y sacudió su brillante melena. Soltó unas risitas y le acarició la mano con un dedo. Luego se rio y lo cogió del hombro. Luego soltó una risotada y le puso la mano en la rodilla.

Sacudida de melena, exceso de tocamientos... Las dos principales señales de que le gustas según el *Cosmopolitan*, y, sin embargo, Asher, un chico de dieciocho años sin problemas aparentes, no quería saber nada de ella. No se comportó de forma maleducada ni nada, simplemente se quedó allí sentado y respondió a sus preguntas con amabilidad hasta que ella se levantó y se marchó pavoneándose, sin reparar en que el banco polvoriento le había dejado una mancha gris en el culo.

Asher volvió a concentrarse en su libro. En esa ocasión, Cam consiguió leer el título: *Retrato del artista adolescente*. Dio un último sorbo de batido, se quitó la pajita de la boca, entornó los ojos y entonces pareció mirar directamente hacia ella. Le guiñó un ojo y la saludó con la mano.

Cam se cayó al suelo.

Una astilla de más de un centímetro de largo se le clavó en la yema del dedo meñique, pero estaba tan avergonzada que ni lo notó. ¿De verdad la había visto?

Si su madre pensaba que se estaba aislando, todavía no había visto nada. Cam no pensaba salir nunca más de su habitación.

DOCE

Homer necesitaba un poco de agua salada fresca.

La langosta de Cam vivía sola en el sótano de la casa, donde Cam había encontrado un acuario de setenta y cinco litros construido en la misma pared. Le había llenado el fondo con arena y piedras, había metido unas algas y un poco de coral falsos y una piña de plástico como la de Bob Esponja, que había colocado tumbada para que Homer pudiera esconderse.

Dio unos golpecitos en el vidrio y Homer trepó por un lado del acuario para saludarla. Luego nadó en círculos, dibujando ochos grandes y completos que parecían más propios de un patinador sobre hielo que de una langosta. «Es feliz aquí», pensó Cam. Aunque igual estaba intentando escapar. En realidad, no podía saberlo.

Cam había investigado un poco sobre langostas y había descubierto que su género y nombre científico era *Homerus americanus*. Otro dato curiosos sobre estos crustáceos era que antes se rumoreaba que eran caníbales, como de los samoanos. La mala fama era debida a que alguien había encontrado partes de caparazón en el estómago de unas langostas muertas, pero eso no se debía a que se devoraran entre ellas. Solo se comían una parte de sus propios caparazones cuando los mudaban para tener calcio suficiente para que les creciera uno nuevo. Era puro ingenio nutricional, no canibalismo. Eran unas criaturas incomprendidas, así que Cam se había sentido identificada con Homer de inmediato.

Cogió su enorme cubo amarillo lleno de agua del mar con una mano y luego tiró del pomo de la puerta corredera de cristal del sótano con la otra, pero no consiguió moverla. Tiró de nuevo sin levantar la vista y entonces ahogó un grito. La puerta se deslizó de golpe medio metro y estuvo a punto de tirarla al suelo. Al otro lado del vidrio estaba Asher, con la mano en el pomo.

—Perdona —dijo—. No quería asustarte. —La ayudó a acabar de abrir la puerta, que se quedaba atorada en las vías y no se acababa de deslizar por culpa del óxido y los guijarros—. Tengo que engrasar eso —dijo, pasándose una mano por el pelo ondulado. Tenía la piel de color caramelo y los ojos marrones con pintitas doradas. La nariz tenía la misma forma redondeada y triangular que esas narices de plástico que cuelgan de las gafas que se compran en las tiendas de disfraces, pero era más pequeña y estaba perfectamente proporcionada con el resto de la cara.

—¿Cómo haces eso? —preguntó Cam.

—Con un poco de lubricante, no es difícil.

—No, quiero decir que cómo haces para aparecer en momentos de necesidad, como un valiente caballero con una doncella en apuros.

Asher se encogió de hombros y se metió las manos en los bolsillos de los vaqueros, revelando una franja de abdomen perfecto, plano y bronceado entre la camiseta, que era demasiado corta, y la cintura de la ropa interior. Cam se descubrió deseando deslizar un dedo a través de él, algo muy poco propio de ella. Era una persona realista que no se dejaba llevar por sus fantasías, y Asher jamás querría tener nada que ver con ella. Al fin y al cabo, era el jugador de fútbol americano estrella del pueblo. Al llegar, habían visto carteles en un negocio tras otro en los que felicitaban al equipo del instituto regional por su victoria en el campeonato estatal. Cam no se quitaba de la cabeza lo patético que le resultaba que un país entero glorificara un juego de niños. A las chicas nunca las celebraban así, nunca las convertían en semidiosas. Primero hacían que las niñas fueran a la iglesia y que aprendieran a adorar a un dios que era hombre y luego convertían a simples chicos en dioses en miniatura para que las chicas los adoraran en la tierra. Se juró que una de esas noches saldría con Cúmulo y cambiaría todos los carteles a «¡Felicidades, chicas langosta del equipo de hockey! ¡Tercer puesto!».

—¿Necesitas ayuda? —le preguntó Asher señalando el cubo.

—¿Qué? No, no, puedo sola —contestó, apartando por fin la vista del abdomen del chico. Se sonrojó.

Asher volvió a la cochera y Cam cruzó el césped y bajó por el camino pedregoso que llevaba a la playa privada de la casa. Era una playa tan rocosa que no se podía andar descalza. Cam la recorrió con las Converse negras puestas y se metió en el agua sin quitárselas. Estaba tan fría que habría jurado que era parte del océano Ártico. Notó cómo los vasos sanguíneos de sus piernas empezaban a constreñirse y a palpitar, como si tuviese un moratón. No entendía cómo Perry y sus nuevas amigas se podían pasar el día allí metidas. Se agachó encima de una roca y observó cómo las olas rompían en la orilla, engullendo las piedras para luego escupirlas de nuevo en la arena.

A veces, su nuevo cuerpo delgado, arrasado por la enfermedad, le resultaba muy manejable. Se sentía capaz de quedarse allí agachada durante horas, con las rodillas dobladas hacia el exterior, igual que las diminutas ranas venenosas que había visto en el Acuario Nacional de Baltimore mientras recorrían la costa. Jamás habría podido hacer eso con su peso de antes.

Bajó la vista hacia una pequeña piscina que había formado la marea y descubrió una estrella de mar pegada a una roca. Estaba ante una ventana que daba a un mundo entero: la estrella de mar, las algas marinas que se movían hacia delante y hacia atrás, un caracol, algunos gusanos marinos, plancton, granos de arena, moléculas de granos de arena, átomos de moléculas de granos de arena, protones, neutrones y electrones que daban vueltas y más vueltas.

El infinito la fascinaba, le encantaba la idea de que sistemas y universos pudieran empequeñecerse infinitamente por un lado y agrandarse infinitamente por otro. Que la forma de un átomo imitara con tanta precisión la forma del sistema solar. Que nada tuviera fin. Excepto su propia vida, claro. Ese fin llegaría muy pronto, pero todo lo demás seguiría girando sin ella. Le daba vértigo pensarlo, así que se puso de pie para no caerse hacia delante.

—Es una locura ver que nada se para, ¿no? —Asher estaba a unos tres metros de distancia, donde el risco caía de forma perpendicular sobre la arena. En la topografía de aquel sitio, nada era gradual. No había colinas inclinadas ni suaves dunas, todo caía encima de otra cosa dibujando ángulos escarpados.

—¿Puedes dejar de sorprenderme de ese modo, por favor? Eso no me importaría que parara, la verdad.

—Chis. ¡Mira! —Asher señaló las olas espumosas.

—¿Me acabas de mandar callar?

—¡Mira! —insistió, levantando su brazo torneado, moreno y con las venas en los lugares perfectos. Cam se fijó en una pieza de plástico amarillo que le rodeaba la muñeca. ¿Llevaba una de esas pulseras con mensaje? Sí, la llevaba. «Por favor, que no ponga "Jesús"», pensó Cam.

Miró al mar y entonces lo vio. En realidad, primero lo oyó. Un silencio preñado y luego un silbido. Y, justo después, una madre orca y su bebé saltaron unos tres metros en la bahía exactamente al mismo tiempo.

—¡Madre mía, Batman! —exclamó Cam. El resto de la bahía mantuvo su carácter bahiesco habitual. Un barco langostero traqueteaba lentamente hacia el muelle y algunos botes flotaban amarrados a sus boyas, balanceándose arriba y abajo. Había una gaviota sentada en su nido, quieta, encima de unos pilotes de madera, y el sol redondo había iniciado su eterno y colorido descenso por detrás del faro. Nadie parecía haberse dado cuenta de que dos ballenas acababan de ejecutar un truco de circo por el que la gente pagaba un riñón en Orlando.

—Mira, lo van a hacer otra vez.

—¿Cómo lo sabes?

—Lo hacen cada noche, al atardecer. Los animales son criaturas de costumbres.

Y, por supuesto, las ballenas nadaron en un círculo y volvieron a saltar en el aire, brillantes y negras, como un par de zapatos de charol de tallas diferentes.

—Qué pasada.

—El sol sale aquí y se pone aquí —dijo Asher mientras cogía una piedra gris y plana y la hacía saltar siete veces sobre el agua.

—Bueno, me alegro de que sepas apreciarlo. Porque eres el propietario de una parte del océano, lo que da bastante asco —contestó Cam, aunque Asher le daba cualquier cosa menos asco. Era el propietario de una playa, las chicas se lanzaban a sus pies… Y aun así parecía tan solo y taciturno…

—No, quiero decir que, literalmente, el sol sale y se pone en el mismo sitio —le explicó—. Detrás de la Luz de Archibald. Del faro. ¿No te habías dado cuenta?

—Eso es imposible —respondió Cam de forma automática, pero entonces se paró a pensarlo y se dio cuenta de que parecía verdad. Tanto el amanecer como el atardecer se veían desde la misma ventana del mirador—. Probablemente sea por la polución —razonó—. Mi abuela dice que los atardeceres que se ven en la autopista de Nueva Jersey están causados por los gases que se elevan desde el vertedero. Supongo que aquí pasa algo parecido. Parece que sea el sol que se está poniendo, pero en realidad debe de ser un poco de metano que se eleva desde Vermont, que está lleno de vacas.

—Eso es mucho metano —repuso Asher mientras lanzaba otra roca. «¿Por qué los chicos están siempre tirando cosas?», se preguntó Cam.

—Las vacas comen mucha hierba y están causando un agujero en la capa de ozono.

—¿Me estás diciendo que nuestro atardecer no es más que un pedo de vaca?

—Sí.

—Es una afirmación bastante atrevida. —Esbozó una sonrisa irónica.

—Todo tiene una explicación —contestó Cam.

—Ya —dijo Asher, pero, por su tono de voz, se dio cuenta de que no estaba de acuerdo.

—Ya debería estar en la cama —dijo Cam, y volvió a la casa con el cubo a cuestas, salpicando de agua. Estaba cansada, tenía frío y ganas de acurrucarse en el mirador y ver las películas que Perry le había traído de la biblioteca del pueblo, previo soborno. Quizá algún día se llevaría a Asher de excursión y le enseñaría dónde se ponía el sol en realidad, en los bosques que había tras la casa. En un lugar llamado oeste.

Arriba, en su nido de cristal, los rosas y los púrpuras del atardecer empezaron a hundirse y a sangrar a su alrededor, como acuarelas en un cielo de papel. Cam se puso todas las prendas de manga larga que tenía, una encima de otra, y dos pares de calcetines. Luego empezó a ver *Comportamiento perturbado*, un clásico de Katie Holmes sobre un grupito de adolescentes de una perfección imposible que resultan ser unas criaturas tipo zombis, monstruos o extraterrestres, y, mientras miraba los créditos del principio, esperó a que llegara la calma que le inspiraba ver una película que ya había visto.

—¡Cam!

Cam oyó los enormes pies de Perry acercándose a las escaleras. Aquella pequeña bastarda… Literalmente.

En realidad, Cam estaba orgullosa del modo en que Perry había asumido su bastardía. La había aceptado con calma, sin cuestionarse nunca su valor como persona. Parecía saber que no era culpa suya que sus padres hubieran sido estúpidos e impulsivos. Sin embargo, Cam se preguntó si llegaría el día en el que su hermana partiera en busca de su pálido padre al oscuro interior de «Noruégica» (así es como lo llamaba cuando tenía tres años y le dijeron que ella era noruega). Cam se imaginó una Perry veinteañera decidida que se abría paso a través de la tundra con botas de nieve y mochila y llamaba a las puertas de los vecinos. Sería una pena no estar allí para verlo.

Las mejillas sonrosadas de su hermana asomaron por el hueco de la cúpula en el que terminaban las escaleras. El frío de Maine le sentaba bien a su sangre ártica.

—¡Cam! —Perry estaba emocionada.

—¿Qué? —le contestó con un entusiasmo fingido y sarcástico.

—¡Hay una fiesta!

—¿Y qué?

—Pues que tienes que ir.

—¿Por qué?

—Tienes que conocer gente. Es una fiesta por el solsticio de verano, en la isla del faro. Tienes que coger una tirolina para llegar. Irá todo el mundo, habrá una hoguera y todo. A ti te gusta el fuego.

—¿Quién es «todo el mundo»?

—Pues todo el mundo. Asher va.

—¿Y qué?

—Ay, Campbell, por favor. —Perry acabó de subir y se sentó en su cama.

—¿Qué más te da si voy o no a esa fiesta? —Cam cogió una de las coletas sedosas de su hermana y se la enrolló en el dedo.

—Porque yo quiero ir y no puedo, y si yo no puedo, deberías ir tú. Estoy harta de verte aquí lamentándote. Es deprimente. Y este sitio es una pasada, deberías empezar a explorarlo. Ya que hemos venido hasta aquí…

—¿Cuándo es la fiesta? —preguntó Cam, jugando con ella.

—Esta noche.

—Pues no, gracias. Esta noche tengo una cita con Katie Holmes y su comportamiento perturbador.

—Eres lo peor, Campbell. ¿Piensas salir de casa algún día?

—No.

—Patética.

Cam oyó a su hermana bajar las escaleras dando grandes pisotones mientras sacaba el teléfono para quejarse de ella con alguna de sus amigas, clones de Hannah Montana.

Vale, pues sí, era patética. Cam había accedido a ir a Maine, pero no a asistir a ninguna fiesta. Se sentía cómoda y segura en su soledad. Quizá era una de las fases de la muerte.

Cuando terminó la película, oyó las voces que se habían reunido en la bahía, así que supuso que la fiesta estaba empezando. ¿Podría quedarse ahí escuchándola toda la noche? Se preguntó si estaba montando un numerito de lamentos pasivo-agresivo solo para llamar la atención. Sabía que no era así, pero quizá iría a esa fiesta, aunque fuese solo para demostrárselo a sí misma.

A las once en punto bajó por las escaleras. No quería darle a Perry la satisfacción de saber que había decidido ir, así que cruzó el salón de puntillas. Cuando pasó junto a la jaula de Piolín, el pájaro empezó a revolotear y a trinar como loco, amenazando con delatarla. Seguía enfadado con ella por no reconocer su milagro.

—¡Calla, Piolín! ¡Piolín! —susurró—. Cálmate —le pidió, mirando bajo la tela que cubría la jaula—. De todas las criaturas del mundo, tú deberías saber de qué va esto. Estoy muy orgullosa de ti, ¿vale? Pero no creo en los milagros.

—¿Pío? —preguntó Piolín.

—Porque no. Porque no y ya está, ¿vale?

Porque tenía que prepararse para lo inevitable. Para lo que le estaba sucediendo, que era muy real. No tenía ningún sentido esperanzarse.

TRECE

El cielo se había teñido de azul marino y las estrellas habían empezado a parpadear, primero despacio y luego todas a la vez, cubriendo el cielo de polvo de hadas.

Cam recorrió la bahía en forma de U hasta llegar al parque que había en el extremo de la península. Reconoció el coche de Asher en el aparcamiento y siguió el sonido de las voces a través del parque infantil fantasmagórico, hasta detenerse en el borde de un acantilado alto como un edificio de tres plantas. Por debajo de ella, había un canal de unos seis metros de ancho en el que las olas se removían salvajemente, chocando contra las rocas que delimitaban las orillas. La corriente, iracunda y atrapada, parecía no saber por dónde salir. Al otro lado del canal se erigía el faro, como una enorme vela de cumpleaños plantada toscamente en la isla, un pastel gigante.

—¡Campbell! ¡Por aquí! ¡Qué bien que hayas venido! —gritó Asher poniéndose las manos alrededor de la boca para que su voz le llegase por encima del ruido de las olas. La saludó con la mano desde la isla, donde estaba supervisando los aterrizajes con la tirolina.

—Sí, gracias por invitarme —contestó ella con sarcasmo, a sabiendas de que no la oía.

A su lado, encima de la tirolina, había un chico ancho de espaldas y con el pelo castaño y rizado. Llevaba un jersey un poco pijo de rayas naranjas y grises con agujeros en los puños y los codos. Aquella gente podría estar sacada directamente de un catálogo de ropa. Cam apostó a que tenían nombres iguales a los de los colores de los catálogos, como Logan, Sage, Persimmon o Russet.

—¿Cómo te llamas? —le preguntó al chico.

—Royal —contestó él.

«Lo sabía», pensó Cam.

Royal le tendió una especie de manillar de bicicleta oxidado y del revés, con unas borlas rosas enganchadas en los extremos. Los mangos estaban unidos a una polea en la que había una cuerda de nailon bastante tensa. Esa cuerda estaba atada a la rama de un árbol y en el otro extremo, el de la isla, a una farola.

Al lado de la «tirolina» había un pequeño vagón parecido a un funicular que usaba el farero, que tenía más sentido común. También colgaba de una polea, pero en ese funicular podías desplazarte poco a poco, poniendo una mano tras otra y tirando a lo largo de un grueso alambre.

—¿No puedo usar eso? —le preguntó a Asher a gritos.

—No nos dejan tocarlo —contestó.

—Pero tampoco nos dejan estar aquí, en general, ¿no?

—Así es más divertido. ¡Venga, pruébalo! —insistió.

—Solo tienes que echarte un poco hacia atrás y luego levantar los pies —le indicó Royal.

En la mano derecha tenía otra cuerda más fina, atada al manillar, que le permitía recuperarlo para dárselo al siguiente.

Cam se preparó.

—Espera. La seguridad es lo primero —dijo Royal, tendiéndole un chaleco salvavidas de color naranja chillón.

—¿Para qué es?

—Por si te caes.

—¿No me mataré si me caigo?

—No necesariamente. Toma.

—¿Por qué está mojado? —preguntó Cam. ¿Es que ya se había caído alguien?

—No te va a pasar nada. En serio —la tranquilizó Royal.

Cam estaba empezando a sudar, pese a llevar puesto el chaleco salvavidas, que estaba helado. Era extraño que su cuerpo siguiera experimentando las consecuencias del miedo cuando, en realidad, ¿por qué debería? Iba a morir pronto de todos modos, no tendría que haberle importado si era saltando desde un acantilado o tirada en una horrible cama de hospital.

«Ahí voy», pensó Cam. Se inclinó hacia atrás y levantó los pies.

El viento pasó silbando por sus oídos, de modo que no oía nada más. La sensación era más parecida a caer que a volar; se sentía totalmente fuera de control. Todo su cuerpo estaba adormecido del miedo, pero en el buen sentido. Asher la cogió cuando llegó al otro lado, colocando sus manazas a los lados del chaleco salvavidas. Deslizó una mano y la puso encima de la de él. Palpó sus nudillos, gruesos como los nudos de la rama de un árbol y cubiertos del mismo vello suave que tenía en las piernas. Era fuerte, amable, y Cam se sintió segura por una milésima de segundo, una sensación que hacía mucho tiempo que no experimentaba.

—¿Ves a qué me refiero con lo de la doncella en apuros? —le dijo—. Me parece que tienes un problema con eso. Eres adicto a ayudar. —Cuando la cogió en volandas para dejarla en la orilla, asegurándose de que no perdiera el equilibrio, se quedó sin aliento.

—¿A que te ha gustado? —preguntó Asher.

—No ha estado mal —contestó ella. No quería mostrarse demasiado entusiasmada—. Oye, ¿y cómo volvemos? —le preguntó de repente. La tirolina solo iba en un sentido, por supuesto.

—A veces usamos el funicular. O kayaks.

«¿Kayaks?», pensó Cam. Las pocas fiestas a las que había ido en Florida habían consistido en apalancarse en la piscina en bikini mientras los chicos jugaban a algún estúpido juego de beber y pululaban a su alrededor a ver si había suerte y a alguna de las chicas se le salía un pezón. Los chicos de Maine eran más ambiciosos.

—La fiesta es por allí —le indicó Asher—. Sigue el sonido de los tambores.

Normalmente, la idea de entrar sola en una fiesta la habría puesto muy nerviosa, pero todavía le duraba el subidón del viaje en tirolina. Se subió a unas rocas enormes y se asomó a la playa, donde la gente, la mayoría chicos, estaba sentada en un círculo tocando instrumentos de percusión mientras otros, la mayoría chicas, bailaban descalzas trazando círculos en la arena. En el centro había un fuego. Cam no lo habría llamado hoguera exactamente, pero era fuego. Por encima de ellos, a la izquierda, se erigía el faro, pintado con rayas anchas rojas y blancas.

Miró a su alrededor en busca del típico barril de cerveza, pero no parecía haber ninguno. La gente debía de haber llegado a ese estado de alteración gracias a los tambores y el baile, porque no vio nada de alcohol. Le recordó a aquella vez que su madre había encontrado un post absurdo en un blog sobre crianza que advertía de que las chicas se emborrachaban en secreto empapando tampones en vodka.

—Campbell, ¿tú haces esto? —le había preguntado.

—Sí, mamá, me *tampeo* con vodka constantemente —había contestado, orgullosa de haber creado un nuevo verbo.

No había tenido la energía suficiente para decirle a su madre que las imaginaciones de los padres eran mucho peores que nada que a los adolescentes se les pudiera ocurrir. No conocía a ninguna chica tan rara como para usar un tampón mojado en vodka, a no ser que ese fuera el secreto que tenía colocadas a aquellas chicas que estaban bailando.

Cam encontró un camino entre las rocas y saltó a la playa. Cerca del fuego hacía más calor. Se sentó en un pedrusco y los observó un rato. Se dejó llevar por el ritmo de los tambores, cerró los ojos y se balanceó adelante y atrás.

Un minuto después, la sobresaltaron unos dedos largos y ásperos que se deslizaron en su mano y la arrancaron de la roca.

—Tú seguro que sabes bailar —le dijo una chica con una larga melena rubia que caía en mechones ondulados y sucios hasta su cintura. Llevaba un vestido ancho de color crema, mojado hasta las rodillas y con el dobladillo sucio. En uno de los tobillos lucía una pulsera de macramé, algo que Cam, en general, no habría tolerado. Sin embargo, aquella chica parecía la personificación misma del concepto de *flower power*; era esbelta y grácil, como si sus padres mismos fueran flores—. Se te nota.

Cam no le contestó, pero se unió a ella y empezó a bailar junto al fuego.

—¿Cómo te llamas? —le preguntó Cam.

—¿Qué?

—Que cómo te llamas.

—¡Ah! Sunny —respondió con una sonrisa soñadora, como si el sonido de su propio nombre la llenara de dicha. Volvió a bailar con los ojos cerrados.

Cam tendría que haberlo adivinado gracias al pequeño sol que llevaba tatuado en el otro tobillo, el que no lucía ninguna pulsera de macramé. «Sunny», «soleada», era el nombre perfecto para ella, y también podría ser el nombre de un color en un catálogo.

Cam se adentró en la música; dejó que la rodeara como una burbuja. Dentro de la música no había cáncer. No se sentía incómoda; no había dolor ni abandono. La lista del flamenco no existía. Dentro de la música, dentro incluso de aquellos ritmos primitivos, Cam se sentía libre.

A Sunny parecía gustarle cómo bailaba Cam, porque de vez en cuando abría los ojos para mirarla y luego asentía y le decía: «Genial».

Al cabo de un rato, se sorprendió al sentir la sensación de ardor propia de su enfermedad, que tan bien conocía. No la notaba desde que habían llegado a Maine. Le resultaba difícil describirla, pero era como si cada una de sus células empezara a arder individualmente, henchida de enfermedad. No sabía si esa toxicidad que sentía era por el cáncer o por la quimio y la radioterapia que usaban para tratarlos, pero había veces en las que se sentía simplemente envenenada, verde, acídica. Completamente distinta de aquella chica orgánica que daba vueltas y vueltas a su lado.

Le dio un golpecito a Sunny en el hombro y le preguntó:

—¿Hay agua? —Entonces se llevó un vaso imaginario a la boca, por si Sunny no la oía.

—Allí —contestó, y la llevó hacia una neverita que había al otro lado del fuego. La neverita, que era una especie de cubo enorme de color naranja, estaba detrás de una pared de rocas. Cam buscó vasos, pero no vio ninguno.

—Mira, así —dijo Sunny. Se agachó y abrió la boca bajo la espita como un pájaro bebé—. Reducir, reutilizar y reciclar —afirmó—. No sirve de nada gastar vasos. —Se limpió la boca con la parte interior de la muñeca.

Cam la imitó, llenándose la boca y tragando lo que le supo a agua de un arroyo de montaña aderezada con un poquito de azúcar. Tras un solo trago empezó a sentirse purificada; esa sensación tóxica y ardorosa empezó poco a poco a desvanecerse.

—Está buena, ¿verdad? —le preguntó Sunny—. Es agua bendita. La robamos de la fuente bautismal de la iglesia católica. Sabe mejor.

—¿Y Dios no se enfadará si le robáis el agua? —preguntó Cam.

—No puedo presumir de saber qué piensa Dios —respondió Sunny—, pero me gusta pensar que quiere que nos la bebamos.

El agua bendita le recordó al bautizo improvisado que Lily había oficiado para ella en el muelle. Deseó que nada le hubiera recordado que había tirado a la basura la única amistad que le quedaba, y solo porque se había empeñado en tener razón sobre Ryan. Lo único que Cam habría tenido que decirle aquella noche era «Me alegro por ti». Cuatro simples palabras.

—Guau, Samoa, ¿en qué estás pensando? Te ha cambiado la cara del todo.

—En nada. Me llamo Campbell, por cierto. ¿Y cómo sabías que...?

—Mi hermana pequeña es amiga de la tuya y me dijo de dónde eras. Mola un montón. Nunca había conocido a una isleña.

—*Aloha* —respondió Cam con una sonrisilla.

—¡Guay! Bueno, Campbell, tienes que pensar en cosas buenas y entonces te pasarán cosas buenas.

Siguió a Sunny de vuelta al baile. Royal y Asher debían de haber terminado su trabajo en la tirolina, porque estaban trepando las rocas para unirse por fin a la fiesta. Cam le dio un codazo a Sunny y señaló a Asher con la cabeza.

—¿Cuál es su historia? —preguntó.

—¿La de Asher? —Sunny sonrió—. Asher no tiene historia, tiene una mitología al completo. Y está pillado. —Royal llegó y la cogió de la mano y ella se rio. Cam observó cómo él tiraba de ella suavemente hacia la orilla del mar, donde siguieron paseando mientras charlaban.

Asher había cogido un tambor de uno de los percusionistas, que se había salido del círculo, y lo tocaba con una sonrisa de oreja a oreja. Cam siguió bailando. No le importaba bailar sola, siempre que tuviera los ojos cerrados. Danzó y danzó, moviendo los pies descalzos sobre la arena, e intentó olvidarse de Asher. Tal vez Lily tuviera razón. Tal vez Cam debiera experimentar algunas cosas. Era demasiado tarde para hallar el amor verdadero, pero no para el sexo.

Y, justo cuando la palabra «sexo» se cruzó por su mente, un chico al que no podía ver deslizó el brazo por su cintura y la lengua en su oreja.

El chico, Alec, con «c» y no con «x», no tenía nombre del color de una camiseta.

Cam intentó comportarse con normalidad. Levantó los brazos y le rodeó el cuello con ellos mientras él le rodeaba la cintura con los suyos. Levantó la vista para mirarlo a los ojos entrecerrados, que eran marrones, con gruesos párpados. Muy francés, como su nombre. Cam inclinó la cabeza y la apoyó en su pecho. Era alto, delgado y estaba en forma, como un jugador de tenis. Probablemente era jugador de tenis. Llevaba unas zapatillas de un blanco cegador, aunque estuviera en la playa. Dejó que la besara suavemente en la frente antes de llevársela al otro lado de las rocas, a una parte de la playa donde alguien había encallado un pequeño catamarán. A él le sudaban un poco las palmas de las manos. «Es por las expectativas, porque está pensando en lo que viene —pensó Cam—, y no porque tenga miedo». Ella tenía las manos congeladas de pánico.

—Ah, una cama —dijo con acento francés, tragándose de forma gutural los sonidos finales de cada palabra. Resultó que era francés de verdad.

Se sentaron en el trampolín negro, la «cama» del barco, que estaba atada por el centro como un corsé gigante. Él se puso encima de ella enseguida.

—Espera —protestó, quitándoselo de encima—. ¿No deberíamos conocernos un poco mejor antes?

Él se señaló a sí mismo y dijo:

—Alec.

—Cam —respondió ella, y entonces él volvió a ponerse encima, le besó el cuello y le metió la mano por debajo de la camiseta.

Cam estaba tan nerviosa que era incapaz de callarse.

—¿Llevas algo en el bolsillo o solo te alegras de verme? —preguntó—. ¿«No» significa «no» en Francia, o a veces significa «*oui*»? Porque yo diría que en Maine, «no» significa «no» y ya está. Aunque aquí son un poco retrógrados, así que es posible que no sepan que «no» significa «no»...

—¿Estás diciendo «no»? —preguntó Alec.

—No —contestó Cam.

—Chis —la acalló él, recorriéndole los labios con el dedo índice. Luego la besó en la boca. Al principio, su lengua le pareció demasiado inquisitiva, y como tenía los dientes un poco salidos, se chocaban con los suyos y la mordía un poco. Deslizó los dedos bajo la cinturilla de los tejanos e intentó meterlos por el elástico de las bragas.

—¡Sí! —exclamó Cam mientras intentaba incorporarse.

—Te gusta, ¿verdad? —preguntó Alec.

—No. Quiero decir que sí, que estoy diciendo «no».

Él la miró a los ojos con seguridad en sí mismo, como si fuera capaz de descifrar sus pensamientos mejor que ella misma y pudiera ser el árbitro final de la situación.

—No. No estás diciendo que no —repuso, y la besó de nuevo, esta vez con más dulzura, enrollando la lengua con la suya. Tenía una lengua fantástica, así que compensaba el problema de los dientes. La besó en la oreja, en el cuello, en la piel suave del interior del codo y en la palma de la mano. Cam se relajó lo suficiente como para que le gustara, hasta que dejó de gustarle, y entonces todo terminó.

Mientras él seguía tirado encima de ella, oyeron la voz de una chica desde el otro lado de las rocas: «¡Alec!». Él se subió los pantalones a toda prisa y Cam bajó rodando del catamarán y se escondió detrás de uno de los pontones.

—Lo siento —susurró el chico—. Me tengo que ir.

Y, desde debajo del barco, Cam observó cómo sus zapatillas blancas se hundían en la arena en dirección a la voz de la chica.

Es imposible escapar de un sitio con dignidad cuando estás atrapada en una isla. Cam intentó escabullirse con el funicular sin que nadie la viera, pero Asher la siguió.

—Cam —oyó que la llamaba.

Ella lo ignoró y se subió al vagón oxidado. Cerró la puerta con un golpe metálico y tiró de la cuerda, que, pese a rechinar de forma escandalosa, solo lo movió unos centímetros por el cable. Tiró y tiró, impulsándose con su vergüenza. Un par de personas habían acudido movidas por la curiosidad y la observaban deslizarse sola por el cable. Al final, agotada y conteniendo las lágrimas, se dejó caer en el interior del funicular mientras el viento lo mecía de un lado a otro entre sonidos agudos y estruendosos.

—¡Cam! —la llamó Asher—. Campbell, mira abajo.

—¿No se supone que me tienes que decir que no mire abajo?

—No. Mira abajo.

Cam se puso de pie despacio para que el pequeño teleférico no se balanceara en exceso. Cuando se asomó, descubrió que no quedaba agua entre la península y la «isla» en la que estaba el faro. El pequeño canal se había secado y se había convertido en una playa rocosa.

—Ha bajado la marea, Cam. Puedes cruzar caminando.

Asher apretó un botón y el cable del que estaba colgada empezó a moverse solo como un telesilla, devolviéndola a la isla. Ella se bajó del funicular y cruzó el canal a pie. Luego, ni siquiera recordaba cómo había vuelto a casa.

Tras darse una ducha muy larga, Cam se acurrucó en el albornoz de su madre y se sentó en la cama, en el mirador. Sacó la lista del flamenco y un rotulador negro y leyó el punto «Perder la virginidad en una fiesta rollo botellón, con barril de cerveza y todo». Lo tachó, ya que la presencia de los barriles de cerveza le parecía irrelevante. Luego tachó «Que un gilipollas me rompa el corazón».

No le habría pasado nada por morirse sin esa experiencia. De todos modos, se suponía que la primera vez tenía que ser terrible, ¿no? Aunque era una pena que su primera vez fuese a ser también la última.

Deseó poder olvidarse de que aquella noche había sucedido. Era lo que haría una persona sana. Las personas sanas tienen el don de la memoria selectiva, pero Cam lo recordaba absolutamente todo. Era otra de sus patologías. Los detalles se le aferraban al cerebro como una pelotilla de papel mascado se aferraría a una pizarra. Eso estaba muy bien para presentarse a los exámenes de acceso a la universidad, pero era horrible cuando estabas intentando olvidarte de los dientes de Alec, o de los chicos de catálogo que te miraban desde la playa mientras estabas atrapada y colgada del funicular del faro.

Era horrible cuando necesitabas olvidar qué aspecto tenía tu padre en su lecho de muerte, calvo y encogido, del tamaño de un niño, cuando su aliento, después de aguantar durante semanas, se había detenido de forma silenciosa. Cuando necesitabas olvidar que tus órganos empezarían a fallar uno a uno o que era posible que una neumonía te asfixiara en tu propia cama. Aunque quizá antes se te pararía el corazón.

CATORCE

—Levántate. ¡Levántate, Campbell! —La voz de su madre pasó de ser un susurro enfadado a un grito. Le apartó las mantas de encima—. En nuestra familia esto no se hace, ¿me oyes?

Cam seguía metida en la cama, intentando que el desastre de la noche anterior desapareciera a base de dormir. Las imágenes flotaban en su conciencia, burbujeaban como un guiso de malos recuerdos: el funicular vertiginoso, las miradas de incredulidad de los chicos de catálogo, los músculos tensos de Alec, sus dedos desabotonándole los vaqueros…

—¿Qué hora es? —Cam se tapó la cara con el brazo para protegerse los ojos de la luz brillante que entraba sin piedad por el mirador. Si miraba por la ventana sin incorporarse, le daba la impresión de que estaba flotando en mitad de la bahía: lo único que podía ver era el azul, tonos ondulantes de azul que variaban según su forma y su función. Si se quedaba allí un poco más de tiempo, estaba segura de que podría inventarse más de cien palabras para «azul», igual que los esquimales tenían cien palabras para «nieve».

—Querrás decir que qué día es. Te pasaste todo el sábado durmiendo.

—¡Anda! ¡Qué guay!

—¡Campbell! —la reprendió Alicia con los dientes apretados—. No tienes tiempo de quedarte aquí arriba leyendo *La campana de cristal*, o lo que sea que estés haciendo —le dijo mientras pateaba algunas de las cosas que tenía en su habitación—. Las demás chicas pueden regodearse en su desgracia, pero tú... Tú no puedes permitirte ese lujo.

—Pero ¿no es regodearse en la desgracia parte de la adolescencia? Debería experimentar todo el abanico de comportamientos adolescentes antes de morirme. De todos modos, ¿no se suponía que este pueblo me iba a salvar?

—Campbell... —repitió su madre mientras se sentaba en su cama.

—¿Qué?

—Nunca he conocido a nadie que sea salvado sin antes salvarse a sí mismo.

—Madre mía. ¿Quién dijo eso, Jesús? Quedaría muy bien en una taza, o bordado en un cojín. Se vendería muy bien.

—Hoy vas a salir de esta casa, ¿me has oído?

—Sí, señora.

Su madre le tiró un cojín a la cara antes de bajar las escaleras. Cam deseó poder admitir ante ella que en realidad sí que había salido de casa y que encima había hecho el ridículo, pero ¿cómo le admitía una a su madre que acababa de perder la virginidad con un estudiante de intercambio francés y maleducado en un catamarán encallado en la playa solo porque sí?

Cam decidió que era mejor obedecer y salir de casa. Piolín estaba un poco apagado y pachucho, podía llevarlo al veterinario. En realidad, no era mala idea.

Mientras se vestía, se fijó en que la fotografía que había robado de casa de Lily hacía equilibrios peligrosamente en la esquina del alféizar. El sol le daba en el dorso, así que parecía brillar con su propio resplandor interno. Cam miró los rostros macilentos, las cabezas calvas pegadas y las sonrisas de dientes blancos. Tal vez sonase extraño, pero, gracias a Lily, la época que había pasado en St. Jude's había sido una de las más felices de su vida.

Lily era la única persona que la entendía. Su padre también la entendía un poco, pero ya no estaba. Su madre solía intentarlo, pero se había rendido cuando había empezado a resultarle demasiado agotador. Y Perry era demasiado pequeña para entender a nadie. Sin embargo, Lily sí la entendía. Solo tenían que mirarse a los ojos de una manera determinada para estallar en una risa de esas mudas y de boca muy abierta, de esas que te paralizaban. Sin Lily, Cam estaba completamente sola.

Lily habría sabido qué decir sobre la noche anterior. Se moría de ganas de contarle que había tachado dos puntos de la lista del flamenco, pero sus noticias no contenían exactamente la «energía positiva» que habría reparado su amistad. Cam se estremeció cuando las últimas palabras de Lily resonaron en su mente: «Necesito rodearme de energía positiva, así que necesito que me dejes en paz».

Sin mediar palabra, metió la foto en un sobre sin escribir en él el remite. Se la enviaría a Lily ese mismo día.

—Mamá, voy a llevar a Piolín al veterinario —gritó cuando llegó al final de las escaleras—. ¿Aquí hay veterinario o los animales se curan milagrosamente?

—No te pases de lista. Creo que he visto algo en Cedar Street —gritó su madre desde el salón. Estaba intentando arreglar la vieja máquina de coser que había encontrado en el sótano y ni siquiera levantó la vista.

Cam desenganchó de su pie la jaula de Piolín, que estaba en el salón, y palpó las llaves del coche en el bolsillo de la sudadera.

—¡Espera! ¡Llévame a la pla…! —oyó quejarse a Perry mientras cerraba la puerta tras ella con la aldaba en forma de libélula.

Cam se sentía irritada. Literalmente. Hacía calor, no lograba dar con el veterinario, y había algo que le ardía «ahí abajo», lo que probablemente era normal después de lo que había pasado «ahí abajo» el viernes por la noche, pero un poco desconcertante de todos modos. Después de dar tres vueltas al pueblo, se acordó de Sunny y de su teoría según la cual podías atraer aquello en lo que estabas pensando. «Voy a encontrar el veterinario», pensó, y tras darle otra vuelta a la manzana, ahí estaba: un granero rojo con un silo y una furgoneta de correos aparcada enfrente. Había un burro atado en el interior de un corral blanco y un cartel, también blanco, que anunciaba: «ELAINE WHITTIER», del que colgaban cinco tejas en las que se leía: «VETERINARIA», «BIBLIOTECARIA», «CARTERA», «SHERIFF» y «ANTICUARIA».

—¿Qué le das de comer? —le preguntó Elaine Whittier mientras examinaba a Piolín. Tenía unos sesenta años y pinta de feminista autoproclamada de los setenta: melena larga y gris, unos pendientes de plumas y un caftán de color azul que le tapaba la barriga de rigor de mujer de mediana edad. Para llegar a la consulta tenías que cruzar su casa, que estaba decorada con mucho pino: madera de pino, muebles de pino cubiertos de una tapicería áspera y marrón, suelo de pino y placas de pino lacado en la pared con mensajes cursis como «HOGAR, DULCE HOGAR».

—Hum... Creo que últimamente hemos incluido demasiada papaya en su dieta.

—Tiene muchísimo sobrepeso.

Aquella mujer le caía bien. No se andaba con rodeos.

—¿Has oído, Piolín? Se acabó la papaya. —Cam tuvo que levantar la voz para que se oyera por encima de la cacofonía de ruidos de los animales. Elaine no parecía discriminar a la hora de elegir pacientes: además de los gatos y los perros de rigor, las demás jaulas de la consulta contenían cangrejos ermitaños, tarántulas, iguanas, hurones y...

—¿Eso es una rata almizclera? —preguntó Cam al ver al roedor de pelaje negro y reluciente con pies huesudos y enormes.

—También es una criatura del Señor. —Elaine levantó el ala de Piolín para palparle las glándulas—. ¿Qué te trae por Promise?

—Estoy enferma —contestó Cam, inspirada por el carácter directo de la veterinaria. Sin embargo, se sintió extraña al oírse pronunciar aquellas dos palabritas. Era un alivio confesárselo a una desconocida. Sí, estaba enferma.

—Vaya, lo siento —contestó la doctora Whittier. A Cam le gustó su respuesta: sin preguntas, sin negaciones, sin un «seguro que te curarás pronto». Un simple «vaya, lo siento». Tenía razón. Era para sentirlo.

—Bueno, ¿y qué haces? —le preguntó mientras cogía a Piolín con suavidad, con las dos manos, y lo dejaba en su jaula.

—¿Que qué hago?

—Además de estar enferma, ¿a qué te dedicas?

—Ahora mismo estoy dedicando todas mis energías a eso —bromeó Cam.

La doctora Whittier sonrió. Cuando sonreía, le salía el mismo hoyuelo que a Asher, en forma de paréntesis y en la mitad izquierda de la cara.

—Una mujer tiene que ser polifacética. Hacer varias tareas a la vez está en nuestra naturaleza. Toma, ¿puedes aguantar un momento a Bart? —Le puso un cachorro de San Bernardo en las manos para que lo sujetara por la barriga suave y pesada. Los cálidos pliegues de su piel sobrante se le desbordaban sobre los dedos. Lo levantó para mirarlo a los ojos marrones y adormilados.

—Supongo que podría trabajar aquí —murmuró Cam. El cachorro le lamió la mejilla una sola vez, como si no fuese capaz de más.

—¿Qué? —preguntó la veterinaria mientras le daba unos golpecitos a una jeringuilla para sacarle las burbujas de aire—. No lo sueltes. —Elaine levantó un poco de piel del cuello de Bart y le clavó la jeringuilla. El perrito escondió la cabeza en el brazo de Cam y ella lo abrazó para reconfortarlo.

—He dicho que no me importaría trabajar aquí, si necesitas ayuda.

—Pareces tolerar las agujas, lo que significa que mantendrás la cabeza fría en una emergencia —observó Elaine—. Y veo que te encantan los animales. Son los dos únicos requisitos para este trabajo. Ah, pero no te encariñes demasiado, sobre todo con Bart. Es el débil de una camada muy grande y no sé si sobrevivirá.

—Frialdad es mi segundo nombre —repuso Cam. Eso era cierto en la mayoría de los casos, pero era consciente de que ya se había enamorado perdidamente de Bart. ¿Cómo no hacerlo? Era un cachorrito. Suave. Con barriguita. Era irresistible.

—Estupendo. Ahora tengo que entregar las cartas. Si llego cinco minutos tarde, al señor Griffith le da un ataque de pánico. Lo único que recibe es el panfleto del supermercado, pero lo espera con muchas ganas. ¿Puedes vigilar tú a Bart?

—¿También haces de cartera?

—Ajá. Polifacética, no te olvides. De todos modos, me sorprendería que nuestro amigo sobreviviera a esta noche. Si mañana no mejora, quizá decida mitigar su dolor.

—¿Mitigar su dolor? ¿Qué quieres decir con eso de mitigar su dolor?

—Sacrificarlo. Está sufriendo.

—Sobrevivirá —afirmó Cam—. Él y yo hemos llegado a un acuerdo.

Aquello no era exactamente cierto, pero pensaba llegar a un acuerdo con él de inmediato.

Antes de que Elaine se fuera, Cam cogió su mochila de la entrada, sacó el sobre y se lo dio.

—¿Puedes mandar esto? —le preguntó. Se quedó sin aliento unos instantes al entregarle a la mujer el último resquicio de su amistad con Lily, pero se obligó a inhalar un poco de aire y a exhalarlo con firmeza.

Era lo que se sentía cuando te rompían el corazón. No exactamente como si se le hubiera resquebrajado por el centro, sino como si se lo hubiese tragado entero y estuviera amoratado y sangrante en lo más profundo de su estómago.

Cam volvió a la consulta y cogió al perrito, que estaba en una camita para perros, envuelto en unas mantas de bebé, inmóvil, salvo por sus respiraciones costosas y sonoras.

Se sentó en las frías baldosas del suelo de la consulta y se colocó a Bart en el regazo. Acarició la zona donde se unían la frente y el hocico. Su madre y ella se habían pasado así innumerables noches, medio tumbadas en las baldosas del baño, para que a Cam le bajara la fiebre mientras esperaban la siguiente oleada de vómitos. Entonces, su madre le acariciaba la frente y Cam, después de devolver por decimoséptima o decimoctava vez, dejando caer ya solo gotitas de bilis tras las arcadas secas, le decía:

—Me quiero morir, mami. Déjame morirme, por favor.

Y su madre le contestaba:

—Hagamos un trato, Campbell Maria. Si no te mueres, mañana tendremos un día especial.

—Dime qué haremos mañana, cuando todo esto haya terminado —susurraba Cam.

Y entonces su madre hacía una lista de las cosas que conformarían el mejor día del mundo. Siempre era diferente y vívido, algo que Cam podía imaginarse y esperar emocionada.

—Mañana sobrevolaremos los Everglades en globo —decía.

—Oh, ¡esa es buena! —suspiraba Cam.

—No, pero lo haremos de verdad. Nos subiremos en el cesto de un globo de colorines con un guardaparques que también será aviador. Y tú te sentirás superior y lo acribillarás a preguntas sobre la conservación de los Everglades que no sabrá responder, mientras nos hace flotar por encima de la superficie del agua e intenta que nos fijemos en las flores más bonitas.

—Excelente.

—Y luego iremos a comer y a beber té de burbujas.

—No digas comer —protestaba Cam antes de volver a vomitar en el inodoro.

—Ay, lo siento, cariño —respondía entonces su madre, y le colocaba una compresa fría en la frente y en la nuca—. Después de eso, en nuestro día perfecto, iremos al cine y luego nos colaremos en otra sala para ver otra película gratis. Y luego volveremos a casa y dormiremos toda la noche seguida, sin despertarnos y sin soñar.

—Ahora sí que estás exagerando. —Cam no había conseguido dormir una noche entera desde que había enfermado de cáncer.

En realidad, al principio, el Mejor Día del Mundo se materializaba muchas veces. La madre de Cam se las arreglaba para reorganizar su horario y llevar a Cam a montar en globo, o a lo que fuera que le hubiera descrito la noche anterior. Sin embargo, al ver que su enfermedad se agravaba y aquellos episodios se hacían cada vez más frecuentes, Cam se vio obligada a liberar a su madre de aquella responsabilidad. No podía seguir perdiendo días de trabajo para celebrar con ella el Mejor Día del Mundo.

—Muy bien, cachorrito —dijo Cam, recolocando al perrito y quitándole algunas mantas. Lo notaba demasiado caliente—. Solo necesitas tener algo que esperar, algo que te haga ilusión. ¿Me estás escuchando? Mañana tendremos el mejor día del mundo, así que tienes que aguantar, porque no te lo querrás perder.

Luego, Cam describió una miríada de imágenes y sobre todo olores para construir el día perfecto para un perrito. Un paseo por la hierba húmeda, un almuerzo en la puerta trasera de una carnicería, rascarse la espalda en un árbol, jugar a atrapar el palo, una siesta al sol, morder una zapatilla, jugar a tirar de la cuerda y un paseo en coche asomando la cabeza por la ventanilla.

Pareció funcionar un poco. Sobre las cuatro de la tarde, cuando Elaine llegó a casa con su gorra de cartera puesta y una cola de caballo asomando por el agujero posterior, Bart parecía descansar más cómodamente. Sin embargo, Elaine dijo que seguía muy inestable. Cam la hizo prometerle que no se precipitaría, al menos no sin llamarla primero.

—No es precipitarse. Es medicina.

—No lo hagas, por favor —le rogó Cam, y mientras conducía hasta casa con Piolín, no rezó exactamente. No lo habría llamado rezar. Pero sí que le mandó energía a Bart. Utilizó las técnicas de visualización que Lily le había enseñado para imaginar un futuro en el que hubiera un Bart adulto, sano y musculoso. Y, ya que se ponía, visualizó también una Cam sana y luego, casi sin querer, un Asher sano y sin camiseta, tumbado bajo el sol.

QUINCE

Antes de volver a la casa, Cam aparcó a Cúmulo y dejó a Piolín dentro para dar un paseo por los alegres escaparates de ladrillo del centro de Promise, llenos de globos y mangas de viento. Se compró un café y luego robó tres imanes en forma de langosta, un paquete de pasta en forma de alce, sirope de arce y un par de calcetines para andar descalza de rayas y tejidos a mano de la tienda de recuerdos.

El subidón de adrenalina que le causaba robar la distrajo y consiguió olvidarse de Bart y de Alec Debacle, pero sintió algo nuevo —¿culpa?— por hacerlo, ya que no le había robado a «los poderosos» ni a Mickey Mouse, sino a una viejecita que probablemente se pasaba las noches tejiendo calcetines antideslizantes mientras veía *El precio justo*.

Era la primera vez que robaba en la calle principal. En Florida no había ninguna calle principal, excepto la falsa que había en Disney, y el ambiente que se respiraba, el rollo pintoresco, de pequeño negocio, en plan «yo me lo guiso yo me lo como» que tenía le estaba dando mala conciencia. Robar era más difícil cuando te podías imaginar a quién le estabas robando.

Sin embargo, al final, tan difícil no debía de ser, porque estaba a punto de meterse una irresistible manopla en forma de pinza de langosta en la mochila cuando oyó que alguien gritaba desde la acera:

—¡Samoa!

—Eso no es muy políticamente correcto —protestó Cam al ver entrar a Sunny, seguida de su novio de catálogo.

—Estamos en el mundo de la poscorrección política, Samoa. No estamos señalando tu diferencia, sino celebrándola.

—Ya… —repuso Cam mientras intentaba decidir si eso tenía sentido.

—Vamos a ver los flamencos. ¿Quieres venir? —Sunny la cogió de la mano y se la puso bajo el brazo—. Te harán sentir como en casa.

—¿Hay un circo ambulante de pájaros en la ciudad, o algo así?

—No, acaban de llegar ellos solos. Una bandada entera —respondió Royal.

—¡Hay cientos! —añadió Sunny—. Se han instalado en el estanque que hay detrás de la escuela primaria porque allí pueden comer. —Tiró de Cam para sacarla de la tienda y la arrastró calle abajo, haciendo piruetas y dando saltitos, todavía descalza y sucia y con el mismo vestido del viernes por la noche.

Cam la dejó conducir porque se atrevió a pedírselo y porque sabía adónde ir. Royal se sentó en el asiento de atrás con Piolín y Cam se agarró a la manija del lado del copiloto. No estaba acostumbrada a dejar a Cúmulo en manos de nadie.

Condujeron a lo largo de la costa, en dirección al faro. A su derecha, el fuerte oleaje le recordaba que estaban en el final de la tierra, una sensación espeluznante para alguien que había crecido en mitad de un pantano. El horizonte la asustaba. No le extrañaba que los precolombinos pensaran que se caerían si se acercaban demasiado.

—¿Me aguantas el volante? —le preguntó Sunny mientras se quitaba la sudadera con forro de felpa.

«Faltaba más», pensó Cam.

—¿Has visto eso? —preguntó Sunny mientras se hacía una coleta y manejaba el volante con las rodillas. Cam miró hacia donde le señalaba sin perder de vista del todo la carretera: una colina verde salpicada de rocas enormes, grises y cubiertas de liquen. Había tres o cuatro vacas blancas y negras que pastaban entre las flores violetas.

—¿Son dientes de león?

—Ajá. Aquí salen de color violeta, no sé por qué. Incluso cuando se convierten en pelusa. En primavera celebramos un festival en el que todos los críos del pueblo se juntan a pedir un deseo en la plaza y soplan pelusa de diente de león a la vez.

Se quedaron en silencio durante un rato. Sunny tenía las dos manos sobre el volante, así que Cam se permitió mirar a su alrededor. A juzgar por los patios delanteros, en casi todas las casas vendían algo: persianas antiguas, veletas, trineos, sillas, esculturas de oso talladas con una sierra eléctrica en troncos de árboles, lavadoras, secadoras... Incluso vio un cartel en el que se leía: «SE VENDEN BAÑERAS USADAS».

—Pues yo prefiero que mi bañera venga de fábrica... —masculló Cam.

—¿Qué? —preguntó Royal.

—Nada, nada.

Siguieron en dirección a la costa, mientras Cam observaba cautivada los puntitos de luz que resplandecían en las olas. De repente, Sunny exclamó:

—¡Mira esos tarados!

Allí, en la ruta 1, estaba Alec con «c» haciendo autostop. Tenía un aspecto muy europeo, con sus vaqueros grises y ajustados y un suéter de cuello alto negro y ancho. El cabello moreno y grasiento le caía sobre la frente. Cam no pudo evitar emocionarse al verlo, pese a lo mal que debía de oler con ese jersey puesto, con el calor que hacía.

«Madre mía, sí que es fuerte el imperativo biológico», pensó Cam. No debería haberse emocionado al verlo. Se suponía que debería haber tenido sexo con alguien sin cara y sin nombre solo para perder la virginidad antes de morir, no sexo con mariposas en el estómago y «qué ganas de volver a verlo». Y no tendría que haberse sentido desmoralizada al ver a la pelirroja guapísima con piel de porcelana, probablemente la dueña de la voz de la otra noche, que saltaba detrás de él y les pedía con un gesto que parasen el coche. Cam sintió que el cuerpo le pesaba, como si por sus venas circulase mercurio. Se sentía como un atún contaminado.

Sunny paró antes de que Cam pudiera decir nada. Bajó la ventanilla y les preguntó:

—¿Vais a ver los flamencos?

Alec subió al asiento de atrás, así que Royal le pasó a Cam la jaula de Piolín.

—Recoger autostopistas es muy peligroso —masculló Cam entre dientes.

—Hola, Autumn y Alec —dijo Sunny—. ¿Conocéis a Campbell?

El corazón le dio un vuelco. Se secó las palmas de las manos en los pantalones cortos e intentó mirar a Alec a los ojos con valentía.

—No —respondió él con el rostro inexpresivo. Miró por la ventanilla y apoyó la cabeza en el cristal, abriendo las piernas de par en par. Autumn, otra chica de catálogo, le tendió una mano floja a Cam, dijo «*Enchanté*» entre risas y se sentó al lado de él mientras le susurraba algo al oído, la muy maleducada.

«Fría —pensó Cam—. Fría. Soy fría como el hielo», canturreó para sí. Se repitió ese mantra durante todo el camino hasta los flamencos, pero el nudo que tenía en la garganta no hacía sino crecer y crecer, hasta que provocó que se le deslizara una lágrima desde la comisura del ojo. Jamás había pensado que llegaría a sentirse así, pero empezaba a echar de menos su hogar.

Los cinco desdoblaron sus brazos y sus piernas, salieron de Cúmulo y cruzaron el campo de ambrosía que había detrás del colegio. Autumn se puso una margarita en el pelo y Royal iba masticando una hebra de paja. Cam pensó que podrían haber sido los protagonistas de un videoclip. Eran asquerosamente jóvenes y guapos y, excepto por sus nimias preocupaciones por acabar de perder la virginidad con el imbécil que se estaba enrollando con su novia delante de sus narices, no tenían problemas.

Intentó mantenerse varios pasos por detrás de las parejas, enfatizando su papel de sujetavelas, pero Sunny fue hacia ella, la cogió del brazo y la llevó con el resto del grupo.

—Vas a flipar, Samoa —le dijo.

Y, en efecto, lo que vio al llegar a la cima hizo que se olvidase de Alec por unos instantes.

Era como lava hecha de flamencos, como un líquido rosa que fluía hacia ellas, colina abajo, con la forma de una enorme cornucopia de un vivo rosa anaranjado. Parecía un organismo único, una especie de ameba descomunal que cubría la ladera de la colina, como si un gigante que habitase en el interior de la tierra hubiera hecho una pompa de chicle que hubiera estallado en el barro pantanoso. Al acercarse, empezaron a oír las voces individuales de los pájaros y a ver los miles de patas esbeltas y de rodillas huesudas que formaban la estructura interior de la bandada.

—¿No es el rosa el color más pacífico del universo? —preguntó Sunny mientras contemplaban la inmensa nube de plumas de ese tono. Los cinco se sentaron encima de una vieja valla de madera y observaron a los pájaros mientras se desplazaban por el cieno, persiguiendo las algas azul verdoso y las gambas, su único alimento.

Cam se alegró de que aquella pregunta no requiriera respuesta. El rosa. El rosa era el color de la varicela, los granos, los ojos irritados y el Pepto-Bismol, de una jeringuilla llena de médula ósea, de su gotero de morfina líquida, de la lengua de Alec. Había un montón de cosas horribles de color rosa. Y los flamencos, aunque eran de un rosa feroz y fabuloso, no eran pacíficos en absoluto. Se picoteaban y se empujaban sin parar, como los ancianos que poblaban su Florida natal.

Cam estaba sentada entre las dos parejas. Alec estaba a su derecha. La miró de reojo antes de acariciarle el meñique con el suyo a propósito, para luego apartarlo y fingir ignorarla de nuevo al oír las risas de Autumn. Cam lo odiaba.

Y aun así, necesitaba desesperadamente que él la deseara. Por fin entendía el síndrome poscoital adolescente: pareja se acuesta; la chica experimenta una dependencia y una inseguridad poco propia de ella; el chico se agobia; el chico se aleja definitivamente de la chica. Cam quería estar por encima de ese cliché. No quería sucumbir a la dependencia. A la desesperación. Sin embargo, sentía que, aunque se lo hubiese dado ella, Alec le había quitado algo y no quería que se saliese con la suya.

Saltó y paseó junto al perímetro de la bandada de flamencos. Algunos de los felices habitantes de Promise se habían acercado al colegio para echar un vistazo a los recién llegados, pero nadie los fotografiaba ni hacía «grandes aspavientos», como habría dicho su abuela. En el campo de béisbol que había en una esquina del terreno se estaba celebrando un partido de la liga infantil sin interrupciones y, en lugar de correr hacia los flamencos, los niños que jugaban en el patio del colegio echaron a correr hacia el camión de los helados que se acababa de detener en el aparcamiento. Nadie había avisado a los medios, lo que le resultaba sorprendente.

Y no porque pensara que aquello era un milagro. Nada más lejos de la realidad. El verdadero milagro era que un pájaro pudiera crecer hasta adquirir ese tamaño y esa majestuosidad alimentándose únicamente de organismos microscópicos. Eso sí que era un milagro. El hecho de que hubieran volado hasta allí se llamaba migración. Simplemente, esos flamencos habían ido en busca de barro volcánico.

Cam contempló los pájaros un minuto más. Justo cuando empezaba a cansarse de sus picotazos, sus empujones y sus protestas, dos de ellos se desplazaron a la derecha, revelando un montoncito de barro coronado por un pajarito rechoncho del tamaño de un pollo asado. Estaba ligeramente cubierto de una especie de pelusa gris, del color del polvo acumulado. ¡Un flamenco bebé! De tan feo, era mono.

—Hola, Colega —lo saludó Cam. Se volvió para enseñárselo a las felices parejas.

Por desgracia, habían empezado a jugar a un juego: se besaban cada vez que dos flamencos se ponían frente a frente, formando una mitad de un corazón de flamenco con sus cuellos curvos y rosas. En realidad era bonito, pero también le indicó que había llegado el momento de marchase.

DIECISÉIS

Cuando llegó a casa, Cam estaba exhausta, dispuesta para refugiarse en su habitación y ver una película. Sin embargo, no consiguió pasar del porche.

—¿Dónde estabas? ¡Ya iba a llamar a la policía! —Alicia y Perry estaban en las tumbonas bebiendo limonada mientras Asher pintaba la barandilla del porche de negro satinado.

Cam empezaba a entender a Asher un poco mejor. Era como un lobo solitario en el primer eslabón de la cadena alimentaria. Y, cuando estás en el primer eslabón, no quieres que tu presa se te ponga delante de las narices, como aquella barbie que Cam había visto en el banco con el telescopio. Deseas algo más complicado. Quieres disfrutar de la caza. Buscas algo secreto, encubierto, clandestino… Y también seguro. Algo que te garantice la soltería y la soledad de tu guarida. «Debe de estar liado con una mujer mayor», pensó Cam. Sin embargo, después del día que había tenido, estaba demasiado cansada como para que le importara.

—No hay forma de hacerlo bien. ¿Primero me obligas a salir y ahora me he metido en un lío por no volver? Perdona, pero tengo que meter a Piolín en casa. Ha tenido un día muy largo.

Intentó escabullirse, pese a notar la mirada de Asher clavada en ella. No lo consiguió: su madre la detuvo.

—Campbell, estás llena de pelo de perro.

—He conseguido un trabajo en la consulta veterinaria.

—Eso es estupendo, de verdad, pero ve a lavarte a la ducha de fuera, por favor.

—¿Ahora?

—Cam —dijo su madre, y entonces, como si estuviera pactado, Perry estornudó una vez tras otra y Asher empezó a secarse los ojos con la manga de la camiseta.

—Yo también soy alérgico a los perros —admitió.

—Por Dios. —Cam se rindió. Le dio la jaula de Piolín a su madre y añadió—: Por cierto, es obeso mórbido. Tienes que dejar de darle papaya.

—¡Ve! —insistió su madre, lanzándole una toalla de playa desde el porche.

La ducha la atacó con un chorro frío y agresivo. Solo a los curtidos y robustos habitantes de Nueva Inglaterra se les ocurriría instalar una ducha exterior. ¿Es que su familia no se había dado cuenta de que tenía cero gramos de grasa en el cuerpo? Sin dejar de temblar, se frotó con una pastilla de jabón seca y agrietada que debía de llevar allí décadas. Mientras intentaba ignorar las telarañas que había en las esquinas, oyó el sonido de la toalla al rozarse contra la parte superior de la puerta de madera. Cam ya sabía lo que iba a pasar después, pero, antes de que le diera tiempo a reaccionar, Perry cogió todas las prendas de ropa que había dejado allí colgadas.

Cam se asomó por encima y vio cómo su hermana procedía a lanzar la ropa, prenda a prenda, acantilado abajo. Cam estaba en la ducha desnuda excepto por las zapatillas, que no pensaba quitarse.

—¡Perry! —chilló—. Maldita sea, Perry, ¡me estoy congelando! —Empezó a dar saltitos para mantener el calor y giró el pomo rojo de la ducha hasta el máximo. Volvió a llamar a Perry a gritos.

—¿Necesitas ayuda? —Le preguntó Asher desde el otro lado de la puerta—. Toma mi camiseta.

—Ya estamos otra vez. Asher al rescate. Es muy *Qué be...*

—*Qué bello es vivir* —terminó Asher—. Cuando están volviendo a casa de la piscina y ella pierde el albornoz detrás de los arbustos. Iba a decir exactamente lo mismo.

—En realidad, se puede aprender mucho de esa película. Sobre lo que les pasa a los chicos majos —dijo Cam mientras le castañeteaban los dientes. En esa película, un ángel evita que un hombre de familia que está muy triste se tire por un puente en Nochebuena. Su madre la hacía verla cada año. Cam saltó con un pie y luego con el otro y se frotó los brazos para calentarse. El cielo oscuro le parecía espeluznante, como si alguien hubiera vertido tinta negra sobre las estrellas, y entre los grillos, que normalmente no callaban, reinaba un silencio extraño.

—¿Qué quieres decir? ¿Es posible que no hayas entendido nada de esa película?

Cam hizo una pausa y escuchó durante un segundo las olas, que rompían en la orilla, en la distancia.

—¿Qué? No fue a la universidad, ni siquiera después de hacerse con la maleta. Se perdió la luna de miel. Se quedó en su casa y todo el mundo se aprovechó de él.

—Pero vivió una vida muy bella. Lo dice el título de la película.

—Es propaganda para hacerte sentir que tu miserable vida merece la pena —contestó Cam, con la mirada fija en los nudos de la madera que tenía delante.

—No te mereces mi camiseta —le espetó Asher, pero vio que sus pies seguían allí plantados por debajo de la puerta.

—Pero me la vas a dar de todos modos —Cam sacó la mano por encima de la puerta.

—¿Cómo lo sabes?

—Lo sé y punto.

—Toma —dijo mientras se la tendía.

La camiseta era bastante larga, pero era blanca, así que se transparentaba en lugares estratégicos, en esos en los que no había perdido toda la grasa corporal. Cruzó los brazos por delante del pecho y salió de la ducha. Asher, sin camiseta y con los abdominales al descubierto, seguía allí plantado, y Cam se quedó anonadada con lo que el fútbol y un poco de bricolaje podían hacer con un cuerpo. Compartieron un instante mudo y luego Cam dijo:

—A partir de aquí puedo yo sola.

—Ya, claro. Perdón. Por cierto, qué zapatillas más bonitas —dijo Asher, y dio media vuelta para cruzar el césped. Cam aprovechó para echarle una ojeada a su parte trasera, que tampoco estaba nada mal.

En el interior de la casa, Alicia y Perry jugaban al Scrabble en la mesa del comedor. La habitación estaba iluminada por un enorme candelabro hecho con los cuernos de un alce, un objeto de tan pésimo gusto que parecía casi estiloso. Cam se preguntó lo que PETA tendría que decir al respecto.

—¿Se comieron al alce, al menos? —se preguntó en voz alta.

—¿Qué?

—Nada. Eres un encanto, Perry. Gracias por robarme la toalla —dijo Cam mientras se ponía detrás de su hermana para ver qué letras tenía.

—No hay de qué —contestó, concentrada en la partida.

Cam cogió la chaqueta de Alicia, que estaba colgada en el respaldo de su silla, se la echó a los hombros y se puso las zapatillas rosas de su hermana. Antes de dirigirse a las escaleras, para por fin refugiarse y entrar en calor en su cuarto, cogió una zanahoria.

—¿Se lo preguntas? —dijo Perry mientras colocaba «sex» al lado de la «o» de su madre.

—Muy buena —la alabó Cam al mirar el tablero—. ¿Preguntarme qué?

—Perry quiere saber si te has enterado de lo de los flamencos. —Alicia, que llevaba sus gafas de leer, bajó la vista y recolocó sus fichas.

—Sí, los que están donde el colegio. Los he visto.

—¿Los has visto? ¿Y sigues sin creerte que este pueblo es especial? —preguntó Perry con sus ojos azules muy abiertos e insistentes.

—¿Por qué?

—¿Que por qué? ¡Porque una bandada de flamencos ha venido a posarse aquí! ¡En Maine, que no es su hábitat natural! —exclamó Alicia.

—¿Y qué?

—Y es una locura, y milagroso, y quizá sea una señal de que estamos en el lugar adecuado, ya que normalmente los flamencos viven en Florida —añadió su madre.

—Eso no tiene ninguna lógica. Los flamencos no tienen nada que ver con nosotras. Es un fiasco terrible relacionado con la locura del cambio climático, igual que los murciélagos que han desaparecido de las cuevas de Pennsylvania o las abejas que se pierden debido a las interferencias de los teléfonos móviles...

—Cam...

—O las iguanas que mueren congeladas porque el clima de Florida es cada vez más errático, o los osos polares que se ahogan. Esos flamencos se han quedado sin comida en algún sitio y han llegado hasta aquí en busca de más. Fin de la historia.

Cam oyó que su teléfono vibraba desde el porche, donde había dejado sus pantalones cortos. Lo sacó del bolsillo y leyó el mensaje de la doctora Whittier: «Lo voy a sacrificar mañana por la mañana. Ven pronto si quieres despedirte».

Cam volvió a entrar en casa. Se sentía derrotada y un poco traicionada. ¿Es que Elaine no podía dejar a Bart en paz? ¿Por qué esa gente no permitía que la naturaleza siguiera su curso?

—¿Me llevarás a ver los flamencos mañana, Cam? —le pidió Perry—. Quiero hacerles fotos.

—No. Ya los he visto y tengo que ir a un sitio.

Perry se puso un poco rígida. Deslizó una de sus fichas en el tablero, trazando un ocho, y luego la hizo saltar al suelo usando el índice y el pulgar.

—Esto ha sido una pérdida de tiempo —protestó.

—¿Qué ha sido una pérdida de tiempo? —preguntó Cam, que todavía temblaba de frío.

—Venir aquí. No has cambiado nada.

—¿Qué quieres de mí? Mañana tengo que trabajar.

—Solo pensaba que… —empezó a decir Perry.

—¿Qué?

—Que tal vez empezarías a creer.

—¿En qué? ¿En la magia? ¿En trucos de manos? ¿Abracadabra? —preguntó Cam, moviendo los dedos en el aire como un mago. Fingió sacar una ficha de Scrabble de detrás de la oreja de Perry.

—No lo sé. Quería que esto funcionase y ya está —dijo Perry. La tensión que se le veía en los ojos disminuyó un poco y Cam se dio cuenta de que se estaba aguantando las lágrimas.

—Es una pasada que los flamencos hayan venido hasta aquí, es verdad. Pero eso no tiene nada que ver conmigo. Simplemente, no me basta para creer. La gente se muere. Los perritos se mueren. Mi padre se murió. Con flamencos o sin flamencos, yo también me voy a morir. Más pronto que tarde.

—Pero estás mejor. ¿Es que no lo ves? No te has encontrado mal desde que llegamos. Estás comiendo y todo —insistió Perry—. Este pueblo tiene que ser mágico por fuerza si estás comiendo sándwiches de mantequilla de cacahuete. —Su hermana se había puesto roja y tenía las cejas enarcadas en un gesto esperanzado.

Cam sentía que tenía mucha más energía desde que habían llegado a Maine, eso era cierto, pero lo había achacado al aire fresco y al hecho de que quizá era una de las fases de la muerte. La gente solía pasar por una fase de bienestar, una remisión, algo biológicamente construido para poder despedirse, organizar su entierro, dejarlo todo bien atado…

—Lo siento, Perry, pero si tengo más energía no es porque esté más lejos de la muerte, sino porque es inminente.

—No tiene arreglo. No hay esperanza para ella —se resignó Alicia, hundiéndose en la silla.

—Soy resistente a la esperanza —la corrigió Cam. Usó la punta de una de las zapatillas rosas para desenredar algunos de los flecos grises de la alfombra persa que había bajo la mesa.

—Al menos podrías dejarnos creer a nosotras —protestó Perry.

—No os estoy diciendo que no podáis creer.

Su hermana plegó el tablero del juego en dos. Las letras cayeron en cascada en la caja con tristes ruiditos.

—Sabes que no es fácil ser yo, ¿verdad? —replicó Perry.

«Qué graciosa —pensó Cam—. Pues yo siempre había creído que sí». Que era fácil ser Perry. ¿Qué podía haber en el mundo más fácil que ser Perry? La curiosidad pudo con ella y se permitió preguntar:

—¿En serio?

—Hago muchos sacrificios por ti. —A Perry le temblaba la voz—. Como estar aquí. ¿Crees que quiero pasar todo el verano lejos de mis amigos? Nadie tiene nunca tiempo de pensar en lo que quiero o lo que necesito porque tus necesidades son enormes. Tienes unas necesidades tremendas. Y no pasa nada, en serio. Estoy acostumbrada a ser menos importante. Pero lo mínimo que puedes hacer tú es dejar que creamos en que quizá esto funcione. Hago muchas cosas por ti, Cam —dijo Perry y, por fin, una lágrima se liberó y se deslizó por su mejilla.

Cam se quedó callada. Se le hizo un nudo en la garganta al recordar todas las veces que Perry se había tenido que quedar en casa, sola con la niñera, mientras Alicia viajaba con Cam a un hospital nuevo para participar en un ensayo clínico nuevo. O las veces en las que habían tenido que llevarla a las visitas con el médico cuando podría haber estado jugando con sus amigos, entrenando con las animadoras o lo que fuera. Habría sido una buena animadora.

—Lo siento —le dijo—. Puedes creer en lo que tú quieras.

En el piso de arriba se encontró la lista del flamenco, desdoblada encima de la maleta con las esquinas curvadas hacia arriba, como un cuenco vacío. Cogió un rotulador y tachó «Destrozar los sueños de mi hermana pequeña» y, ya que estaba, «Regodearme en la tristeza, lloriquear, patalear y dormir un sábado entero».

Y lo había hecho todo en un solo día.

DIECISIETE

Cam aceleró con Cúmulo, recorriendo las curvas de la carretera que bordeaba la costa. Pasó por el campo de dientes de león violetas en dirección a la consulta veterinaria. Eran las once en punto. No se podía creer lo mucho que había dormido. Bajó la ventanilla y dejó que la brisa marina, fresca y salada, le azotara el rostro para despertarla del todo.

Le había mandado ya dos mensajes a Elaine, pero no había recibido ninguna respuesta. Aparcó a Cúmulo al lado de la furgoneta de correos, saludó con la mano al burro, James Madison, y entró corriendo, rezando por no haber llegado demasiado tarde.

Al acercarse a la puerta oyó unos ladridos. Se recordó que podía ser cualquiera de los perros que tenía Elaine en la consulta, para no esperanzarse demasiado. Sin embargo, parecían los ladridos agudos de un cachorro.

—¡Bart! —gritó Campbell al abrir la puerta. Allí estaba, meneando la cola descontroladamente.

Y entonces se meó.

—Alguien está contento de verte —comentó Elaine. Limpió el desastre que había causado Bart e intentó secarle las patas mientras él se meneaba feliz en sus brazos—. ¿Dónde vives, por cierto?

—En esa casa tan grande, en lo alto de la colina.

—¿Avalon? —preguntó Elaine—. ¡Ah, así que tú eres la chica de la que me habló Asher! No me dijo que estuvieras enferma.

—No lo sabe. ¿Lo conoces?

—Es mi sobrino.

—Es majo —dijo Cam. No sabía qué más decir sobre él. En realidad, se sentía extrañamente tímida a la hora de hablar de él—. Entonces, ¿qué ha pasado con Bart? —Cogió al perrito de los brazos de la veterinaria y dejó que le llenara la cara de besos húmedos.

—No lo sé. A veces pasa. Ha decidido vivir —respondió Elaine. Acarició el hociquito de Bart con una mano y le dio un suave apretón—. ¿A que sí, guapo?

—¿No crees que debe de haber una razón más científica? —preguntó Cam. Estaba tan extática por Bart que ni siquiera le importó entrar en el feo salón estilo country y sentarse con él en una silla que picaba.

—La verdad es que no. Hay cosas que no tienen explicación.

—Todo tiene una explicación.

—¿En serio? —preguntó Elaine con una expresión divertida.

—Sí. Hasta esos flamencos que están donde el colegio. Solo estaban buscando comida.

—Pero no deberían haberla encontrado ahí. La temporada de gambas en Maine termina en marzo. —Elaine se sentó en la silla que había enfrente de Cam, que era igual de fea, y sacó su labor—. En realidad estoy un poco preocupada por ellos. Si el estanque se congela, tendrán que poner pies en polvorosa. Espero que no sean como ranas en una olla.

—¿Ranas en una olla?

—Si metes una rana en agua templada y vas aumentando poco a poco la temperatura, se quedará ahí hasta que rompa a hervir —le explicó mientras humedecía el hilo con los labios para introducirlo en la aguja—. Un poco como la gente. Somos demasiado vagos para cambiar, así que seguimos haciendo lo mismo hasta que es demasiado tarde. —Se puso las gafas de leer y luego se las quitó; le costaba encontrar el orificio de la aguja—. ¡Uf! ¿Puedes hacerlo tú? —le pidió, tendiéndole la aguja y el hilo.

—Puaj. Lo acabas de chupar —protestó Cam.

—Por Dios, da igual. Ya está. —Consiguió pasar el hilo naranja a través del diminuto agujero del metal.

En cada cristal de la ventana del salón había un cairel resplandeciente hecho a mano, sujeto con una ventosa, que lo tapaba. Cam acercó a Bart a la ventana para buscar una forma de mirar al exterior por los lados. Era una mañana un poco gris y ventosa. La bahía parecía papel de aluminio arrugado. Cam vio la calle principal en la distancia y la siguió hasta su final con la mirada. Después buscó el camino de tierra que las había llevado hasta el pueblo en el bosque. Parecía que hubiera pasado un año desde que habían llegado a ese Dunkin' Donuts.

—¿Crees en lo que algunas personas dicen sobre este pueblo?

—¿El qué? ¿Que está encantado?

—Sí —respondió Cam mientras se volvía a sentar. Bart dio una vuelta en su regazo, se acurrucó y se quedó dormido.

—Todo el mundo tiene su propia teoría sobre por qué pasan cosas raras aquí. Está la teoría del cementerio indio sagrado, la del meteorito, la de la visita alienígena y la del Triángulo de las Bermudas. A mí me gusta la del juicio de las brujas de Salem. —Elaine se puso las manos sobre la barriga—. La verdad es que no fue un juicio de brujas, porque esos tuvieron lugar mucho antes, pero la gente cree que el fantasma de Olivia Hutchins protege al pueblo porque es aquí donde encontró un refugio. La condenaron a prisión por adulterio y brujería en Salem a finales del siglo XIX. En realidad, su único crimen fue casarse con un hombre malvado que le tendió una trampa. Escapó de la cárcel y vino aquí. Vivió en la casa, en Avalon. Es la tataratatarabuela de Asher.

—Asher cree, ¿verdad? —De repente, Cam recordó la reacción del chico cuando ella se había mostrado escéptica respecto al atardecer y las ballenas. Y luego estaba lo de *Qué bello es vivir*.

—Ay, Asher. Asher es un caso raro. Deja que me sirva una taza de café y te cuento su historia.

—No hace falta. No necesito saberla —le contestó Cam, aunque una parte de ella se moría por conocerla. La misma parte que la hizo sentarse justo en el borde de la silla.

—No, es una buena historia —insistió Elaine mientras volvía de la cocina con su taza de café y se sentaba otra vez—. Oye, ¿tú no bailabas hula? Yo te cuento la historia y tú la bailas.

—No puedo bailarla sin más. El hula no es como el lenguaje de signos.

—Había una vez, hace mucho mucho tiempo... Vamos, báilala. ¿Qué es «hace mucho mucho tiempo»?

Cam se puso de pie y dejó a Bart, que todavía dormía, en la silla, mientras intentaba reprimir una sonrisa. Hacía días que tenía ganas de bailar, desde que había visto a su madre enseñar hula a las ancianas en el salón.

—Pero necesitaré algo de música, al menos.

Elaine encendió la radio y empezó a sonar bajito una canción de Pearl Jam.

—Pues hace mucho mucho tiempo, el tatara, muchos tatara, tatarabuelo de Asher y mío, aunque un tatara menos para mí, fundó este pueblo.

Cam movió primero las caderas y luego los brazos, por encima de muchas montañas, para indicar que hacía mucho mucho tiempo, y luego señó «hombre» y «pueblo» formando pequeños triángulos a modo de tejados con sus pulgares y sus índices.

—Era un hombre sabio y benevolente. Firmó tratados honestos con los indios y vivió con ellos. Creo que incluso tenemos algo de sangre india. Dio cobijo a una mujer que estaba escapando de la ley y se casó con ella.

Cam cambió su forma de mover las caderas y señó «sabio» y «benevolente» tocándose el centro de la frente con los pulgares y luego moviendo las manos desde el pecho y hacia el mundo. Señó «mujer», «escapar» y luego los signos de «amor» y «seguridad».

—Se llamaba Olivia Hutchins y más adelante, como si quisiera demostrar que no tenía ni un pelo de adúltera, cuando el tataratatarabuelo de Asher se perdió en el mar, esperó en el mirador a que regresara durante cinco años. Jamás perdió la esperanza. Y luego murió.

Cam danzó «mar peligroso». Danzó «mujer». Era difícil danzar «esperar», así que hizo una larga pausa.

—Desde entonces, son muchas las cosas extrañas que han sucedido —continuó Elaine—. Estuvo la marea de mariquitas, cuando la marea arrastró a millones de mariquitas hasta la orilla. Tuvieron que recogerlas con palas de vapor. O aquella vez que una chica salió ilesa de un accidente de avión. O cuando se me curó el pie roto de la noche a la mañana.

Cam había empezado a improvisar. Se inventó movimientos con la mano para señar «mariquitas», «palas de vapor» y «avión».

—La gente empezó a pensar que el pueblo era mágico, o que estaba hechizado por el fantasma de Olivia. Todo el mundo, sobre todo nuestra familia, parecía tener mucha suerte. Y un día, los jóvenes padres de Asher decidieron irse de vacaciones por su aniversario. Y de algún modo, por alguna razón, se les agotó la suerte. De camino a Hawái, los succionó la turbina de un avión.

Cam hizo los pasos para «viajar» y «peligro».

—Mi padre, el abuelo de Asher, se quedó destrozado y se fue de excursión al bosque. Jamás regresó. Y mi madre murió porque se le rompió el corazón.

Cam dio una vuelta sin dejar de mover las caderas, pero con la cabeza gacha y los brazos cruzados con tristeza sobre el pecho. «Dolor».

—Asher cree que murieron porque salieron de este lugar mágico. Una parte de él tiene miedo de marcharse. Este pueblo lo tiene atrapado. Ya es hora de que se vaya a vivir el resto de su vida y, sin embargo, creo que se quedará aquí para siempre.

Cam terminó su baile con movimientos de sus manos que indicaban «pueblo» y «siempre» y, cuando se detuvo, sintió el peso de la tristeza. Se había metido la historia de Asher en el cuerpo y ahora le pesaba como si tuviera puesto un traje de plomo.

Elaine la sorprendió gritando:

—¡Ha sido fantástico!

—Gracias.

Cam apagó la música y fue a acariciar a Bart. Se sentía un poco avergonzada y necesitaba cambiar de tema.

—Pero la magia… —dijo—. Los dientes de león violetas, la visita rarísima de los flamencos… Solo son coincidencias. —Bart seguía hecho un ovillo en la silla. Parecía una letra Q peluda. Cam le tocó el hocico:

estaba húmedo y frío cuando el día anterior estaba seco y áspero.

—Hay quien dice que se debe prestar atención a las coincidencias —respondió Elaine. Hizo un nudo en el hilo naranja, dejó la labor y se puso de pie—. Pueden enseñarte cuál es tu camino. Además, esas coincidencias bastan para que la gente siga creyendo. Para que tengan esperanza.

—¿Creyendo en qué, en los flamencos? ¿Esperanza de qué? —Bart se movió, levantó la cabecita y la miró adormilado.

—La esperanza, amiga mía, es una recompensa en sí misma —contestó Elaine mientras recorría el pasillo para dejar la taza en el fregadero.

—La esperanza, doctora Whittier, es una tramposa —replicó Cam.

Bart se puso de pie sobre las patas traseras y le arañó los vaqueros, recordándole que ella también tenía una promesa que cumplir.

—¿Te importa si me llevo a Bart? —le preguntó desde la otra habitación—. Le prometí el mejor día del mundo para un cachorro.

—Claro, pero no lo canses mucho.

—Muy bien, amigo. Nos vamos a dar una vuelta.

Tal vez Cam no creyera en la esperanza, pero sí en cumplir lo que prometía.

DIECIOCHO

Cam dejó que Bart se sentara en su regazo mientras conducía a lo largo de la costa. Cúmulo abrazó las profundas curvas azules antes de empezar a subir la colina en dirección a Avalon. El perrito asomaba su pequeño hocico por la ventanilla, dejando que su lengua ondeara al viento. Era un cachorro feliz.

Jugó un poco con él a tirar de la cuerda en el patio delantero, le dio la comida especial de cordero y arroz que había cogido de la consulta veterinaria y luego dejó que se quedara dormido al sol en el porche. Fue al patio trasero y se encontró a su madre metida en el barro hasta las rodillas, con unas bolsas enormes de humus, tierra y fertilizante y palas y semillas desperdigadas a su alrededor.

—¿Qué es todo esto?

—Voy a sembrar un jardín. Te he visto con el perrito. Es adorable, pero no lo dejes entrar en casa. —Estaba muy guapa. Llevaba un sombrero de paja muy ancho con una cinta roja alrededor, una camisa blanca y holgada y una falda roja que se le ajustaba a la cintura. Se puso de pie y se secó la frente con el dorso de la mano, que llevaba cubierta con un guante marrón.

—Pareces la mujer que sale en la caja de las pasas.

—¿Es un cumplido?

—Estás como si vinieras de la cosecha. Como si luego fueses a pisar unas uvas.

—Quizá lo haga. —Alicia levantó un brazo, inclinando la muñeca hacia la izquierda, y dio un salto flexionando las rodillas.

—¿Desde cuándo te gusta la jardinería? —le preguntó Cam.

—Es una de esas cosas que siempre había querido hacer y para la que nunca había tenido tiempo —contestó mientras iba tirando las herramientas en el cubo una a una.

—¿Y sabes lo que haces?

—Se supone que lo que tienes que decir es «No crecerá nada».

—¿Qué?

—Cuando eras pequeña, tu libro preferido era *La semilla de zanahoria*. ¿Lo recuerdas? —le preguntó su madre. Se quitó los guantes y la rodeó por los hombros.

—No.

—Un niño plantaba una semilla y cada uno de los miembros de su familia pasaba por su lado y le decía: «No crecerá nada». Tú te reías y repetías «No crecerá nada» cada vez que pasaba una página.

—¿Y cómo terminaba?

—Era un cuento para niños, Campbell. ¿Cómo crees que terminaba?

—Era broma, mamá, por Dios. Echo de menos tu viejo y sarcástico yo. Debería ir a devolverle a Bart a la veterinaria.

Mientras conducía hacia la consulta, con Bart sentado otra vez en su regazo, pensó en la discusión con Perry de la noche anterior. Pensó en el jardín que estaba sembrando su madre, y en lo desesperadamente que querían creer. Se estaba cansando de su papel de opositora. Se imaginó con tres años diciendo «No crecerá nada» y llegó a la conclusión de que se estaba convirtiendo en una persona previsible. Y Cam odiaba lo previsible.

Pensó en todas las cosas que su madre había hecho para construirle una infancia feliz, para perpetuar la inocencia todo lo humanamente posible. Las galletas para Papá Noel, las notitas del Ratoncito Pérez, las fabulosas fiestas de cumpleaños… Todo para crear una ilusión de confort, magia y seguridad, cuando en realidad nada de todo eso existía. Quizá era el turno de Cam de perpetuar su inocencia.

No creía en esa historia tan cursi que contaba cómo la magia había llegado a ese pueblo. Tampoco creía en esa magia. Ella era incapaz de sentir esa esperanza, pero sí podía regalársela a su madre y a su hermana. Podía ayudarlas a creer. Eso era fácil.

Solo necesitaba robar unas tomateras.

Encontró unas a un lado de la carretera, en un jardín que no parecía pertenecer a nadie. Había plantas durante metros y metros en todas las direcciones, y estaban llenas de frutos. Saltó la valla y entró en el huerto, donde las vides se enrollaban y se enredaban las unas con las otras y le rozaban las piernas al caminar. Apartó de un manotazo los bichos imaginarios.

Encontró tres tomateras, dos plantas de calabacín, dos de berenjenas y un girasol enorme. Desenterró las raíces para arrancarlas con la pala de su madre, con cuidado de que las pesadas hortalizas no se desprendieran de las ramas. Luego, colocó las plantas con cuidado en el maletero y las tapó con una toalla húmeda para mantenerlas frescas.

Cerrar el maletero se le antojó siniestro, como si fuese una asesina de la mafia transportando a un deudor al muelle para ejecutarlo.

—Lo siento —le dijo al rostro asustado del girasol—. Solo es temporal. —Y cerró el maletero de golpe.

A medianoche, Cam se escabulló al jardín de su madre para plantar su botín. Pese a que la luna creciente parecía acercarse a ella con su barriga amarilla de embarazada, la noche era más profunda allí, debido a la ausencia de farolas o casas cercanas que aplacaran un poco la oscuridad. En Maine, la noche tenía incluso un olor específico, un aroma fresco, húmedo y plagado de rocío que la asaltó en cuanto penetró la tierra con el borde afilado de la pala. Se alegró de que las lombrices estuvieran dormidas.

Consiguió que las dos tomateras se mantuvieran erguidas usando la estaca que su madre había colocado junto a las semillas. Las vides largas y verdes se enrollaron a su alrededor como una cadena de ADN. Se dispuso a sembrar la última planta, disfrutando del sonido que hacía la pala al clavarse en la tierra.

—¿Qué estás haciendo? —dijo una voz que estaba tras ella, demasiado cerca.

Chilló, se dio la vuelta y lanzó la pala, que golpeó a Asher en la frente y luego cayó al suelo con un golpe sordo.

—¡Ay! ¡Madre mía! —Se quejó, llevándose las manos a la cara.

—¡Dios mío! ¡Mierda! ¿Estás bien?

—Sí. Ay. Eso creo —contestó Asher, quitándose los dedos de la frente. Estaban manchados de sangre.

—Ay, estás sangrando. Lo siento mucho. Toma. —Le tendió una toalla—. ¡Tienes que dejar de cogerme desprevenida de esa manera!

—Pensaba que me habías oído llegar —respondió él mirando la toalla ensangrentada.

—Presiona la herida directamente. Directamente. Deja la toalla ahí. No, no te he oído llegar. Caminas con paso firme, como tus ancestros cazadores de ciervos. —Cam creyó recordar que Elaine le había comentado que tenían raíces nativas americanas.

—¿Qué?

—No importa.

—¿A qué viene la jardinería nocturna? —le preguntó. Cam advirtió entonces las similitudes con Elaine. En realidad se parecía mucho a ella, tanto que se sorprendió por no haberse dado cuenta antes. Tenían los mismos pómulos altos, la misma mandíbula cuadrada y, por supuesto, a los dos se les formaban aquellos hoyuelos en forma de paréntesis a los lados de la sonrisa cuando algo, normalmente Cam, les hacía gracia. No estaba segura de que le gustara ser una fuente de diversión.

—¿Y tú qué haces pululando por aquí de noche?

—Yo te he preguntado primero.

—A mi madre le gusta creer en todo ese rollo del pueblo mágico, así que la estoy ayudando. Estoy creando un milagro. Obro milagros.

—Aaay, eso es una mala idea —repuso Asher sin quitarse la toalla de la frente. Se le había subido la camiseta y tenía el ombligo al aire.

«No tocar. No tocar», se dijo Cam para sí misma, recordando aquel día que fue al museo con su clase y les prohibieron acercarse a nada.

—¿Por qué?

—Porque sí. No puedes forzar tu voluntad en el universo. Tienes que confiar en que las cosas vayan bien y ya está —contestó—. Esto te acabará salpicando en la cara. —El ojo ileso la miraba decepcionada—. Ya me ha salpicado a mí, por ejemplo. Piensa en qué más podría pasar.

—Sí, bueno, no todos tenemos tiempo de esperar a que el universo decida que las cosas vayan bien.

¿Cómo estás? Deberías ir a limpiarte la herida —sugirió Cam mientras recogía las cosas y daba un paso atrás para admirar su «jardín». No se podía creer que hubiera conseguido que el girasol se mantuviera erguido—. Ha quedado bien, ¿verdad? —Tiró un poco de tierra seca alrededor de las plantas para borrar los rastros.

—Ha quedado bien, pero hazme caso, esto me da mala espina —insistió.

—¿Qué daño podría hacer? Estoy haciendo una buena obra, por una vez. No es que esté manipulando el continuo espacio-tiempo. Es buen karma.

—Es una mentira.

—Tanto monta, monta tanto —replicó Cam.

Asher sonrió por fin. Tenía los dientes delanteros un poco montados.

Cam alargó una mano y le quitó la toalla de la ceja con cuidado.

—Creo que necesitarás ayuda para vendar eso —le dijo, rozándole el hombro con el pecho sin querer—. Aunque el corte está justo en la ceja, así que no creo que te quede cicatriz. Lo siento.

—Siento haberte asustado —contestó él. Cam creyó ver que se le suavizaba la mirada y se le dilataban las pupilas, pero entonces se dio cuenta de que no era más que un nubarrón que estaba pasando por delante de la luna y había cambiado la luz.

—Tengo un botiquín en el coche —ofreció Cam.

—No hace falta, creo que tengo algo en la cochera. Vamos. Te quiero enseñar una cosa —contestó él mientras echaba a andar hacia el bosque, en dirección opuesta a la casa.

—¿No es por ahí? —preguntó Cam señalando el patio delantero.

—Ven —insistió él, guiándola hacia un cobertizo. Quitó un poco de leña y dejó al descubierto unas escaleras que bajaban hacia un sótano.

—¿Qué es eso, una especie de bodega de raíces? Qué miedo.

—Más o menos. Vamos. —Empezó a bajar las escaleras; un reguero de sangre le recorría un lado de la cara.

—Esta es la parte de la película de terror en la que le gritas a la chica de la pantalla: «¡No vayas, idiota! ¡No vayas! ¿Por qué son siempre tan estúpidas?». —Cam ya había avisado a su madre: era posible que Asher fuese un asesino en serie.

—Es completamente seguro.

—Claro. Entra música de tensión típica del cine *slasher*. Ah, ¡mira por dónde! Slasher rima con Asher. Ese podría ser tu nuevo nombre. Si sobrevivo, claro.

—Cam lo siguió escaleras abajo. Olía a polvo. Las paredes no eran más que los lados de tierra que quedan cuando se hace un agujero en el suelo, pero cuando llegó al final, Asher había encendido una luz que revelaba un pasillo amplio y bien iluminado con paredes de azulejos blancos que le recordaban al túnel Lincoln de Nueva York.

—¿Qué es todo esto?

—Un pasadizo secreto. Esta casa era parte del ferrocarril subterráneo, así que hay túneles secretos y escondrijos por todas partes.

—Eso explica por qué apareces siempre de repente. ¿Ves? Todo tiene explicación. ¿Tu familia ha sido siempre así de virtuosa?

—No, durante la época de la ley seca, mi bisabuelo se hizo rico usando estos túneles para traficar con alcohol. Ganó una fortuna. Vamos. Te quiero enseñar dónde termina.

Tenía una salida corredera enorme en la playa, disimulada con una pared de rocas. Crecer en Disney debía de haberla habituado a los paisajes de imitación.

Había otro túnel que llevaba a la cochera y un tercero que daba al sótano de la casa principal, al que se accedía por una estantería. Ese fue el que usaron: Asher giró la estantería y entraron en la estancia que Cam había llamado el cuarto de Homer.

Asher se acercó al acuario y lo observó un poco.

—Creo que deberías soltarlo. Si no te lo vas a comer, debería ser libre para explorar el fondo del océano.

Puso la mano sobre el acuario y Cam pudo leer por fin lo que decía la pulsera de goma que llevaba: «Libertad».

—Libertad —dijo ella—. ¿Sabes qué? No puedes tener libertad si te quedas esperando a que el universo te traiga cosas buenas. Si estás a merced del universo, no eres libre de verdad. —Homer dejó de intentar trepar por las paredes de cristal del acuario y se retiró a su casa de plástico en forma de piña.

—Es un punto de vista interesante. Pero si estás intentando controlar el universo, tampoco eres libre de verdad.

—Sí que lo soy. Soy libre. Tengo voluntad propia. Puedo controlar el universo. —Cam levantó el brazo y fingió sacar músculo. El término «voluntad propia» le recordaba a un libro de filosofía que había en la biblioteca de su instituto que se llamaba así y en el que alguien había convertido la «v» en «b» con un rotulador permanente negro.

—Bueno, gracias por enseñarme la *batcueva*. Es perfecta para mi próximo milagro —dijo Cam.

—Otro no...

—Pues sí, otro. Y va a ser delirante.

DIECINUEVE

—¡Cam! ¡Mira! ¡Ahora sí que vas a tener que creer!

Cam dormía tan profundamente que se había olvidado de dónde estaba. Intentó unir los puntos. Sabía de quién era la voz que la llamaba, pero pensaba que todavía estaba en Florida y no entendía por qué había tanta luz en su habitación. Durante un segundo, creyó que había muerto.

—¡Cam! —Perry subió de un salto a la cama y la zarandeó para despertarla. Cam creyó que le estaban haciendo reanimación cardiopulmonar. Igual sí que había muerto. Y entonces, poco a poco, con mucho trabajo y concentración, sumó dos y dos. Maine. El jardín. Perry.

—Muy bien, muy bien, Peristalsis. Estoy despierta —gruñó—. ¿Qué pasa?

—No me llames así. —Esa palabra tenía algo que ver con el movimiento de los intestinos.

—Eres tú la que se ha cambiado el nombre, Perimenopausia.

—¡Para!

—Bueno, ¿qué? ¿Qué es tan importante como para que tengas que despertarme saltando en mi cama? ¿Es Navidad? ¿Ha llegado el conejo de Pascua? ¿Qué pasa?

—Es el jardín de mamá. Tienes que venir a verlo.

—Vale, vale. Ahora voy a verlo. ¿Puedo tomarme antes un café?

—No. Tienes que venir ya.

—Ay, Dios —protestó Cam mientras su hermana la arrastraba escaleras abajo en dirección al patio trasero. Cam llevaba unos pantalones cortos y un top gris, y el pelo despeinado, con mechones de punta que miraban a todas partes. En la mejilla izquierda llevaba la marca de la almohada.

No sabía por qué, porque llevaba mucho tiempo practicando su aversión a la esperanza, pero se dio cuenta de que estaba esperanzada. Esperaba que Asher todavía estuviera durmiendo para que no la viese así. Al parecer, de la noche a la mañana, lo que pensara de ella había empezado a importarle. Se trataba de un desarrollo interesante de los acontecimientos que, igual que su admisión en Harvard, se llevaría a la tumba.

Alicia estaba regando el jardín con una manguera. Cam se protegió los ojos de la luz. ¿Llovería alguna vez allí? Dio un paso atrás y admiró su trabajo a la luz del día. El sol se reflejaba en los tomates grandes y redondos y en las brillantes berenjenas. Los calabacines parecían haber crecido varios centímetros desde la noche anterior.

—¿No te parece increíble, Cam? ¡Las planté ayer!

—Bueno, utilizaste fertilizante de la marca Milagro. Supongo que funciona de verdad.

—Cam...

—Vale, vale. Es increíble, en serio.

—Lo es —dijo Alicia—. Voy a hacer una tarta para participar en el concurso de tartas de hoy.

Cam se había olvidado de que era el Cuatro de Julio. Le había prometido a su madre que la acompañaría a la celebración en el pueblo.

—¿Qué clase de tarta? —preguntó Cam mientras echaba un vistazo al jardín, buscando ingredientes que pudieran servir. No había robado ruibarbo.

—Pizza.

—Mamá, no puedes presentar una pizza al concurso de tartas.

—¿Y eso quién lo dice?

—No creo que la acepten como tarta —insistió Cam—. La verdad es que no creo ni que la acepten como comida si no lleva langosta.

—Bueno, tenemos una. Puedo hacer una pizza de langosta.

—Ni se te ocurra —repuso Cam—. Homer no es comida. —Quizá Asher tenía razón. Debería dejarlo en libertad. Dejarlo ver el mundo.

—Ve a vestirte, Cam —dijo Perry—. El desfile empieza dentro de una hora.

—Tienes que llevarla al desfile para que yo pueda hacer la tarta.

—Es pizza.

—Sí, la pizza. Tarta de tomate. Así la llaman en Brooklyn.

Según el iPhone de Cam, estaban exactamente a 769 kilómetros de Brooklyn, lo que resultaba extremadamente obvio al pasear por la calle principal, el corazón de la verbena que Promise celebraba por el Cuatro de Julio. Cam no había estado nunca en Brooklyn, pero sospechaba que allí no había verbenas. Ni exposiciones de colchas en iglesias ni niñas de los Scout atendiendo en puestos de limonada, ni carreras de sacos, ni castillos hinchables ni gente disfrazada del tío Sam caminando con zancos. Y seguro que tampoco tenían premios para la fresa más grande ni un desfile de bicicletas para niños con manillares con serpentinas azules, rojas y blancas y lazos en los radios.

Cuando llegaron al vivero de langostas, Perry chilló y tiró de ella hacia alguien vestido con pantalones bombachos y una peluca blanca y rizada. Era Asher, que se suponía que iba disfrazado de uno de los padres fundadores, aunque Cam no tenía ni idea de cuál.

—¿Quién eres? —le preguntó.

—John Hancock. —Llevaba una enorme pluma para firmar la Declaración de Independencia. La movió con una floritura.

Justo en ese momento, la banda de música del instituto dobló la esquina tocando una marcha de John Philip

Sousa, y Asher-John Hancock las llevó hacia la curva para que no las pisaran. En la banda, delante de todo, había una chica rubia con botas blancas de gogó y un body rojo brillante. Llevaba el pelo recogido y un sombrero alto y blanco que le hacía sombra en los ojos, pero Cam creyó reconocerla.

—¿Esa es...?

—Sí, es Sunny.

—¡Vaya! —exclamó Cam. Sunny no le había parecido alguien que se uniera a ese tipo de desfiles, y aún menos como *majorette*.

—Su madre la obliga —le explicó Asher—. Y, al parecer, es bastante buena y podrían darle una beca.

—Por darle vueltas a ese bastón.

—Ajá.

—Ya.

—Pues sí.

—Vaya.

—Lo sé.

—Hablando de becas, Slasher: ¿al *quarterback* del equipo ganador del estado no le suelen dar una de esas? Normalmente, le dan una de esas becas y luego se casa con la líder de las animadoras, se saca un máster en Economía, tiene tres hijos y un perro, llega a vicepresidente, a CEO y a presidente del consejo y se compra una casa en Malibú. —Iba contando con los dedos—. Esa es la trayectoria de todo *quarterback* que se precie, Asher. Está escrito en las barras y las estrellas de la bandera.

—Ajá.

—¿Entonces?

—¿Os apetece participar en la búsqueda del tesoro? —preguntó, cambiando de tema—. La he organizado yo y es bastante divertida. —Le dio a Perry una lista de cosas que había que encontrar.

Decidieron dividirse. El primer elemento de la lista de Cam era un globo verde. Escudriñó las calles buscándolo, pero lo único que no era rojo, blanco y azul eran los flamencos. Algunos de ellos se habían apartado del resto de la bandada y se paseaban por la calle principal como alienígenas de otro planeta.

Mientras leía la lista, Alec con «c» se le acercó sibilinamente por detrás y le puso una mano en la cintura. Cam se puso tensa, aunque no supo si de disgusto o de excitación. Alec la confundía. Fuera como fuese, de repente, tenía todos los pelos de punta.

—Ah, ¿así que hoy sí que me conoces?

—Lo siento —dijo él—. Autumn está muy… ¿Cómo decís? Celosa.

—Ya. Bueno, pues yo estoy muy… repugnada. Tú me repugnas, así que quita la mano.

—Venga, Campbell. Vamos a tomar café. Autumn está ocupada. Sunny hace que mueva banderas con la banda.

—No, Alec, no voy a ir a tomarme un café contigo, muchas gracias. Estoy buscando un globo verde.

Mientras se alejaba de él, empezó a sentirse mareada. Le sudaban las palmas de las manos y le costaba respirar. ¿Sabrían a quién llamar si caía muerta allí mismo? ¿Podría despedirse?

Quizá era por cómo se había despertado esa mañana, pero ese día estaba pensando mucho en la muerte. Pensaba en cómo sucedería. Sus pulmones se llenarían de fluidos y se ahogaría en su propia cama. De repente, se descubriría incapaz de respirar, luego se quedaría ciega y sorda y, al final, perdería la capacidad de soñar. Se quedaría sin amor. Eso era lo más triste y lo más terrorífico de todo. Estar de repente y eternamente sin amor.

Cam intentó detener esos pensamientos porque no le eran de ayuda. Empezó a hiperventilar y entonces se cayó y, una vez más, todo se volvió negro.

—Ha sido un ataque de pánico, Campbell —le dijo Alicia.

—¿Qué?

—No quiero que pienses que esto ha sido una crisis de las malas; simplemente, has tenido un ataque de pánico. Los análisis han salido bien. El médico te recetará algo, un poco de lorazepam, algo que te tranquilice un poco. Te quedarás como nueva, ya verás.

—¿Ha ganado tu pizza? —preguntó Cam, medio grogui, mientras reparaba en su entorno: una consulta médica estéril.

—No me ha dado tiempo a apuntarme al concurso, pero nos la comeremos al llegar a casa.

Perry estaba sentada en una silla junto a la ventana, ocupada con el teléfono. Al lado de la silla había una bolsa de papel de la que asomaban todas las cosas de su lista de la búsqueda del tesoro: una pinza de la ropa, una visera, un bate de béisbol de plástico…

—Lo he vuelto a hacer, ¿verdad, Perry?

—¿El qué? —preguntó sin dejar de mover salvajemente los pulgares para teclear.

—Arruinar algo que esperabas con muchas ganas.

—No pasa nada.

—Sí que pasa. ¿Podemos al menos volver a casa y comernos la pizza?

—Claro, hay mucha. Tenía muchos tomates. Puedes invitar a tus amigos —ofreció Alicia.

—¡Ja! —replicó Perry sin levantar la vista del teléfono—. Como si tuviera.

Pero entonces, como si alguien los hubiera llamado, Asher, Sunny, Royal y Autumn, sin Alec, entraron en la consulta.

—Solo queríamos ver cómo estabas —dijo Asher.

—Eso sí que es un milagro —replicó Perry. Sacó su libreta y, mientras escribía, leyó—: Número cuarenta… Campbell… tiene… amigos.

—Muchas gracias, Perry —dijo Campbell.

Su hermana se limitó a guiñarle el ojo.

—Vámonos de aquí —anunció Alicia—. ¿Alguien quiere pizza?

—Perry, deberías apuntar esto en tu libreta.

La pizza era mágica. La masa era blanda, elástica y flexible y, al morderla, el queso se estiraba desde la boca en unos hilos delgados. Y eso era perfecto. Comerse una pizza debía ser una operación silenciosa, desprovista de ruidos. No había nada peor que una pizza crujiente con queso del que se cortaba limpiamente con los dientes.

Y la salsa de tomate... La salsa de tomate era pura inspiración. No estaba demasiado dulce, ni demasiado salada ni demasiado ácida, sino que era una mezcla de todos esos sabores, y unía el queso a la masa esponjosa de debajo a la perfección. Alicia se paseaba sirviendo a sus invitados bandejas que no se acababan nunca.

Todas las personas que conocían estaban allí. Las amigas bailarinas de hula de su madre, las amigas preadolescentes de Perry, los chicos de catálogo de Cam, que por suerte se habían librado de sus *alter egos* patrióticos y habían recuperado su estilo habitual, ese en el que fingían estar de vuelta de todo. Estaba incluso Elaine, que había acudido con Smitty, el cocinero del vivero de langostas. Se había formado una reunión espontánea y maravillosa, de esas que solían celebrarse en la familia de Cam antes de que todo cambiara.

Estaban sentados en una larga mesa que Asher había colocado en el patio delantero, desde donde veían la bahía. Esperaron a que las orcas hicieran sus saltos rituales en el océano y luego esperaron otra vez a que cayera la oscuridad y empezaran los fuegos artificiales.

Alguien los estaba lanzando desde detrás del faro, y desde el césped de Avalon Junto al Mar tenían las mejores vistas.

Cam observó cómo Perry y sus amigas practicaban sus habilidades para el flirteo con Asher. Era la persona perfecta para practicar: estaba bueno, pero era inofensivo, y tenía una paciencia infinita con ellas. Fingían estar demasiado asustadas para encender las bengalas con el fin de que lo hiciera él, que cedía una y otra vez.

Cam no había heredado el gen que te dejaba flirtear. Estaba convencida de que era genético: o tenías la habilidad para el coqueteo o simplemente no eras capaz de fingir ser estúpida, que era lo que los chicos querían en realidad. Querían que les demostraras que ellos eran mucho más listos y Cam tenía demasiado ego para eso. Lo que, si lo pensaba bien, era una estupidez. Si Cam hubiera sido lista, habría fingido no serlo para no estar tan sola.

Se alegraba de que Perry sí fuera capaz. Así tenía algo menos de lo que preocuparse.

Asher había conectado los altavoces exteriores y su madre había puesto la banda sonora de «El espíritu de Aloha». Cam se moría de ganas de bailar, pero, de repente, la perspectiva de hacerlo delante de Asher la aterraba. Quizá sí que tenía alguna habilidad para el coqueteo.

—¡Vamos! —dijo su madre—. Campbell, ¡es tu número!

—Ay, Dios. —Al final, Campbell levantó su cuerpo lleno de pizza del banco—. Pero solo un minuto —dijo.

Sin embargo, cuando se dejó llevar por la música, se olvidó de quién podía estar viéndola y el minuto se convirtió en media hora. Danzó el hula de la diosa del volcán, que describía los orígenes de la danza. Pele, la diosa del volcán, necesita escapar de su hermana, la mar. La mar no hacía más que apagar sus llamas, así que Pele viajó hasta la cima de la colina más alta y halló allí un hogar donde podía expresarse de verdad. Luego danzó para celebrarlo.

Al terminar, se sentó para descansar. Miró a Perry, que estaba explicando animadamente su teoría sobre los unicornios a un montón de gente que se había reunido a su alrededor, comiendo galletas con chocolate y malvavisco caliente.

Cam había oído a su hermana contar su teoría sobre los unicornios un millón de veces. Partía de la idea de que hay demasiadas referencias sobre los dragones como para que hayan sido solo un mito. No es posible que la existencia de los dragones sea del todo ficticia: alguien debió de ver algún tipo de lagarto volador que escupía fuego.

—Tiene que haber un origen —estaba diciendo ante un público cautivado—. Y el dragón original, probablemente, fuera un dinosaurio, igual que el monstruo del lago Ness, que, por cierto, tampoco es una leyenda. En algún momento, hace mucho mucho tiempo, los dinosaurios debieron de habitar la tierra junto a los humanos. No muchos, claro, solo unos cuantos rezagados que se hubieran despertado después de la Edad del

Hielo, igual que pasa a veces con las iguanas después de un invierno muy frío, cuando te crees que se han muerto y luego resulta que no. Los bichos de sangre fría se pueden despertar cuando se calientan. Entonces, algunos de estos dinosaurios o, mejor dicho, pterosaurios, porque volaban, debieron de despertarse y existir, y el hombre debió de ver uno. Si no, las historias sobre dragones no existirían.

»Y, si tenemos que creer que hubo dragones, también debemos creer en los unicornios, porque la gente empezó a contar historias sobre ellos más o menos en la misma época.

Cam se preguntó quién, entre ella y su hermana, sería Pele y quién la mar. No tuvo que pensárselo mucho. Su hermana tenía un espíritu imaginativo y eruptivo y Cam no hacía más que apagarlo con su cinismo.

—Eso ha sido digno de ser recordado —dijo Asher mientras se sentaba en el banco al lado de Cam.

Cam empezó a decir que sí, que, algún día, Perry sería una gran unicornióloga, pero Asher la interrumpió:

—No, me refería al hula. Ha sido una pasada. Eres muy buena.

Cam quiso responder con sarcasmo, pero entonces estalló el primer petardo, que anunciaba el inicio de los espectaculares fuegos artificiales por el Cuatro de Julio de Promise, que, cuando estás acostumbrada a ver los de Disney cada noche de tu vida, te parecen bastante patéticos. Patéticos de una forma que hacía que a Cam empezase a gustarle aquel pueblo.

Se sentía más feliz. Quizá fuera la pizza que le llena-
ba el estómago, pero estaba satisfecha. Se sintió lo bastante valiente como para mandarle un mensaje a Lily
por primera vez desde su llegada.

«Hoy ha sido un buen día», le escribió. Esperó que
fuese lo bastante positivo como para merecer una respuesta.

VEINTE

—Ayúdame a meterlo en el remolque.

—Eres consciente de que es un burro, ¿no? Un burro mimado. No va a hacer lo que yo le diga.

—Pues claro que sí. Vamos, James Madison —insistió Cam. Chasqueó la lengua y tiró de la correa del animal.

James Madison tiró hacia atrás, resistiéndose. Sacudió la cabeza y se sentó, algo que Cam no se esperaba.

—¿Y no se dará cuenta tu hermana de que es un burro y no un corcel blanco? No tiene un físico mítico y mágico, precisamente.

—¡James Madison! —exclamó Cam—. ¿No piensas contestar? ¡Levántate y enséñale de qué pasta estás hecho!

Pero el burro se quedó donde estaba y rebuznó. Casi sonó como si dijera la marca del remolque, «U-Haul».

—Sí, James Madison, U-Haul. Métete en el U-Hauuuul —le pidió Cam en el idioma de los burros.

—¿Hay agujeros para respirar en esa cosa? —preguntó Asher cuando el burro por fin se levantó y empezó a salir de su corral con paso inseguro.

—De aquí a casa solo son cinco minutos —contestó Cam, tirando de la correa.

—Es que me parece una mentira y ya está. Y además estamos robando. No me hace sentir cómodo.

—¿Nunca has robado nada? Todo el mundo roba alguna vez. Aunque sea un polo del congelador cuando tienes seis años.

—No que yo sepa.

—Dios, qué mono. Lo estamos tomando prestado, Slasher. Luego lo devolveremos, lo que es la misma definición de tomar prestado. Coger algo y luego devolverlo. —Cam suspiró, soltó la correa y dejó de intentar sacar al burro por unos instantes. Luego la volvió a coger y tiró de nuevo—. Es como llevarse un libro de la biblioteca —continuó—. Elaine es bibliotecaria. Entiende lo que significa tomar prestado.

—Pero, en primer lugar, cuando tomas algo prestado tienes permiso. Y, además, nunca has visto a Elaine enfadada —contestó Asher. Cogió una ramita y le dio unos golpecitos a James Madison en el trasero. El burro avanzó unos cuantos pasos.

—No puede ser peor que mi madre —repuso Cam mientras se acercaban al tren de la vagina. Por allí no había ningún sitio donde devolver el remolque, así que habían pagado el alquiler y lo devolverían cuando regresaran a Florida. Devolver el remolque a tiempo era uno de esos detalles que se te pasan por alto cuando estás preocupada por la muerte.

James Madison solo se cayó una vez.

Fue cuando cogieron la gran curva que había enfrente del vivero de langostas con demasiada velocidad. Oyeron cómo sus cascos se deslizaban por el suelo del remolque y después un ruido como si un elefante estuviese bailando claqué en un cubo de basura. Luego se hizo el silencio y Cúmulo pareció más ligero de repente. Y cuando Cam miró por el retrovisor vio a James Madison plantado y quieto en mitad de la carretera.

—Que no cunda el pánico —le dijo a Asher, pero se tomó una pastilla de las que el médico le había recetado después de su ataque de pánico. Eran diminutas y se disolvían debajo de la lengua hasta convertirse en una especie de sedimento parecido a la tiza. Podía tomarse una cada vez que se sintiera nerviosa, porque, llegados a este punto, ¿qué más daba si desarrollaba una adicción a los tranquilizantes?

Retrocedieron un poco con el remolque para que quedara directamente delante del burro. Cam decidió montarlo para meterlo, así que se subió a su lomo y se inclinó hacia su oído para susurrarle con calma que entrase. El animal se puso rígido, como si la estuviera escuchando, y caminó hasta entrar en el remolque. Cam dio unos golpecitos en la pared para indicarle a Asher

que arrancara y se quedó con el burro en aquel espacio
oscuro y diminuto hasta que llegaron a casa.

La única desventaja de la operación fue que, a partir
de entonces, Asher empezó a llamarla «la susurradora de asnos», aunque suponía que se lo merecía después de haberlo involucrado en el secuestro de uno.

—Creo que a partir de aquí puedes tú sola, susurradora de asnos —dijo Asher.

Habían trasladado con éxito a James Madison desde
el remolque y hasta los túneles secretos del ferrocarril
subterráneo, pasando por la cochera. El burro estaba
en uno de los búnkeres, atado a una especie de redil, y
comía paja y una zanahoria. Cam había intentado pe-
garle un cucurucho de galleta recubierto de papel de
aluminio en la frente con unas horquillas, pero el cuerno mágico se caía hacia un lado todo el tiempo.

—Maldita sea —dijo—. No creo que consiga que se
aguante. —El lorazepam la tenía un poco adormilada
y empezaba a sentirse frustrada. Los cambios de humor
eran constantes. Hacía un minuto estaba que se subía
por las paredes y en cambio, en ese momento, lo único
que quería era rendirse y olvidar aquella idea tan loca.

—Igual con un poco de celo —propuso Asher—.
Creo que arriba tengo.

Siguió a Asher hacia la antigua cochera. Subieron
la rampa y pasaron por la librería giratoria. Era ordenado para ser un chico, pero no patológicamente or-

denado. Había colgado la chaqueta en el respaldo de la silla de la cocina en lugar de hacerlo en el armario, pero al menos no la había tirado en el sofá sin más.

La decoración era muy masculina, con muebles de cuero y alfombras orientales, y en la esquina del fondo había una mesa de billar. Él dormía en una especie de altillo abovedado encima de la cocina. Cam echó una ojeada a su alrededor mientras él buscaba el celo en los cajones de la cocina. En la pared de detrás del escritorio había unas fotos en tonos sepia de los ancestros de Asher, que parecían muy trabajadores. Los hombres llevaban barba, sombrero y tirantes y las mujeres, muy correctas, llevaban corsés y moños. Había otra foto de una mujer hermosa con el pelo largo y rizado hasta la cintura. No llevaba un corsé como las demás, sino un vestido holgado de calicó. Estaba sentada de perfil a la cámara y se miraba las manos, un poco como la madre de Whistler en el retrato que le hizo el pintor. Alguien había escrito «OLIVIA, 1896» en la esquina inferior derecha.

Había un matiz de vergüenza en su forma de evitar la mirada de la cámara, pero estaba en una postura que la dignificaba, por lo recta que tenía la espalda. Cam supo nada más verla que se trataba de la mujer que tantos años había pasado en el mirador.

Luego vio una foto de Asher con su madre, muy colorida comparada con los tonos apagados de las más viejas, tanto que llamaba la atención. Él llevaba una sudadera naranja con capucha y su carita de ojos marrones, en la que el hoyuelo ya había aparecido, asomaba entre los peldaños de una escalera azul. Su madre lo sostenía desde atrás para ayudarlo a llegar arriba del todo. La mujer era una versión muy hermosa de Elaine, con el pelo dorado y los mismos ojos marrones y brillantes de Asher. Parecían felices. Resplandecientes. Como si jamás hubieran imaginado que llegará un día en el que se separarían para siempre.

—¿Dónde está tu abuelo? —preguntó Cam.

—Está muerto.

—Pero ¿no dijiste que…?

—Tengo que dar por hecho que está muerto.

—¿Por qué no lo salvó el pueblo milagroso?

—Porque se fue y nunca volvió. A mi madre y a mi padre les pasó lo mismo. Murieron de camino a Hawái.

—Ya lo sé.

Cam volvió a sentir aquel peso, el mismo traje de plomo que se había puesto al bailar la vida de Asher en casa de Elaine. Él era el guardián de la casa, el guardián de los recuerdos y, además de Elaine, el único superviviente. No le extrañaba que no quisiera aceptar una beca. Para él, abandonar ese pueblo sería una especie de muerte. No la misma a la que se enfrentaba Cam, pero una muerte de todos modos.

—Tienes graves problemas de abandono, Slasher —dijo.

—¿Tú crees?

—Sí. Años de terapia. —Le guiñó un ojo.

—¿Y tú? ¿Qué te trae por el pueblo milagroso?

—Me estoy muriendo —contestó Cam.

Asher se quedó de pie con la mano derecha apoyada en la encimera. Mantuvo la cabeza gacha un minuto y Cam se quedó mirando las venas que se le marcaban en el antebrazo. Él suspiró y negó con la cabeza. Viviendo donde vivía, era obvio que no era la primera vez que escuchaba aquella historia. Cam no debía de ser la primera peregrina que había llegado hasta allí en busca de un milagro.

—Eso es una mala noticia para mí y para mis problemas de abandono, susurradora de asnos.

—Tienes que dejar de llamarme así.

—Y lo haré. Solo tengo que esperar a cansarme.

—Y hablando del asno —dijo Cam, cambiando de tema—. ¿Has encontrado el celo? Quiero obrar este milagro justo al anochecer, para que Perry pueda verlo pero no con demasiada claridad. —Oía a James Madison, que se movía en la planta de abajo. Probablemente estaba inquieto y empezaba a tener claustrofobia.

—Toma.

—¿No me vas a ayudar? —preguntó Cam.

—Tengo que ducharme. Tengo… hum… planes, y no quiero oler a burro.

Cam casi se quedó sin aliento durante un segundo. Esperó a recuperar el resuello. Por su forma de decirlo, Cam supo que había quedado con una chica.

Conseguir que la gente cenara lento era difícil. Cam intentó ralentizarse masticando cada bocado veinte veces, pero los macarrones no requieren de mucha masticación, así que probó otros métodos, como dejar el tenedor en el plato y dar un trago de agua después de cada bocado. Cuando su madre y su hermana terminaron, recogió la mesa y apiló los platos al lado del fregadero. Mientras lo hacía, miró por la ventana para asegurarse de que James Madison no se hubiese escapado. Seguía allí, a unos treinta metros, atado a un árbol.

Cam lo había cubierto de harina para teñirlo de blanco y el resultado no estaba nada mal. Había moldeado el papel de aluminio para darle forma en espiral, se lo había pegado con el celo y lo había pintado de color blanco y dorado. Desde la distancia, James Madison parecía un unicornio un poco achaparrado.

—Perry, mejor que te pongas ya, ¿no? Hay un montón de platos —dijo.

—¿Qué te pasa, ama de casa? —le preguntó su madre—. ¿Por qué de repente estás tan interesada en las tareas del hogar?

—Por nada. Tiene que ver con el *feng shui*. Me preocupan las energías. No hay nada peor que los platos sucios para interrumpir el flujo de energía en tu espacio. Venga, tú los lavas y yo los seco.

—Mamá, esas drogas la están cambiando —dijo Perry—. Creo que alguien tendría que monitorearla.

Pero no era la medicación. Cam sentía una cierta limpieza en su interior, una pureza de propósito, algo que no había sentido desde que el cáncer la había atacado y los médicos habían contraatacado con su batallón de sustancias químicas. Durante mucho tiempo, había tenido miedo de dejar que nada le importase. Era demasiado peligroso. Pero esto podía importar. Que Perry fuera feliz importaba.

Veinte minutos más tarde, su hermana ya había fregado todos los platos y había empezado con las ollas, pero seguía sin darse cuenta de que en el bosque, delante de sus narices, había un unicornio.

—Mira —se vio obligada a decir Cam—. ¿Qué es eso? —Por Dios, ¿es que tenía que hacerlo todo ella?

—No sé —contestó Perry acercando la cara a la ventana. Justo en ese momento, James Madison hizo un movimiento equino con la cabeza y el cuello y pateó el suelo con un casco. Cam decidió que lo recompensaría con unos azucarillos extra por ese numerito. «Buen chico», pensó.

—¿Eso es un cuerno? —exclamó Perry—. ¡¿Mamá?!

—¡Dios mío! —gritó Cam—. ¡Ve a por la cámara! ¿Dónde está?

Cam se había encargado de esconder el teléfono y la cámara de Perry entre los almohadones del sofá del salón. Mientras su hermana buscaba la cámara, salió corriendo hacia los árboles. Tenía el tiempo justo para llevarse a James Madison de vuelta al túnel, cruzar por debajo de la casa y bajarlo a la playa. A Perry no se le ocurriría buscarlo directamente allí, así que Cam tendría margen para llevarlo hasta el malecón. La estampa sería mágica y estaría lo bastante lejos como para seguir pareciendo un unicornio.

James Madison empezaba a acostumbrarse a que lo llevasen de un sitio a otro. Esa vez, consiguió que cruzara el túnel casi trotando. El burro parecía apreciar tener algo que hacer además de estar plantado en su corral.

—¿Ves qué divertido puede ser si haces lo que te digo, asno? —le dijo Cam.

Lo dejó balanceándose sobre las rocas al final del malecón con dos manzanas pequeñas y un azucarillo.

Antes de volver corriendo al túnel, se tomó un instante para contemplar a James Madison. Estaba hecho todo un actor de método. Se había quedado allí de pie, con el morro elevado en el aire y el cuerno dorado resplandeciente bajo el sol. Oteó el mar como si estuviera buscando a sus ancestros perdidos. Parecía apesadumbrado y orgulloso a la vez, el último ejemplar de su especie en una expedición mágica. El agua le salpicaba suavemente los cascos y los colores del atardecer formaban el fondo perfecto. Parecía una escena sacada de los pósteres cursis que Perry tenía en su habitación. Lo único que le faltaba era un arcoíris.

—¡Creo que está en la playa! —gritó Cam cuando volvió a la casa.

Perry salió corriendo al jardín con la cámara en la mano. Para entonces, el sol había bajado lo suficiente para que no consiguiera fotografiar más que una silueta ensombrecida. Sacó unas cuantas fotos.

—¡No me lo puedo creer! Te dije que era cierto. ¡Este sitio es increíble!

Cam contemplo la marea, que empezaba a subir y a salpicar por encima de los tobillos del burro. Su hermana hacía instantáneas sin dejar de sonreír, y ella se descubrió sonriendo también.

—¡Qué pasada! —chilló Perry.

Cam miró a James Madison y vio que el agua empezaba a salpicarle en las rodillas. Levantó los pies un par de veces hasta alzarse con majestuosidad sobre las patas de atrás. Entonces movió sus cascos delanteros en el aire, relinchó y saltó hacia las aguas oscuras de la bahía, salpicando agua a su alrededor.

VEINTIUNO

Cam salió disparada hacia la playa justo cuando Asher salía de casa vestido con una camisa blanca por fuera, unos pantalones caquis con las perneras enrolladas y unas sandalias de cuero. Olía a limones frescos.

—¡Asher, ayúdame! —chilló mientras bajaba corriendo por el camino escarpado y lleno de curvas que llevaba a la playa.

—Ayúdame, no me ayudes… Me mandas mensajes contradictorios. —Asher suspiró, se metió las llaves en el bolsillo y la siguió.

—¡Mira! —insistió Cam señalando la bahía.

James Madison luchaba contra las olas, abriéndose paso poco a poco hacia la orilla. El cuerno, gracias al milagro del celo, seguía en su sitio. Apuntaba hacia arriba y subía y bajaba como una boya mientras el burro luchaba por mantener la cabeza fuera del agua.

—¡Dios mío! ¿Los burros saben nadar? —preguntó Asher.

—¡Y yo qué sé!

—Tú eres la susurradora de asnos.

—Basta. Ya no tiene gracia —protestó Cam sin aliento. Empezó a bajar por el acantilado, seguida de Asher. Estuvo a punto de tropezarse y se deslizó un poco por la arena pedregosa antes de saltar al suelo plano y rocoso que formaba la playa.

Corrió hacia el mar, se metió hasta que el agua le llegó a la cintura y entonces se tiró de cabeza en mitad de una ola. El frío era paralizante. Dejó que la pesada ola la anegara y que la corriente la impulsara hacia el mar, peligrosamente cerca de las rocas del malecón.

Dio unas cuantas brazadas hasta llegar hasta James Madison y lo cogió de la correa.

—¡No te pongas delante de las patas o te dará una coz! —gritó Asher, mientras entraba en el agua, que ya le llegaba a las rodillas.

Cam tiró con suavidad de la correa para guiar al burro hacia la orilla. Le dolían las piernas de frío. El animal por fin hizo pie y pudo ayudarlo a caminar hasta la arena, donde se sacudió el agua como un perro mojado. El cuerno le colgaba, fláccido, de la frente, balanceándose ante su ojo izquierdo.

—Eso ha sido bastante sexy —dijo Asher—. Como *Los vigilantes de la playa*.

—Qué… gracioso… eres —contestó Cam sin dejar de jadear.

—Oh, oh… —Cam siguió su mirada hacia el jardín de la casa. Perry y Alicia estaban bajando a la playa—. No voy a decir «Te lo dije». Os dejo solas un minuto.

Ábrete, sésamo. —La roca del acantilado se abrió y él desapareció en el interior de la tierra—. Buena suerte —lo oyó decir antes de que la piedra se cerrara.

—Gracias, muy generoso de tu parte. —Cam se rodeó el cuerpo con los brazos e intentó dejar de temblar.

—Campbell, ¿qué está pasando aquí? —preguntó Alicia al llegar a la playa. Tapó a su hija con una toalla y le frotó los brazos para ayudarla a entrar en calor, igual que cuando era pequeña y acababa de salir de la bañera.

—Hum… Nada. —James Madison alzó el morro y rebuznó. El cuerno se movía con flaccidez de un lado a otro y el agua salada estaba convirtiendo la cobertura en pelotas de harina, así que quedaban al descubierto partes de pelaje oscuro—. No sabía si los unicornios sabían nadar, así que quería… salvarlo o algo así.

—Eso es un burro —repuso su madre con voz inexpresiva.

Perry tenía los brazos cruzados alrededor de su cintura y trazaba círculos en la arena con la punta de sus zapatillas.

—¿Sí? ¿En serio? Qué raro. ¿Sabéis qué? Igual es cosa de magia. ¡Ya sé! ¡El agua! ¡¡El agua ha convertido el unicornio en un burro!! ¿Os lo podéis creer? ¿Qué te parece, Perry? ¿No es una pasada?

Perry se fue hacia el acantilado y se sacó el teléfono del bolsillo.

—Pues nada —dijo—. No hay ningún unicornio. Era cosa de mi hermana, que es tonta.

—Es que…

—Es que ¿qué, Campbell?

—Bueno… Estabais tan emocionadas con los milagros que… Solo quería haceros felices. Ayudaros a creer en ellos, supongo.

—Pero tú no crees, claro, porque estás por encima de eso, ¿no? —Alicia la miraba con dureza y frialdad.

—No, no por encima, exactamente…

—Bueno, pues has sido muy amable. Muchas gracias. —Su madre hablaba con tono de decepción y la estaba mirando con esa expresión de «me rindo», la que todavía podía hacer que Cam se sintiera desesperadamente abandonada y sola, aunque fuera casi una adulta—. Igual deberíamos llevarte a ese psiquiatra. —Los médicos le habían dado a Alicia el número de un psiquiatra después del incidente del ataque de pánico. Negó con la cabeza—. No pareces capaz de darle una oportunidad a nada.

—¿Ir a un psiquiatra, yo? Sois vosotras las que hasta hace un segundo creíais en unicornios y en tomateras mágicas.

—¿Lo de los tomates también es cosa tuya? —preguntó Alicia.

—Pensaba que ya lo habríais pillado… —respondió Cam avergonzada. Se apretó más la toalla a su alrededor. El sol empezaba a esconderse en el horizonte. Cada vez hacía más frío y la marea no dejaba de subir. Los bordes espumosos de las olas empezaban a deslizarse bajo sus zapatillas.

—Cam…

—¿Qué?

—Tenía la esperanza de que… Da igual.

—¿Qué? —insistió Cam.

—Tenía la esperanza de que, como mínimo, este viaje te enseñara a ceder el control. A confiar en lo que te tenga preparado el universo.

—La gente no hace más que hablarme del universo. No puedo confiar en el universo, ¿vale? Si hay algún poder superior haciendo papiroflexia con el universo, me odia a muerte. Fui una niña gorda cuyos padres se divorciaron, a la que después se le murió el padre y que al final enfermó de cáncer. Así que no, no confío en lo que me tenga preparado el universo.

—Pues es una pena —contestó Alicia. Echó un último vistazo a James Madison, que golpeaba la playa rocosa con los cascos, todavía empapado después del chapuzón—. Será mejor que lleves ese burro a su casa antes de que muera congelado.

—Solo estaba intentando ayudar —contestó Cam.

—Pues menuda ayuda… —empezó a decir Alicia. Era un verso de la canción preferida de Cam cuando era pequeña, del álbum infantil «Libres para ser tú y yo». «Menuda ayuda es esa de la que puedes prescindir», decía la canción.

Alicia rodeó a Perry con un brazo y empezaron a subir poco a poco el camino escarpado hacia la casa, dejando a Cam sola, temblando en la playa.

Pese a estar abrigado con tres mantas, una alfombra oriental, unas orejeras y una bufanda, James Madison todavía temblaba cuando llegaron a casa de Elaine. Cam se debatía entre avisarla o dejarlo en el corral y largarse, pero al final ganó su conciencia y entró en la casa.

—¿Elaine? —la llamó. El vestíbulo forrado de madera estaba lleno de botas y camisas de cuadros de leñador colgadas de las perchas.

—Hola, Campbell. —Elaine estaba leyendo en el sillón del salón. Dejó su novela romántica y se quitó las gafas, que, como llevaba colgadas al cuello con una cuerda, cayeron sobre sus mamas. Esa palabra siempre la hacía reír, pero era la forma perfecta de describir el pecho maternal de Elaine.

—Es lo último que esperaba verte leer.

—Sí, bueno, todos tenemos nuestros vicios —repuso Elaine.

—Hablando de vicios… —empezó a decir Cam.

—Dime.

—Hoy… te he cogido algo prestado.

—No pasa nada, siempre que me lo devuelvas. ¿Qué era?

—James Madison —admitió Cam.

—¿El burro?

—Sí. Y… Bueno, no ha tenido un buen día.

—¿Qué quieres decir?

—Bueno, ha terminado dándose un chapuzón y parece tener bastante frío.

—¿Por qué te has llevado a mi burro a...? Da igual. ¿Dónde está?

Cam fue a buscar al burro y lo llevó a la consulta.

—Tenemos que hacerlo entrar en calor —dijo Elaine mientras le cambiaba las mantas a toda prisa—. Campbell, en el garaje hay varios radiadores, corre, ve a buscar unos cuantos.

—¿Y si lo secamos con un secador?

—Eso también podría funcionar. Hay uno en el baño, debajo de la pila.

Colocaron los radiadores y Cam secó las crines del burro con el secador, moviéndolo arriba y abajo por encima de su cuello, mientras Elaine le medía la temperatura y le miraba los ojos. Estaba intentando determinar si James Madison tenía hipotermia, ya que los burros son más propensos a sufrirla que los caballos.

—Estoy decepcionada contigo, Campbell.

—Lo siento —respondió en voz alta para que Elaine la oyera pese al ruido del secador.

—Los veterinarios hacemos el mismo juramento que los médicos.

—*Primum non nocere*. Lo primero es no hacer daño. —Cam lo sabía muy bien. Cuando tratan el cáncer, es lo primero que dejan de respetar. Van a por el tumor ignorando descaradamente el resto de tus células, que van a lo suyo, en su inocencia, intentando mantenerte con vida. A menudo, el tratamiento te mata antes que la enfermedad. No sabía si sacaría algo más de aquel viaje, pero al menos Cam estaba contenta por no

247

tener que pasar el verano envenenada por oncólogos con buenas intenciones.

—Es una norma muy sencilla —añadió Elaine mientras le abría la boca al burro para mirarle las encías.

—No sabía que le haría daño. Las cosas se salieron un poco de madre —se excusó Cam. Apagó el secador y cubrió el lomo del burro con una manta de lana seca.

—Bueno, en cualquier caso, muestra muy poco sentido común. Debería despedirte. —James Madison le dio un golpecito a Elaine con el morro y frotó la cara contra la suya para recibir un abrazo—. No pasa nada, chico. Te pondrás bien. ¿Qué es esta pasta pegajosa que lleva en el pelo?

—Harina —contestó Cam sin rodeos. No tenía sentido irse por las ramas.

—Harina —repitió Elaine, como si ya nada pudiera sorprenderla.

—Sí.

—¿Has cubierto a mi burro de harina? ¿Sabes qué? No quiero saberlo.

—Iba a usar pintura en espray, pero esto me pareció más orgánico.

Elaine suspiró y se apoyó en un solo pie, levantando el secador en el aire.

—Creo que ya puedo encargarme yo sola.

Cam volvió a su coche preguntándose si estaba despedida. No estaba acostumbrada a fracasos tan colosales. «Al fin y al cabo, me han admitido en Harvard», pensó para intentar animarse. Sin embargo, se sentía humillada de todos modos.

Sabía que no debía hacerlo, porque no tardaría mucho en hacerlo de verdad, pero se imaginó desapareciendo. Primero los pies, luego, las piernas, el torso, los hombros, los brazos, el cuello y la cabeza. Se imaginó que todo desaparecía menos su ropa, que salía del aparcamiento sola como por arte de magia.

VEINTIDÓS

Cam llevó el remolque hasta Avalon Junto al Mar y lo desenganchó de Cúmulo. Luego volvió a subir a su coche e inhaló el aroma dulce y pesado a aceite de plumaria que tanto le recordaba a su hogar. No se atrevía a entrar en casa. No sería bienvenida en ningún sitio. Eso sí que era salirle el tiro por la culata. Por una vez, había intentado hacer felices a los demás y lo único que había conseguido era que todo el mundo la odiara.

Sacó su teléfono y marcó el número de su padre. Era el número al que llamaba cuando se sentía sola.

—*Aloha* —dijo la voz potente de hombre del espectáculo de su padre—. Ahora no estoy, pero deja un...

Cam había seguido pagando la factura del teléfono móvil de su padre a escondidas para poder llamarlo de vez en cuando y oír su voz. Solo lo hacía cuando sabía que necesitaba llorar, que era lo que estaba haciendo en ese momento. Deseó que no hubiese muerto y se preguntó si todo aquello le había sucedido, si el cáncer le había sucedido, porque su padre no soportaba verla vivir en la Tierra sin él. A veces era muy posesivo.

Cuando las lágrimas se le agotaron y pudo ver de nuevo a través del parabrisas, condujo hacia el norte, en dirección a la escuela primaria del pueblo. No había oído gran cosa sobre los flamencos desde el Cuatro de Julio y se preguntaba si seguirían allí. Quería echarle un vistazo a Colega, el bebé, para ver si ya le habían salido plumas rosas o si le habían crecido las patas.

Colega seguía allí, subido en el montoncito de barro que su madre le había construido para que no se revolcase en el lodo ácido que le irritaría la piel. Cam lo observó desde la vieja valla de madera rota.

—Hola, Colega —lo saludó. Creyó que el pájaro la reconocía y la saludaba moviendo las alitas como manoplas.

Contempló a la bandada un buen rato. Muchos de los flamencos estaban durmiendo sobre una sola pata, con la cabeza metida entre las plumas de la cola. Sus patas eran invisibles en la oscuridad y ellos parecían nubes rosas y durmientes que flotaban, suspendidas en el aire. Quizá fuera eso lo que Cam necesitaba: dormir. Se iría a casa y al día siguiente todo estaría bien.

Cuando dobló la esquina hacia el aparcamiento, vio que había un Jeep parado y al ralentí. El bajo de la música hacía vibrar la carrocería del coche y, en su interior, una mujer de treinta años con media melena y mechas y las uñas de color rojo sangre miraba a un hombre mientras le acariciaba el pelo con los dedos de la mano izquierda. Un pelo que le resultaba familiar, dorado del sol. Ella tenía un brazo delgado y tonificado a base de clases de pilates entre los asientos y la mano derecha en algún lugar del regazo de él.

«Oh, es Asher», pensó Cam. ¿Por qué siempre tenía razón? ¿Por qué la gente era tan predecible?

Asher se volvió y la miró a través de la ventanilla. Sus ojos se cruzaron un segundo y luego él los cerró como a cámara lenta, fingiendo que Cam no existía. Era como si ya estuviese muerta.

Al llegar al coche, Cam cogió el iPhone y ordenó a sus dedos que marcaran el número de Lily. Necesitaba que alguien le diera muestras de que sabía de su existencia. Sin embargo, le saltó el buzón de voz. Le envió un mensaje y esperó durante diez minutos a recibir una respuesta. Al final decidió llamar a su casa. Si estaba dispuesta a recurrir a los padres de Lily para contactar con ella, estaba admitiendo su derrota, no había duda.

Kathy respondió tras el sexto tono.

—¿Hola? —dijo un poco adormilada.

—Hola, esto... Perdón por llamar tan tarde.

—¿Caaam?

—Sí, soy yo. Me gustaría hablar con Lily, si es posible.

Cam cerró los ojos y se apoyó la frente en la mano. Estaba intentando borrar para siempre la imagen de Asher y aquella mujer de su memoria. Visualizó una foto de la misma en su mente y luego se imaginó haciéndola desaparecer utilizando con grandes pinceladas la herramienta borrador de Photoshop.

—Ay, Dios mío… —A Kathy se le rompió la voz un instante y luego respiró hondo.

—¿Hola? —preguntó Cam. Abrió los ojos y miró la bahía oscura, que estaba a su izquierda. El foco amarillo del faro recorría el océano de forma intermitente, como si buscase fugitivos. A su derecha, casi todos los flamencos seguían durmiendo, como borlas de color rosa suspendidas en el aire, como marionetas de largas patas que esperaban a que alguien tirase de los hilos.

—Campbell, bonita.

—¿Sí?

—Cariño, íbamos a llamarte.

—¿Por qué?

—Lily ya no está, cariño. Hace tres días.

Cam se quedó en silencio. Una polilla fantasma revoloteó ante el resplandor acusador de los faros de Cúmulo. Un flamenco graznó en sueños.

—¿Campbell, cariño? —dijo Kathy. Cam se había olvidado de que estaba al teléfono—. Siento no haberte llamado antes. Es que es muy duro. Cada vez que se lo dices a una persona es como revivirlo.

Cam no dijo nada.

—¿Dónde estás, cariño? ¿Estás en casa? ¿Está tu madre contigo?

—Creo que es un eufemismo, eso de que ya no está —dijo Cam al fin—. Puede significar muchas cosas. Puedes no estar presente. No estar en casa. Falta algo.

—Campbell, ¿puedo hablar con tu madre?

—Creo que no, no está aquí. —Cam dejó el teléfono en el asiento del copiloto. Iba a la deriva. Se estaba apagando. Sentía que su cuerpo se alejaba flotando y que se convertía en éter. No era nada. Solo una idea.

Estaba harta. De todo.

VEINTITRÉS

A Cam le quedaba Gatorade suficiente para tragarse las diecisiete pastillas en dos tragos. Solo para asegurarse, y porque quería llevarse su coche al olvido con ella, pensaba tirarse con él por un acantilado.

El único que recordaba era el que tenía la tirolina para llegar al faro. Era perfecto. Cinemático. Sería como en *Thelma y Louise*. Había incluso luna llena. Solo tenía que empezar a conducir antes de que le hicieran efecto las drogas y perdiera el control por completo.

Mientras llevaba sus aparentemente enormes manos al volante, ya sentía que le pesaban los brazos. Se notaba un hormigueo en las puntas de los dedos y tenía los dientes entumecidos. De algún modo, se las arregló para coordinar sus movimientos lo suficiente como para meter marcha atrás, salir del aparcamiento y recorrer la carretera costera en dirección al faro de Archibald.

Luchó por mantenerse despierta concentrándose en el halo de luz rotante del faro y poniéndose recta cada vez que le iluminaba la cara. La luz de la luna llena iluminaba las calles. Bajó la ventanilla para dejar entrar la brisa fresca. Solo deseó que los dos faros —¿O se los estaba imaginando?— que la seguían quitaran las largas. Intentó perderlos de vista doblando a la izquierda sin poner el intermitente, pero esas luces resplandecientes y cegadoras no dejaban de seguirla.

—Malddddtas lucesss —balbuceó. Estaba cansada, muy cansada. Aceleró.

La carretera terminaba abruptamente en el aparcamiento del parque infantil. Condujo por la hierba, aplastando los estúpidos dientes de león violetas. Pasó junto a los columpios y cruzó el césped hasta llegar a la cima de la colina, donde se detuvo a varios metros del borde del acantilado.

Oía las olas que rompían en las rocas que había bajo ella. Cerró los ojos y puso ambas manos sobre el volante.

—Te quiero, Cúmulo —dijo—. Que no se te ocurra intentar salvarme, ¿vale? —Pisó el pedal del acelerador—. Buen chico —dijo mientras Cúmulo se abalanzaba hacia delante, cogiendo velocidad como un avión a punto de despegar.

Cam oyó el silbido del viento y luego un silencio absoluto durante diez segundos. Después oyó un ruido sordo y estruendoso, que debía de ser el de todos sus huesos rompiéndose a la vez. Oyó un siseo, que debió de ser la vida que la abandonaba, o quizá el sonido de las olas.

Incluso con los ojos cerrados notaba el resplandor del faro, desplazándose de forma intermitente sobre su cara. Esperó que terminara y surgiera el famoso túnel y la luz brillante del más allá.

Y entonces oyó que alguien gritaba su nombre.

Se despertó en un charco de su propio vómito, de color morado, debido al Gatorade.

—¿Quién es el genio que me ha inducido el vómito?

—He sido yo. He visto el bote de pastillas vacío. —La voz de Asher le llegaba con eco, como si estuviera muy lejos.

—Asher al rescate —masculló Cam, que estaba grogui—. ¿Me has puesto la cabeza de lado al menos?

—Pues claro. Es lo más básico de primeros auxilios.

—¿Dónde está la tía? —preguntó al recordar de repente lo que estaba haciendo cuando lo había visto por última vez.

—En casa. —Le levantó la muñeca diminuta y fláccida para medirle el pulso. Se la acarició con suavidad y luego presionó sobre la vena. Cam apartó la mano—. Solo quiero medirte el pulso.

—No. Ya lo hago yo —dijo Cam, intentando en vano levantar el brazo derecho del suelo.

—Tranquila, ya lo hago yo. —Le acarició el interior de la muñeca con los dedos y ella sintió un cosquilleo en todo el brazo.

Cam apoyó la cabeza en la hierba fresca y húmeda, derrotada, y se quedó mirando el cielo oscuro. Cerró los ojos y, cuando los volvió a abrir, lo vio: un arcoíris resplandeciente se extendía poco a poco a través del cielo negro de la noche. Parpadeó, pero cuando volvió a abrir los ojos seguía ahí. Los colores brillaron radiantes durante un minuto entero antes de empezar a desvanecerse, convertidos en pasteles apagados.

—¿Has visto eso? —le preguntó a Asher.

—¿El qué?

Cam se alegró de que no lo hubiera visto y de que no metiera ese arcoíris en el mismo saco que las orcas, los dientes de león violeta y los atardeceres mágicos. Aquella experiencia era suya y era personal. Era un mensaje de Lily.

—Nada, da igual. ¿Qué ha pasado? —Excepto la pesadez y la flojera, se encontraba bien. No tenía ningún hueso roto. La vida no se le había escapado por las puntas de los dedos.

—Te has estrellado contra un castillo hinchable.

—¿Un castillo hinchable?

—Sí. Del Cuatro de Julio.

—Salvada por un castillo hinchable.

—Y por el cinturón de seguridad. Debía de quedarte algo de esperanza, si no, no te lo habrías abrochado.

—La esperanza es una recompensa en sí misma.

—¿Qué?

—Nada. Es una frase que alguien me dijo una vez.

—La ambulancia llegará de un momento a otro.

—¿De verdad la necesitamos? —Cam volvía a oír las olas, que lamían la orilla. Los grillos cantaban y el arcoíris nocturno había desaparecido. El mundo estaba recuperando poco a poco la nitidez.

—Probablemente tendrían que hacerte un lavado de estómago.

—No quiero que me estomen el lavo. O sea, que me estomen el lavo. O sea… Bueno, ya sabes lo que quiero decir —dijo Cam, moviendo la mano débilmente en el aire—. Ay… —Se incorporó y volvió a vomitar en la hierba—. En fin, supongo que os he arruinado el Gatorade morado a todos.

—Sí, y era el mejor sabor de todos.

—Lo siento.

Cam por fin pudo mantenerse sentada lo bastante para evaluar los daños. El castillo hinchable era naranja, rojo y amarillo. Había una torrecilla de rayas que seguía hinchada y que la brisa movía de un lado a otro. El resto estaba aplastado, como si alguien le hubiera lanzado un enorme globo de agua desde un avión. Cúmulo estaba en medio; la pintura color azul vapor resplandecía a la luz de la luna.

—Gracias a Dios que no había nadie saltando.

—Y que lo digas, susurradora de asnos.

—Gracias a Dios que no había nadie saltando —repitió Cam, y empezó a quedarse dormida.

El hospital de Promise tenía el tamaño y la forma de una escuela primaria: era un pequeño edificio cuadrado con azulejos de linóleo dorado, las paredes pintadas de verde azulado y enfermeras a la vieja usanza que todavía llevaban vestidos blancos, zapatos blancos y sombreros blancos que parecían de papel. Cam pensó que se había despertado en 1965.

Su madre y Perry estaban sentadas en unas sillas de vinilo moradas que había en su habitación privada. Habían llevado a Cojincito, un pequeño cojín en forma de avión con una funda de satén que su abuela le había hecho cuando era un bebé. Cam frotó la esquina fría con los dedos y se tranquilizó al instante.

—Ahora que tengo a Cojincito ya estoy bien. ¿Podemos irnos de aquí? —Le dolían los músculos de la garganta por el tubo que le habían metido la noche anterior.

—En realidad, creo que es mejor que antes hablemos un poco. —Un hombre bajito con el pelo negro estaba sentado en una silla a la derecha de la cama, con un bloc de notas amarillo en el regazo. Tenía una barba tupida a lo GI Joe que necesitaba desesperadamente un buen afeitado y movía el bolígrafo con ademán nervioso. Cam ni siquiera se había fijado en él hasta ese momento.

—Venga ya —protestó Cam—. ¿Es que nadie ha avisado a este tarado?

Alicia y Perry se encogieron de hombros y volvieron a concentrarse en su móvil (Perry) y en su labor (Alicia).

—Si no hablas con él no te darán el alta —le dijo su madre sin levantar la vista de las agujas.

—¿Es eso cierto? —le preguntó Cam al psiquiatra—. Y, por favor, no responda a mi pregunta con otra
pregunta.

El psiquiatra, que estaba a punto de hablar, cerró
la boca, estupefacto.

—Magnífico. ¿Quiere saber lo que le pasó a mi último psiquiatra o prefiere firmar esos papeles y facilitar-
nos las cosas a todos?

Cuando estaban en St. Jude's, Lily y ella compartían
psiquiatra. Era un tipo nervioso y empollón llamado
Roger que, según habían descubierto al buscarlo en
Google, había ganado el campeonato nacional de cubos
de Rubik en 1986. Se habían dedicado a torturar a aquel
pobre hombre utilizando las sesiones para explicarle los
detalles más íntimos de sus sueños eróticos inventados.
Las pillaron porque Lily fue demasiado lejos e incorporó un cubo de Rubik en uno de ellos, lo que era demasiada coincidencia, incluso para Roger.

—¿Me estás amenazando? —preguntó el Nuevo
Psiquiatra.

—¿Cómo le hace sentir eso? —preguntó Cam de
forma inexpresiva mientras miraba al televisor, lo
apuntaba con el mando a distancia y cambiaba de canal. Apareció *La ruleta de la fortuna*—. Circonita cúbi-
ca —adivinó Cam al ver el panel. Y tenía razón.

—Estás llamando la atención —dijo él.

—¿Cree que las coincidencias son solo coincidencias o cree que deberíamos prestarles más atención?

—¿Qué crees tú?

—¿Cómo es posible que supiera que iba a decir eso? ¿Mamá? Por favor, ¿puedes rescatarme de este im..., quiero decir, de este hombre tan amable? —En situaciones como esa, convenía recordar quién tenía el poder.

—Estoy disfrutando de verte sufrir, Campbell.

—¿Por qué?

—¿Por qué? ¿De verdad necesitas preguntar por qué? Campbell Maria Cooper... —Se le rompió la voz y negó con la cabeza.

—¿Qué? —preguntó Cam—. Por favor, no llores. —A Cam le resultaba imposible no llorar cuando su madre lloraba, por ese vínculo emocional y umbilical de la primogénita y todo ese rollo.

—Campbell, jamás, en toda mi vida, me he rendido en lo que respecta a ti. Ni una sola vez.

—Eso es cierto —dijo Cam.

—Pasara lo que pasara.

—Lo sé.

—Es como si fueras mi corazón, latiendo fuera de mi cuerpo.

—¿Y entonces yo qué soy, tu hígado? —masculló Perry.

—No, tú también eres mi corazón. Mi otro corazón.

—Sí, claro —contestó Perry.

Alicia dejó su labor y se puso de pie.

—Cam, anoche te rendiste. Me abandonaste, a mí, a todos. Y me rompiste el corazón. No me puedo creer que hayas sido capaz de hacernos eso.

—No se lo estaba haciendo a nadie, mamá. Lo estaba haciendo y punto. Tenía que hacer algo y ya está. Lo siento. —Tras un momento de pesado silencio, añadió—: Llevaba puesto el cinturón de seguridad.

—Ah, fantástico. Gracias, Campbell. Doctor Zimquist, creo que ya no le necesitamos. Llevaba puesto el cinturón de seguridad, así que todo está bien. —Su madre se rio, pese a estar llorando, y la abrazó.

—Lily... —empezó a decir Cam mientras abrazaba a su madre, pero enseguida rompió a llorar.

—Ya lo sé, cariño. Ya lo sé.

Perry fue a la cama y se unió al abrazo en grupo.

Tras unos instantes, Alicia levantó la vista y dijo:

—Doctor Zimquist, creo que esto sería lo que en su campo llaman avanzar. Hemos llegado a ese punto bastante rápido porque no tenemos tiempo para años de terapia. ¿Podría firmar los papeles, por favor?

VEINTICUATRO

Hacía dos días del lavado de estómago y esa experiencia la había hecho retroceder un poco. Desde que había llegado a Promise, había recuperado algo de peso y de color. Había engordado un poco, los huesos de sus articulaciones estaban un poco menos marcados y su piel había recuperado su pigmentación natural. Sin embargo, desde el incidente, estaba fría, pálida y frágil.

Estaba en la cama del mirador, tapada con siete mantas, viendo *Sonrisas y lágrimas* en el portátil. Quien la conocía (Lily… y Lily, ahí terminaba la lista) siempre se sorprendía de que fuese una de sus películas preferidas.

Había películas que le gustaban más, por supuesto: *Chinatown, Ghost World, Cowboy de medianoche, Ciudadano Kane, ¡Olvídate de mí!…* Había incluso algunos musicales que le gustaban más, como *Un americano en París*, por ejemplo, o *Dirty Dancing* (con Patrick Swayze, que en paz descanse).

Sin embargo, *Sonrisas y lágrimas* era como un refugio para ella. Era la película a la que recurría cuando necesitaba aislarse del mundo, parar un poco y volver a empezar. Estaba relacionado con la tristeza que se filtraba en las esperanzadas melodías. Le daba la sensación de que, pasara lo que pasase, la tristeza seguía estando allí. Incluso en el momento del final feliz, cuando están cruzando los Alpes en dirección a la libertad y Cristopher Plummer se sube a Gretl a caballito. Incluso ese momento está infundido con la tristeza que supone que abandonen su hogar para siempre.

Cam lo había visto 257 veces.

Se acurrucó más bajo la séptima manta, que le llegaba a la barbilla, y se bajó las mangas para cubrirse las manos con ella. «Quizá la tristeza y la esperanza puedan coexistir», pensó. Le parecía una idea significativa. Tal vez Cam pudiera albergar esperanza sin negar esa parte tan importante de sí misma que necesitaba estar triste. No tenía por qué sacrificar una por otra. Quizá todo el mundo se sentía a la vez esperanzado y triste en cada momento de sus vidas.

Julie Andrews empezó con el espectáculo de marionetas *El cabrero solitario* y se ganó al capitán con su inocencia y su rostro sudoroso y sonrosado. Estaba a punto de quitarle la guitarra a Liesl y cantar «Edelweiss», la parte preferida de Lily, excepto por la despedida contenida y llorosa de la baronesa Schraeder en el balcón, por supuesto. La baronesa Schraeder les encantaba a las dos. Era el nombre de la banda de punk imaginaria de Lily.

Pensar que Lily se había ido para siempre la destrozaba. Era como si le hubieran arrancado el alma del cuerpo, si creías en cosas como las almas.

Ni siquiera había podido despedirse.

Cam recordó de nuevo el arcoíris nocturno. Intentó no pensar que era una señal, un mensaje final de Lily en el que le hacía saber que todo iría bien. Parte de ella sabía que debía de haber sido una alucinación por las drogas, pero le había parecido tan real... Y era exactamente como Lily lo había descrito hacía un año, cuando le había contado lo que veía cuando muriera. Ese destello de color, esa luz cegadora sobre un cielo nocturno.

El capitán Von Trapp se negó a colgar la esvástica en la entrada principal. «¡Qué torpe he sido! Pretendía acusarle», le dijo a ese simpatizante de los nazis tan repugnante. Era otra de las frases preferidas de Lily.

Era extraño, pero sentía a su amiga muy cerca, más que cuando todavía habitaba el planeta. Cam casi podía notarla acurrucada a su lado en aquella misma cama. Y eso hacía que se sintiera segura..., ¿quizá incluso esperanzada? Y menos asustada.

Julie Andrews le estaba enseñando un baile tradicional austriaco a Kurt cuando el capitán los interrumpió.

Quizá, si pensabas en una persona, esta nunca desaparecía del todo. Sonaba muy cursi, pero en realidad había una explicación científica para ello. Si crees que los pensamientos son energía y la energía es igual a la masa ($E = mc^2$), y la masa jamás desaparece, una persona no puede abandonarte del todo a no ser que dejes de pensar en ella. Todo lo que compartías con esa persona sigue flotando en el universo. Cam tenía que admitir que el amor debía de ser real, y el amor permanece. Las relaciones permanecen. Porque los pensamientos son energía, y la energía es masa, y la masa nunca desaparece.

Cam necesitaba un poco de aire fresco.

Salió a su balcón y miró a través del telescopio. Eran casi las once de la mañana, así que lo movió hasta que consiguió concentrarse en el muelle gris que había tras el vivero de langostas, donde el rubio y fornido cocinero, Smitty, estaba a punto de darse su baño diario en el mar. Salía cada día por la puerta trasera del restaurante con un bañador azul marino estilo bermudas y las manos sobre su enorme barriga peluda y se dirigía al final del muelle. Se sumergía, nadaba hasta una boya que había en la bahía y volvía. Cuando se impulsaba para salir del agua, la barriga había desaparecido casi del todo. No es que tuviera una tableta de chocolate ni nada, pero, de algún modo, el agua lo cambiaba.

Buscó el cementerio. Movió el visor hasta el camposanto que había en la ladera de la colina y escudriñó las tumbas gris oscuro que despuntaban desde la tierra como lenguas de piedra. «ZENOBIA DRAKE MCCLELAN (1895-1995)»; «ALLASTAIR DUBOIS (1907-2007)»; «AMANDA HAWTHORNE (1887-1987)». Casi todos los queridos hermanos, hermanas, madres y padres del cementerio de Promise, con la notoria excepción de «LISA

Y THOMAS WHITTIER (1955-1994)» habían vivido exactamente cien años.

Quizá ese pueblo sí que era un poco raro. No diría que estaba encantado, no, no iría tan lejos, pero sí que era raro.

—¡El correo! —gritó Perry. Había recibido instrucciones estrictas para dejarla en paz, así que en lugar de subir las escaleras corriendo, como de costumbre, lanzó un enorme paquete por el hueco del suelo que aterrizó en el último escalón con un golpe sordo.

Cam se quedó mirando el sobre, sencillo, recubierto de burbujas en su interior. No reconoció la caligrafía. «¿Ves? —pensó—. Raro». Se suponía que nadie sabía dónde encontrarla. Nadie tenía aquella dirección. Abrió el sobre.

Un marco blanco que le resultaba familiar cayó sobre la cama. Era la fotografía de Cam y Lily en St. Jude's. Estaban sentadas en la cama jugando al Risk, conquistando el mundo desde su habitación de hospital. Alicia les había pedido que posaran para una foto y ellas se habían inclinado sobre el tablero para abrazarse. Las bolsas de fluidos de aspecto amenazante colgaban de los goteros que había tras ellas y sus brazos estaban amoratados por las muchas veces que los habían pinchado. Aun así, sonreían. Sin pelo, casi parecían hermanas.

Lily había recubierto todo el marco de corazones plateados y brillantes. Sabía lo mucho que Cam odiaba la purpurina de cualquier tipo, y esa era exactamente la razón por la que lo había hecho. Cam sonrió. Era justo lo que se hacía por alguien a quien querías.

Acarició los corazones con un dedo. Estaban pegados al marco con una pistola de silicona. Exhaló y sintió que llevaba mucho tiempo aguantando la respiración.

Lo siguiente que abrió fue un cómic, y no un cómic cualquiera: era *Quimiosabia y Bola de Billar en Manhattan*, terminado por un ilustrador de cómics profesional y con una portada brillante, como las de Marvel.

Cam sacudió el sobre por última vez y un papel cayó sobre la cama. Reconoció de inmediato el sobre con dibujos de calaveras de Hello Kitty: era el juego de cartas personal de Lily. Solo ver la caligrafía de su amiga en el exterior del sobre, más temblorosa de lo habitual, fue demasiado para ella.

No se sentía capaz de abrirlo. Tendría que dejarlo para otra ocasión. Por el momento, se tumbó en la cama, bien hundida en la colcha, rodeada de su correo milagroso.

Cam se llevó a la playa el enorme cubo amarillo de Homer. Era una especie de palangana de tamaño industrial, esa clase de cubos que algunos chicos de ciudad usan como tambor. Le dio la vuelta y se sentó encima, presionando el borde contra la arena. Se cruzó de piernas y metió las manos en los bolsillos de la sudadera, apretándosela contra el cuerpo para protegerse de la fría brisa del océano.

Se estaba acostumbrando a la arena y la sal. Le gustaba el efecto que tenía en su pelo, que parecía mucho más grueso y brillante ahora que había dejado de rapárselo. Le había crecido muy rápido, increíblemente rápido; de hecho, ya le llegaba más abajo de la barbilla. Su piel estaba limpia y seca, no congestionada con esa porquería que se te queda en los poros cuando vives en la turbia humedad de un pantano. Vivir allí implicaba hacerlo en un estado constante de exfoliación.

Cam se sacó la lista del flamenco del bolsillo de la sudadera. Tras la muerte de Lily, le parecía adecuado hacer un inventario de lo que había logrado en su joven y posiblemente muy corta vida.

La desdobló y leyó su caligrafía de persona relajada en un campamento de verano. El papel se agitaba ligeramente al viento.

- Perder la virginidad en una fiesta rollo botellón, con barril de cerveza y todo. Hecho
- Que un gilipollas me rompa el corazón. Hecho
- Regodearme en la tristeza, lloriquear, patalear y dormir un sábado entero. Hecho
- Vivir un momento incómodo con el novio de mi mejor amiga. Hecho
- Que me despidan de un trabajo de verano. Hecho, sin duda
- Ir a derribar vacas dormidas, el legendario pasatiempo de la América rural. Lo del burro se le acercaba bastante.

- Destrozar los sueños de mi hermana pequeña. Hecho
- Acosar a alguien, aunque de forma discreta e inocente. Hecho
- Cometer robos de poca monta. Hecho

Cam estuvo a punto de soltar una carcajada. Había logrado tachar cada patético punto de la lista sin ni siquiera intentarlo, tal y como decía el libro de Lily.

No sabía si tenía que hacerle gracia o avergonzarla. Si hubiera sabido que lo de la lista iba a funcionar, quizá habría apuntado un poco más alto. ¿Qué habría pasado si hubiese escrito «Acabar con el hambre en el mundo» o «Revertir el cambio climático»? Había logrado su objetivo de convertirse en una adolescente normal y desgraciada, con «desgraciada» como el adjetivo principal. Se alegró de que Lily no hubiese visto la lista.

—Eh.

Cam dio un brinco.

—¡Por el amor de Dios! Alguien debería ponerte un cascabel en el collar.

—Perdona. ¿Qué haces? —Asher llevaba unos pantalones caquis arremangados y una camisa de cuadros azul marino abierta sobre una camiseta blanca.

—Nada, estoy aquí sentada.

—¿Qué es eso? —preguntó, señalando la lista.

—Nada. El trabajo de toda una vida. —Cam se metió la lista en el bolsillo. Sentía que le ardía el rostro de la vergüenza. Todavía no había encontrado el momento de darle las gracias por salvarle la vida.

—Sobre la otra noche... —empezó a decir él.

—Sí. Gracias por lo que hiciste. Muchas gracias —dijo Cam, por una vez, sin sarcasmo. Un barco enorme surcó la bahía ante ellos. Ella se quedó mirando la gavia, que estaba estirada y tensa contra el viento. Todavía no se sentía capaz de mirarlo a él.

—No hay de qué —dijo—. Un día como otro cualquiera.

—¿Para quién, para un superhéroe? Oficialmente todavía no eres uno, ¿no? Quiero decir, entre los valientes rescates y la *batcueva*... Debería haber sumado dos y dos. —Cam bajó la vista y empezó a crear un canal en la arena con el talón.

—Me asustaste, Cam —dijo Asher. Un barco pesquero de langostas había cruzado la bahía, provocando un oleaje espumoso que llegaba hasta la orilla. Las olas más altas rompieron y salpicaron contra la playa durante un minuto y luego todo volvió a quedar en calma.

—No tuviste que hacerme el... el... —empezó a decir Cam. No quería terminar la frase.

—¿El boca a boca?

—Sí.

—No.

—Ay, menos mal. Habría sido asqueroso.

Asher sonrió. Respiró hondo y preguntó:

—No lo hiciste por...

—¿Por qué?

—Por lo que viste en el aparcamiento, ¿no?

Cam soltó una carcajada y resopló a la vez, algo que no estaba segura de haber hecho alguna vez.

—No. Me da igual lo que hagas en tu tiempo libre, Batman. No te lo tengas tan creído.

—Porque eso era solo una situación rara que…

—No quiero saberlo, en serio. No hay nada que puedas hacer que me haga tirarme con el coche por un acantilado.

—¿No soy digno de un acantilado? —bromeó mientras cogía una roca plana, pero su mirada era seria. La hizo saltar cinco veces por la superficie del agua, en lugar de las siete que solía conseguir.

—Mi mejor amiga se ha muerto de la misma enfermedad que tengo yo —le confesó con sobriedad mientras observaba cómo la piedra desaparecía bajo la superficie del agua.

Se hizo el silencio y los dos escucharon el ruido de las olas unos segundos.

—Lo siento mucho, Cam —dijo él, y ella por fin se permitió mirarlo a los ojos.

—De todos modos, tampoco merece la pena tirarse por un acantilado por eso.

—Nada lo merece —coincidió él.

—Siento mucho que tuvieras que verlo —dijo ella. Se levantó y quitó el cubo de la arena.

—Es agua pasada.

—Hablando de agua… Tengo que llevarle un poco a Homer.

Esa vez dejo que él cargase el cubo por ella. Subió la colina con el agua de mar, intentando que no cayera mucha a la hierba. Cuando llegaron al acuario, Homer dio unos golpecitos en el cristal y subió las pinzas desesperadamente, como si estuviera intentando escapar.

—Deberíamos liberarlo.

—Sí, deberíamos —respondió Asher, distraído—. Aquí se siente solo.

Llevaron a Homer a la playa en su enorme cubo amarillo y lo acercaron al final del malecón. El sol todavía picaba, pero soplaba una brisa suave y fresca. Las olas que rompían contra el malecón generaban una neblina salada que empezó a humedecerles las camisetas. Cam se resbaló en las rocas mojadas, pero Asher le tendió una mano para ayudarla.

Cuando llegaron al final —el famoso sitio donde James Madison había hecho el salto del unicornio—, sacaron a Homer de su cubo y lo alzaron en el aire para que pudiera admirar las vistas.

—Deberíamos usar tu pulsera para identificarlo —propuso Cam, mirando la pulsera de goma que Asher llevaba en la muñeca, en la que había escrito «Libertad»—. Así los pescadores siempre lo dejarán libre.

—Buena idea.

Asher le puso la pulsera en una de las articulaciones y le dio dos vueltas para que no se le cayera. Luego lo alzó para que Cam pudiera darle un besito antes de lanzarlo a la bahía.

—¡Libertad! —gritaron al unísono, y a ella le recordó a la película *Braveheart* y a cuando Mel Gibson se emborracha y se pone tan loco. Contemplaron cómo Homer daba vueltas en el aire como un disco volador en forma de langosta hasta dar contra la superficie. Cam creyó verlo flotar unos instantes antes de que se lo tragasen las olas.

No pudo evitar reparar en que, aunque hacía rato que había recuperado el equilibrio, Asher todavía la tenía cogida de la mano.

VEINTICINCO

Se había producido un cambio.

En lugar de dedicarse a su rutina de bricolaje diaria o ir a buscar a Perry para jugar al ajedrez, lo primero que Asher hizo aquella mañana fue llamar a Cam desde el escalón de abajo para preguntarle si quería ir a dar una vuelta en coche.

—¿Adónde? —preguntó ella.

—Por ahí —contestó él—. Creo que nadie te ha hecho el gran tour de Promise.

Como no podía verla, Cam hizo un bailecito silencioso de felicidad antes de responder.

—No sé. Tengo mucho que hacer hoy. —No quería parecer demasiado entusiasmada.

—Vale. Pues nos vemos luego. —Oyó unos pasos que se alejaban.

—¡Espera! —exclamó Cam, y casi se lanzó por las escaleras. Cuando llegó a la mitad, se dio cuenta de que Asher no se había movido del sitio. Estaba allí plantado, mirándola con los brazos cruzados y esa media sonrisa que esbozaba hacia el lado izquierdo de la cara.

—Estabas de farol y te he pillado —dijo.

—Ya lo veo. Bajo en cinco minutos.

—Vale.

Asher quería enseñarle siete lugares, entre los que estaba el cementerio indio mágico, la única secuoya viva de la Costa Este y el Stonehenge de Promise, tres peñascos enormes que se erigían en un equilibrio imposible, colocados precariamente uno encima del otro. Luego echaron un vistazo a los cómics de la vieja librería del pueblo y en la tienda de segunda mano y anticuario, Asher le compró una vieja trampa para langostas pintada de rosa flamenco.

—Entonces, la mujer del coche... —Cam por fin tuvo el coraje de sacar el tema cuando iban a comer.

—Pensaba que no te importaba lo que hiciera en mi tiempo libre —replicó Asher, que iba al volante del Jeep. Conducía por una carretera costera llena de curvas que cruzaba una turbera de agua salada que olía a orégano y a salvia silvestre.

—Eso era ayer. Hoy es hoy.

—No era nada.

—Ya. Pues sí que parecía algo.

—Se ha terminado, Cam —afirmó. Tragó saliva con fuerza y adoptó una expresión seria.

—Bueno es saberlo —dijo ella.

La carretera terminaba abruptamente en otra península rocosa. En una especie de losa que sobresalía por encima del océano, había un pequeño puesto de mariscos y unas mesas de pícnic. Cam pidió pescado con patatas fritas y Asher, almejas crudas. Se sentaron el uno frente al otro y fingieron que sus pies no se estaban tocando por debajo de la mesa.

—Nunca has probado las almejas, ¿verdad, susurradora de asnos?

—Nunca he tenido tanta hambre como para pensar que era una buena idea.

—Están buenas —dijo mientras exprimía un limón encima de una. Luego echó la cabeza hacia atrás y se tragó la masa escurridiza de color melocotón.

—Si tú lo dices…

—Venga —la animó— Solo una.

—Ay, Dios. Vale. Solo una.

—Ya te busco yo una pequeña —se ofreció. Seleccionó una perfecta y le exprimió el limón encima—. Toma.

Cogió la concha por el borde. En realidad era una genialidad: comida que venía con su propio plato. Cerro los ojos, echó la cabeza hacia atrás y masticó lo que había por masticar. Estaba buena. Fría, húmeda y salada como el mar. Y también un poco dulce.

De camino a casa, él mantuvo su mano derecha sobre la de ella en todo momento. Fue entonces cuando Cam lo sintió: ese cosquilleo estremecedor que le recorría todo el brazo, el mismo que había notado cuando había intentado tomarle el pulso la otra noche. Exactamente la misma sensación que Lily había descrito, la de cuando sabes que alguien te quiere.

En casa, Cam quiso dejar su nueva trampa para langostas en el sótano, así que Asher la siguió hasta allí. Encontró una estantería perfecta donde colocarla, al lado del viejo acuario de Homer. Cuando se dio la vuelta, Asher estaba apenas a tres centímetros de distancia.

—Estás invadiendo mi espacio personal —bromeó ella.

—Lo hago a propósito. —Le puso las manos a los lados de la cintura y el aire que los rodeaba, de algún modo, se hizo más denso cuando él inclinó la cabeza hacia la suya. Primero la besó en la frente y luego le alzó la barbilla para mirarla a los ojos—. Voy a besarte —dijo.

—¿Siempre lo anuncias así?

—Es que pareces la clase de chica que tal vez se asuste.

—Qué va —contestó Cam mientras levantaba un dedo y trazaba suavemente la forma de sus labios—. En realidad, si no me besas ahora mismo, te besaré yo a ti.

Él hizo una pausa un segundo, con los labios a solo un centímetro de los de ella; la provocó, respirando su aliento. Por fin, le rozó los labios con los suyos ligeramente, luego de una forma más insistente, para después besarla con más fuerza. Cam se dio cuenta, mientras lo hacía, de que besar era como un arte. Era un tira y aflo-ja constante, un baile. Se había pasado la vida practi-cándolo.

Asher la hizo retroceder y cayó en el feo sofá de cuadros escoceses. Él cayó encima, pero ella le puso una mano en el pecho para mantener la distancia.

—No sé si debería tener una relación ahora mismo —dijo Cam—. Acabo de salir del psiquiátrico.

—¿Quién ha dicho nada de relaciones? —Asher sonrió y luego se inclinó para besarla en el cuello.

—Ah, conque esas tenemos, ¿eh? Bueno, no pue-des volverme más loca de lo que estoy. Como te decía, he estado en el psiquiátrico, y todo eso.

—Me gusta que las mujeres estén un poco locas —contestó él. Se tumbó a su lado, apoyándose en el codo. Tenían las piernas entrelazadas—. Pero no vuel-vas a hacer nada parecido.

—Te lo prometo —dijo Cam mientras le apartaba el pelo de los ojos.

Pasearon hasta el pueblo, alquilaron *Braveheart*, por-que Cam llevaba todo el día gritando «Libertad», y se encerraron en su cúpula para verla juntos, acurruca-dos en la cama. Cuando la película terminó y el sol por fin se había puesto, Cam miró por la ventana y empezó a contar en voz alta.

—¿Qué haces? —le preguntó Asher mientras unía los puntos con las pecas de su muslo.

—Cuento mis estrellas de la suerte. Este día casi no ocurrió.

Y, pese a lo mucho que su madre se había esforzado en el pasado para regalárselos, ese había sido el mejor día del mundo.

VEINTISÉIS

—Nana, ¿qué haces aquí? ¿Cómo has encontrado el pueblo?

Su abuela estaba en la puerta de Avalon Junto al Mar con una mochila y una maleta de cuero amarilla. Llevaba su visera de paja, unas gafas de sol enormes de plástico verde y su ropa de correr de nailon rojo.

—No ha sido fácil —contestó. No se estaba quieta y el chándal hacía ruido cada vez que se movía—. Dejad entrar a esta pobre vieja para que vaya al baño, por favor.

—Claro —contestó Cam, apartándose de la puerta.

—Qué casa más bonita —comentó la abuela mientras Cam la guiaba hasta el baño. Entró y cerró la puerta, pero no por ello dejó de hablar—. Me he enterado de tus travesuras. Campbell. Ya sabes que no tolero las travesuras, y sé que tu madre no sirve de nada en lo que respecta a las travesuras, así que he venido a ponerle remedio. Además, te echaba de menos. —Abrió la puerta y le dio un abrazo de oso.

—¡Me alegro mucho de que hayas venido!

—Mamá —dijo Alicia mientras entraba en la cocina—, ¿no tienes calor con eso puesto? Deberías usar fibras naturales, algo que respire.

—Esto respira. Me dijeron que tenía «propiedades transpirantes». Transpira. Esta es mi hija: dos segundos en esta casa y ya me está criticando.

—Lo siento, mamá. ¡Estás muy guapa!

—Bien.

—Bien.

—Campbell. Deja de intentar matarte. ¿En qué estabas pensando, intentando acortar tu vida todavía más? ¿Estás loca?

—Fue una enajenación mental transitoria, Nana. Ahora estoy bien.

—Tiene novio —gimoteó Perry con tono acusador mientras entraba y le daba un abrazo a su abuela.

—Ah. ¿Ves, Alicia? ¿No te dije que era eso lo que necesitaba? Igual un polvete acaba con el cáncer. ¡Funciona con los granos!

—¡Nana!

—¿Qué? ¿Cómo se llama?

—Me llamo Asher —intervino este. Entró desde el salón, donde estaba arreglando la puerta del armario empotrado. Metió el destornillador en el cinturón para las herramientas que llevaba puesto y le dio un apretón de manos a la abuela—. Encantado de conocerla, señora…

—Oh, por Dios, llámame Nana. —La abuela se sonrojó.

—Ve acostumbrándote, Nana. Aparece de la nada todo el tiempo.

—Vaya. Así que Asher, ¿eh? Vaya, vaya. Date la vuelta. Es muy guapo, Campbell. ¿Le estás echando polvos a mi nieta? —le preguntó.

—No, señora.

—Bueno, pues tienes mi permiso.

Y así fue como la vida amorosa de Cam se arruinó para siempre. Cuando echara «polvos» con Asher, si los echaba, tendría que dedicar todos sus esfuerzos a no pensar en su abuela.

—Te he traído el correo —dijo la abuela, tendiéndole dos sobres misteriosos más. ¿Cómo era posible que todas esas cosas llegasen hasta ella?

—Nana, ve a ponerte cómoda mientras yo echo un vistazo a esto —le pidió Cam. Subió a su habitación y rompió el sobre de Harvard para abrirlo.

Con toda la fama que Harvard tenía, le fascinaba que fueran tan poco dados a la tecnología. Según un papelucho impreso de color rosa, era hora de que eligiera su seminario del primer curso.

Sabía que no debía, pero se permitió echar un vistazo a la lista de asignaturas posibles. Si pudiera elegir cualquiera de ellas —y sabía que no podía—, ¿cuál sería? Podría aprobar Biología y Ciencia del Cáncer y sus Tratamientos con los ojos cerrados. Vida y Obra de George Balanchine apelaba a la bailarina que había en ella. ¿Por qué cantan los animales? culminaba con una actuación en la que los estudiantes hacían sonidos de animales en el Museo de Historia Natural. ¿Iba en serio?

Elegiría La Ciencia de la Navegación porque no sabía nada al respecto, ¿y no se trataba de aprender algo nuevo? Además, si iba a relacionarse con gente rica, probablemente era buena idea saber algo sobre navegar. O podía elegir Los Poemas de Walt Whitman porque en la descripción del curso habían utilizado las palabras «prosodia» y «*bildungsroman*».

El otro sobre era de la fundación Pide un Deseo. Tragó saliva y deslizó el dedo por la solapa.

«¡Felicidades, Campbell! —decía la carta—. ¡Pide un Deseo te invita a ti y hasta a diez amigos a Disney World!».

Cam se echó a reír a la vez que se le llenaban los ojos de lágrimas. «Esta es buena, Lily», pensó.

—¡Cam! —la llamó Asher desde la planta baja. Ella se apresuró a esconder el correo debajo de la cama.

—Un minuto.

—Tengo que ir a mirar las trampas.

¿Las trampas?

—¿Qué narices quieres decir, explorador? ¿Estamos en 1765? ¿Te has convertido de repente en un comerciante de pieles? —contestó ella.

—Las trampas para langostas. ¿Quieres venir?

—¿Yo? ¿A matar langostas?

—Solo las grandes. Las pequeñas las devolvemos. Puedes tomártelo como ir a salvar langostas bebé.

—Bueno, si me lo pintas así… —bromeó Cam.

El barco, que se llamaba Stevie porque a Smitty le gustaba Stevie Nicks, estaba amarrado detrás del vivero de langostas. Se mecía, se balanceaba y rechinaba contra los parachoques con los golpes de las olas. Dentro había una maraña de cuerdas —«sedales», según aprendió Cam—, redes, cubos, ganchos, navajas y poleas. Todo parecía afilado y peligroso, como un cuarto de tortura flotante para langostas.

—No sé yo… —dijo Cam.

—Vamos. Solo necesitas vestirte adecuadamente. Toma. —Le puso un gorro de lana con orejeras en la cabeza y le dio unas botas de goma enormes y unos guantes naranjas gigantescos que parecían pinzas de langosta—. Estás adorable.

—Puaj. No quiero formar parte de tu fetiche con las pescadoras.

—Demasiado tarde —contestó Asher—. Entra.

Pero antes de que se fuera, Royal llegó al muelle con un barco diferente. Estaba con otro robusto adolescente de Maine llamado Grey.

—Llegas tarde —dijo este último mientras enrollaba un sedal alrededor de un amarre de metal—. Ya nos hemos encargado nosotros, jefe.

—¿Sí? —preguntó Asher.

—Ajá —dijo Royal.

Cam estaba impresionada porque aquellos chicos hubieran estado dispuestos a dejar su adolescencia en el muelle y cargarse a las espaldas la responsabilidad de los adultos. Era refrescante conocer a gente que trabajaba de verdad, ya que no conocería a esa clase de personas en Harvard (aunque no es que fuese a ir). Eran personas que seguían vinculadas a la tierra, al mar, a su comunidad; gente que se sentía responsable por algo más allá de su nota media. Rechazó de inmediato su negativa cursi a comer langosta y se juró comerse una en cuanto volvieran.

—Pues qué suerte —dijo Asher—. Supongo que será una vuelta en barco por placer, entonces.

—Así vestida y sin ningún sitio adonde ir —bromeó Cam alzando las manos, escondidas en los guantes naranjas.

—Podemos coger al menos una para ti —propuso Asher.

—¿Podemos comérnosla también?

—Como tú quieras. —Le guiñó un ojo.

Asher ancló el Stevie en el centro de una calita recóndita de la bahía, escondida del mundo gracias a unas rocas grises y afiladas que la rodeaban como si fuera una fortaleza. El barco se movía con violencia junto a una boya. Asher la sacó del agua, ensartó el sedal en un complejo sistema de poleas y empezó a tirar de él.

—Toma, acaba tú —le pidió cuando ya había tirado varias veces de la cuerda.

Cam obedeció y tiró empleando todo el peso de su cuerpo, como un niño pequeño que hace repicar las campanas de la iglesia. La trampa pesaba, tenía todo el océano encima. Cuando por fin emergió en la superficie, Asher la cogió, la abrió y empezó a quitarle las algas. El sol se le reflejaba en las gafas de sol y en las mechas rubias de su pelo y, al mirarlo, Cam estuvo a punto de quedarse sin respiración, aunque no lo habría reconocido ni en un millón de años. O en las pocas semanas que le quedaban.

En la trampa había dos langostas que se miraban entre ellas, tendiendo sus enormes pinzas como si estuviesen cogiendo con delicadeza sendas tacitas de té.

—Venga, haz los honores —dijo Asher—. Cógelas por el tronco.

La primera que cogió estaba infestada de unos diminutos glóbulos negros que llevaba pegados a la barriga.

—¡Puaj! —exclamó Cam. Estuvo a punto de tirarla.

—Espera, son huevos —dijo Asher—. Tenemos que devolverla al mar.

El caparazón de la siguiente tenía exactamente el mismo ancho y circunferencia que Homer. Cam la sacó cogiéndola de la cola y le dio la vuelta para ver si tenía huevos. El animal desenrolló la cola y coleteó unas cuantas veces, como un labrador feliz que golpeara el suelo con la suya.

—Tranquila, chica —le dijo ella.

La puso de lado y vio que tenía unas algas enganchadas en la articulación de la pinza. Las quitó con el dedo índice de su mano enguantada y vio que había algo que cubría el brazo de la langosta: «L... I... B... E...».

—Esto, Asher... —dijo. Él estaba rellenando la trampa con un pescado muerto—. ¡Asher! ¡No te lo vas a creer!

—Es una langosta, Cam. Veo cientos de ellas todos los días.

—Asher... —Homer volvió a coletear y Cam lo dejó caer. Aterrizó en la bañera del barco con un golpe sordo.

—¿Te ha pellizcado? —preguntó Asher. Se agachó para recogerlo sin decir nada más—. ¿Homer?

—¿Es posible?

—Y ya ha encontrado novia. Bien hecho, Homer.

—Parece que no quiere irse de Promise.

—Conozco la sensación. Toma, dale un beso y lo devolvemos. —Lo alzaron al cielo una vez más y los dos gritaron «¡Libertad!» mientras Homer giraba por los aires y caía de nuevo en el océano.

Cam respiró hondo. El viento se sentía tan fresco y limpio como el día que había llegado a Promise. Asher la cogió de la cintura y metió el pulgar en una de las presillas de su cinturón. Contemplaron juntos el nuevo hogar de Homer, la cala azul grisáceo. Cam notó el peso de Asher junto a ella y algo se le relajó en las entrañas. Era un calor en su interior que no conocía y que, según se dio cuenta poco a poco, era la sensación que provocaba el contento.

Cam sacudió la mano derecha, impactada por haber vuelto a tocar a Homer. Recordó que Elaine le había dicho que prestara atención a las coincidencias.

¿Encontrar a Homer había sido una coincidencia o una señal? Y, si era una señal, ¿de qué? ¿De que estaba en el camino correcto? ¿El camino hacia dónde? ¿Significaba que estaba un paso más cerca de la vida, o de la muerte?

Cam contempló el mar y decidió que era una coincidencia. Pero estaba empezando a prestarles atención.

VEINTISIETE

Cam tomaba el sol en la proa mientras Asher cocinaba en la pequeña cocina del barco. El balanceo casi la había hecho dormirse y cada vez que empezaba a notar demasiado el calor del sol, una brisa suave la acariciaba y la refrescaba. Podría haberse quedado allí para siempre, escuchando la música de las gaviotas y el repiqueteo de los mástiles de los barcos del puerto.

—¿Qué quieres hacer? —le preguntó a Asher cuando acudió junto a él en la cocina. El chico se sentó detrás de ella, envolviéndola con su suave bíceps mientras intentaba ayudarla a partir la primera pinza de langosta de su vida.

—¿Qué quieres decir? —La rozó con el antebrazo mientras intentaba partir la pinza y a ella se le pusieron los pelos de punta.

Asher sacó la carne blanca de la pinza y se la dio de comer con los dedos goteando mantequilla derretida.

—Quiero decir que puedes hacer cualquier cosa. Puedes ir a cualquier parte, ser quien quieras ser. ¿Qué piensas hacer con todas esas posibilidades? —Estaba enamorada de lo capaz que era Asher. Sabía arreglar cosas, sabía manejar un barco y atrapar una langosta, cocinarla y dársela de comer. Era una de esas personas capaces de sobrevivir en cualquier parte.

—No sé. A veces siento que jamás me marcharé de aquí. Que haré esto para siempre… y no está tan mal. —Le dio un beso en el cuello.

—¿Y la universidad? —Si ella pudiera vivir una vida normal, iría a clase para siempre. Le encantaba ir a clase. Las libretas nuevas, los lápices, los bolis, los zapatos nuevos. El primer día de clase siempre había sido su día preferido. No se imaginaba renunciando a eso.

—¿Qué pasa con la universidad?

—¿No quieres ir?

—A veces, lo que quieres no importa.

—Deberías ir. —Se dio la vuelta y se subió a horcajadas sobre él, inmovilizándolo contra el pequeño cojín que tenían detrás.

—¿Quién me va a obligar?

—Yo —contestó ella, y le dio un beso con sabor a mantequilla.

—Un momento, ¿y qué vas a hacer tú en septiembre?

—Nada, probablemente. Pero me han aceptado en Harvard.

—Eres un cerebrito. Harvard solo está a tres horas de aquí, ¿sabes?

—Como si fueras a visitarme.

—Pues igual sí —bromeó. Se incorporó y le dio la vuelta de forma que quedó encima de ella, a cuatro patas. Le había aparecido una sombra de barba dorada y, por primera vez, Cam se fijó en su hoyuelo de la barbilla, que era de lo más sexy y masculino.

—*Ou te alofa ia te oe* —dijo ella.

—¿Qué significa eso?

—Ya te lo diré otro día. —Tiró del cuello de su camiseta para atraerlo hacia sí.

Estaban tapados con la única sábana que había en el barco, que era grisácea y no parecía muy limpia. Cam se levantó para vestirse.

—Ven aquí —le pidió él cuando ella se puso la sudadera. La abrazó y tiró de ella para que se tumbara de nuevo en lo que hacía las veces de sofá, cama y mesa de la diminuta cabina del barco. La embarcación se mecía a un lado y otro y el agua lamía los lados del casco entre pequeños y húmedos sonidos. Cam se tumbó y le apoyó la cabeza en el pecho. A través del ojo de buey vio una gaviota, que flotaba en el aire a la altura de sus ojos. Asher la besó encima de la oreja y susurró:

—¿Crees en el amor a primera vista?

—¿Y tú que crees?

—Seguramente no.

—Solo empecé a aceptar el concepto de amor romántico hace poco. Antes no creía en él —admitió.

—¿Y ahora sí? —preguntó él.

—Eso parece.

—¿Por el sexo?

Lo miró y le sonrió.

—No.

—Porque ha sido solo sexo —le dijo él con el semblante serio.

—¿Ah, sí?

—¡Ja! Estoy de broma, Campbell. ¿No te has dado cuenta de que era algo más? —preguntó mientras le hacía cosquillas en las costillas—. Me quedé prendado de ti en cuanto entraste en el vivero de langostas y preguntaste si podías adoptar una.

—¿Ah, sí? —preguntó Cam. Se recostó encima de él apoyada en los codos, para poder mirarlo a los ojos.

—Sí. —Se volvieron a besar, primero con ánimo juguetón y después con una actitud más romántica, hasta que Cam acabó desnuda otra vez.

—Te quiero —le dijo él cuando terminaron. La abrazó, la besó en lo alto de la cabeza y se lo repitió con la boca pegada a su pelo.

En realidad, Cam jamás se había imaginado un momento así. Si hubiera tenido que adivinar cómo se sentiría, lo habría descrito como alegre, emocionada, feliz y voluble; en cambio, se sintió inmediatamente enraizada, como si acabase de llegar a casa después de un largo viaje. «Por supuesto que me quieres», quiso decir, porque de repente todo tenía sentido.

—*Ou te alofa ia te oe* —susurró de nuevo.

Se volvió a vestir y se peinó el pelo negro, grueso y brillante con los dedos. Salió de la cabina y se sentó en la proa con las piernas cruzadas para contemplar la puesta del sol detrás del faro, como de costumbre, mientras Asher cerraba las escotillas o lo que fuera que tenía que hacer para volver a casa.

Pero, cuando se sentó, su mente empezó a dar vueltas y vueltas y empezó a tratar aquella experiencia como los seminarios de Harvard. Si pudiera estudiarla en un debate estimulante pero informal con los demás alumnos nuevos de la universidad, ¿cómo la llamaría? Adolescencia masculina y el nuevo paisaje de Nueva Inglaterra, Economía de las Langostas, Psicología de la Coincidencia, Caos y Satisfacción... Asher salió a cubierta y se la sentó en el regazo. Química del Amor de Juventud...

Una bolita blanca y suave, como una pluma, cayó del cielo, seguida de otra. Cam alargó las manos para atrapar algunas. Estaban heladas.

—Creo que está nevando —dijo, aunque ni siquiera ella lo creía.

—Estamos en julio, Campbell.

—¡Mira!

Él levantó la vista y escudriñó el cielo con los ojos entornados. Copos esponjosos del tamaño de las galletas de mar caían suavemente y en vertical, porque no había nada de viento. Formaron una fina cortina ante el atardecer abrasador. La superficie del barco ya estaba cubierta por un par de centímetros de nieve.

Cam hizo una bola y se la lanzó a Asher, que se la devolvió hasta que se quedaron sin nieve. Era surrealista. Cam contempló la orilla de la cala, donde la nieve se había apelotonado en montoncitos mullidos en los extremos de las ramas de los pinos. Una garza alzó el vuelo para escapar del frío.

—¡Los flamencos! —gritó ella al acordarse de las aves.

—¿Qué les pasa?

—Si se les congela el estanque se morirán. ¡Tenemos que sacarlos de allí!

Mientras Asher conducía el barco a toda velocidad, Cam se quedó detrás de él, rodeándole la cintura con un brazo. La embarcación surcaba las olas con violencia en dirección al muelle de Smitty. Los copos de nieve, grandes como mariposas, le salpicaban la cara mientras se desplazaban.

Asher amarró el barco corriendo, lo tapó y cogió unas botas grandes.

—Nos harán falta —dijo mientras corrían hacia el coche.

Los flamencos estaban allí plantados, temblando en la nieve, tal y como Elaine había predicho. La mayoría habían metido la cabeza entre las plumas para protegerse la cara del viento, como cuando los avestruces entierran la cabeza en la arena. El agua que había alrededor de sus tobillos estaba empezando a solidificarse; ya se había hecho una fina capa de hielo.

—¡Vamos! —gritó Asher, corriendo hacia ellos. Sacudió los brazos y graznó para intentar que emprendiesen el vuelo. Cam se dispuso a imitarlo, pero no pudo, porque se estaba partiendo de risa—. ¡Vamos! —gritó él—. ¡Has sido tú la que ha dicho que teníamos que sacarlos de aquí!

—Lo siento, es que estás muy gracioso. Vale, ya voy. —Respiró hondo, se puso las botas y echó a correr por el barro, también gritando y sacudiendo los brazos como si volara. Algunos flamencos sacaron la cabeza de entre las plumas y la miraron con gesto curioso. Se movían, nerviosos, pero ninguno de ellos echaba a volar. Cam siguió rodeando el perímetro—. ¿Hacia dónde está el sur? —le gritó a Asher—. ¡Tendríamos que guiarlos hacia el sur!

—¿Y yo qué sé? —Había dejado de correr y estaba caminando mientras intentaba asustar a los pájaros moviendo los brazos.

—Usa tus instintos náuticos —propuso Cam y echó a correr tras otro grupo de flamencos. La bota se le hundió en el barro y cayó de morros en el lodo marrón y pegajoso. Esa vez fue Asher quien se echó a reír. Cam estaba marrón de la cabeza a los pies, como si alguien la hubiera mojado en chocolate.

Cuando por fin consiguió levantarse del barro, se encontró mirando frente a frente a Colega, que seguía sentado en su montón. «Por eso no se van», pensó. La madre de Colega estaba de pie a su lado y estiraba el cuello, nerviosa, para picotear al polluelo. Quizá estaba intentando hacer que echase a volar, pero todavía no tenía plumas en las alas.

—Ya me encargo yo —le dijo Cam a la madre—. No te preocupes, yo lo cuidaré. —Se acercó de puntillas para no asustar a la madre pájaro. Gracias a los documentales de la televisión, había aprendido que las madres pájaro tenían un gran instinto de protección. También sabía que, una vez tocase al bebé, la madre lo abandonaría para siempre. Lo que no sabía era si Elaine disponía de los recursos necesarios para cuidar de un flamenco bebé, pero tendría que arriesgarse. El hecho de oler a caca de flamenco le resultó útil.

Se acercó a Colega con sigilo, intentando caminar de forma desgarbada como un flamenco y con la cabeza hacia delante. Luego lo cogió y lo acunó con el brazo derecho mientras con el izquierdo se defendía del salvaje ataque de la madre, que aleteó, pateó y la picoteó en la cabeza.

—¡Asher, ayúdame! —gritó.

Sin embargo, él se estaba riendo y lo único que pudo hacer fue gritar:

—¡Corre!

Cam echó a correr hacia la valla con Colega bajo el brazo, como si fuera un balón de fútbol americano. La madre la persiguió, primero a pie, pero luego desplegó las alas y, tras moverlas dos veces, echó a volar. Un parloteo de graznidos se extendió por toda la bandada, que enseguida emprendió el vuelo en filas ordenadas, siguiendo a la madre de Colega. Una enorme nube de plumas rosas se elevó desde la nieve.

Diez minutos después, toda la bandada volaba sobre sus cabezas. Por un segundo, Cam se permitió preguntarse si los flamencos habrían sido una señal. ¿Y si habían ido hasta allí por ella? Quizá, el que manejaba los hilos del universo estaba convirtiendo su vida en un enorme delfín de papiroflexia en lugar de arrugarla en una bola y tirarla a una papelera, inacabada, como si no fuese más que un gran fallo cósmico. Tal vez viviría un ratito más.

Cerró los ojos e intentó imaginárselo. Los ladrillos de los edificios de Harvard, el color de las populares alubias de Boston. Asher paseando por Cambridge en chanclas, estudiando con ella en su pequeña habitación en la residencia de estudiantes. Ella, bebiendo pintas con sus nuevos amigos en pubs antiguos con el techo bajo.

Respiró hondo.

—Lo hemos conseguido.

—Sí —coincidió Asher. La cogió de la mano y contemplaron cómo los últimos pájaros desaparecían en la distancia, como una colcha ondulante rosa y negra de flamencos, cosidos por los pedacitos brillantes del cielo.

VEINTIOCHO

—Te he traído una ofrenda de paz —dijo Cam al entrar en el vestíbulo de Elaine.

—¿Cam? —preguntó Elaine.

—¡Y Asher! —añadió él.

A Cam le daba miedo enfrentarse a Elaine sola. No hablaba con ella desde el incidente del burro, y no estaba segura de si ya se le habría pasado el enfado. Por suerte, James Madison se había recuperado y estaba en su corral, vestido con una manta azul marino que lo protegía de la nieve.

—Dios mío, Cam, deja que te traiga algo de ropa. Quédate ahí.

Elaine volvió con una sudadera enorme roja en la que se leía «VERBENA DE PROMISE 1993» y dijo que podía usarla de vestido.

—¿Qué es ese olor? Uf, igual es mejor que te duches fuera.

Y así fue como Cam se vio obligada a darse otra de esas duchas gélidas en el exterior mientras Asher le contaba a su tía lo que había pasado con Colega. Al menos había dejado de nevar. Le sentó bien sentirse limpia. Dejó que Colega se uniese a ella. El flamenco bebé se dio un baño de pájaro, chapoteando y sacudiendo su cuerpecito en el charco que había a los pies de ella.

—Ay, Colega. ¿Qué vamos a hacer contigo?

Cuando volvió, Asher la estaba esperando en el vestíbulo. Ella llevaba la sudadera a modo de vestido. Se la había ajustado a la cintura con el cinturón de él.

—Estás preciosa.

—Es bonita. Tiene un rollo ochentero, a lo *Flashdance*. —Tiró de una manga y se dejó un hombro al aire.

—Sí, lo sé. Lo decía en serio.

Colega ya se había acostumbrado a seguir a Cam como si fuese su madre pájaro. Ella se volvió para mirar cómo recorría el pasillo tras ella. Parecía muy feliz, dando saltitos con sus patas membranosas, poniendo una ante la otra, como un patito extrañamente recto.

—Elaine, este es Colega. Colega, esta es Elaine —los presentó Cam al entrar en la cocina. Elaine estaba sentada en el banquito de pino para desayunar y soplaba su taza de chocolate caliente. Había dejado otras dos tazas en la mesa para Asher y Cam.

—¿Qué voy a hacer yo con un Colega? —preguntó Elaine.

—Pensé que podrías tenerlo aquí hasta que pueda volar hacia el sur —respondió Cam—. Hemos tenido que espantar a los flamencos. No en plan asustarlos, meterles miedo, quiero decir que teníamos que espantarlos como se espantan las moscas.

—Ya sé lo que querías decir, pero a no ser que uno de vosotros esté dispuesto a comer gambas y vomitarlas para él, no sé cómo lo vamos a alimentar.

Cam y Asher se quedaron en silencio.

—Bueno, ¿y si llamamos al zoo de Portland y preguntamos qué le dan de comer a sus flamencos bebé? ¿O algo así? —sugirió ella.

—¿Qué ha sido de las flores o las cajas de bombones? —preguntó Elaine—. ¿Me robas el burro y me traes un flamenco a modo de disculpa?

—Pero es irresistible —intervino Asher, poniéndose a Colega en el regazo y fingiendo apretujarle las mejillas—. Mira qué carita.

—Es la cosa más fea que he visto en la vida.

—Sí, ya lo sé —admitió Asher—. Pero también es una criatura del Señor.

—Dios mío, está bien —accedió Elaine—. Me las arreglaré, Campbell, pero tendrás que ayudarme.

—¿Te viene bien si empiezo la próxima semana? —preguntó Cam—. Esta semana me llevo a Asher de viaje.

—No, no me llevas a ningún sitio —replicó él, que se había puesto rígido.

—No sabía que Asher fuese alguna vez de viaje —dijo Elaine, intrigada.

—Vamos a Disney World —anunció Cam—. Te gustará. Es otro reino mágico. —La idea se había sembrado y ahora estaba creciendo en su mente como una planta.

Quería demostrarle que podía salir de Promise. Que podía irse sin que el mundo se desmoronara. Tenía que entender que no tenía por qué quedarse allí a recoger los pedacitos como Jimmy Stewart en *Qué bello es vivir*. Pensaba espantarlo como había espantado a los flamencos.

—Eso está muy bien, pero ¿cómo vas a conseguir que se suba a un avión? —preguntó Elaine.

—Yo no viajo en avión, Camarona —dijo Asher.

—Eso ya lo veremos —respondió ella—. ¿Qué es eso de Camarona?

—Lo estaba probando.

—No me gusta.

—¿Y Camella? ¿O Camaleona?

—De ninguna manera.

A Alicia tampoco le parecía bien lo de ir a Disney.

—Ni hablar —se negó mientras cerraba un armario de la cocina de un portazo—. ¿Te estás quedando conmigo?

—Es totalmente gratis. Me invita la fundación Pide un Deseo. A caballo regalado no le mires el diente. Y, además, tú podrías aprovechar para visitar a Izanagi.

—Mírate, Campbell. Por una vez, estás viviendo una vida normal. Has recuperado la energía. Tienes la piel mucho mejor. Comes, tienes un trabajo de verano, y casi me atrevería a decir que te has enamorado. ¿Por qué quieres poner eso en jaque? Está siendo muy bonito verte sonreír.

—¿Cómo estoy poniendo nada en jaque? Si todo esto es cosa de Promise, seguirá funcionando cuando volvamos.

—Si te vas, cuando vuelvas tendrás que empezar de cero. Lo desharás todo. ¿Y si rompes el hechizo? —Alicia se inclinó, apoyando una mano en la encimera de la cocina. Con la otra, fingió fumar de una pajita de plástico.

Cam estaba empezando a poner sus propias reglas respecto a la magia, o lo que quiera que fuese. Iría a Disney porque la carta de la fundación Pide un Deseo era una señal. Le estaba mostrando qué tenía que hacer. No tenía ninguna intención de hacerse adicta a Promise y dejar que el pueblo la atrapara como había atrapado a Asher.

Sin embargo, intentó mirarlo desde el punto de vista de su madre. Ya sabía la historia: «Mi único trabajo es mantenerte con vida, Campbell —había dicho Alicia—. Esa es mi principal responsabilidad como madre». Hasta el momento, había protegido a Cam de la muerte súbita, de ahogamientos accidentales, de quemarse con agua hirviendo, de que la atropellaran, de que bebiera lejía, de caerse por la ventana, de que la secuestraran y de que se tirase de cabeza en aguas poco profundas. Pensaba que lo peor había pasado. Lo único que quedaba en su radar de peligros era un accidente por conducir borracha cuando volviera a casa después del baile de fin de curso. La enfermedad la había pillado desprevenida, y era impotente contra ella. Para Alicia era difícil, Cam era consciente de ello. Pero, de algún modo, también era consciente de que lo haría de todos modos. Quería honrar el último deseo de Lily y enseñarle a Asher de dónde venía.

Preparó un pequeño estudio de tatuajes de henna en la planta de arriba. Pensaba pintarle a Asher un tatuaje samoano que le ocupara el brazo entero.

—Nos vamos esta noche —le dijo.

—Está el problema del avión.

«¿Qué probabilidades hay de que tanto tú como tus padres os matéis en dos accidentes de avión diferentes y no relacionados entre ellos? Es prácticamente imposible, estadísticamente hablando», quiso decirle, pero sabía que razonar con él no era la mejor opción. En primer lugar, su miedo era irracional y, en segundo lugar, en Promise, la lógica, *per se*, no siempre funcionaba.

—Por eso estamos aquí —respondió señalando el estudio de tatuajes improvisado—. Te voy a proteger.

Había encontrado la tinta y el pincel en la tienda de regalos del pueblo. Le enseñó unos cuantos dibujos entre los que podía elegir. La mayoría eran complejos, con patrones diagonales de líneas rectas y curvas, y en todos había grandes superficies pintadas de negro que ponían a prueba la entereza del tatuado, porque eran las más dolorosas.

—Pero si usas un pincel en lugar de una aguja no estoy poniendo a prueba mi entereza —apuntó Asher.

—Es algo simbólico, metafórico. Te dará fuerza.

—No es una metáfora. Es una réplica.

—Pues prepárate para más réplicas, Slasher. Nos vamos a Disney World. —Cam puso música de percusión samoana y empezó a pintar—. Intenta estar totalmente quieto y callado. Te ayudará a entrar en trance para el avión.

Empezó con un patrón curvado alrededor del músculo pectoral y luego bajó por el hombro y el bíceps. Los contornos de su cuerpo resultaron ser un lienzo de lo más atractivo.

—Quédate quieto —le ordenó.

—Me hace cosquillas, Campbell —protestó, y la atrajo hacia sí para darle un beso—. Oye, ¿qué es eso? —preguntó, señalando una manchita azul y perfectamente redondeada que tenía en el antebrazo.

—No es nada —contestó—. Me habré dado un golpe en el barco. Quédate quieto —repitió, y pintó y pintó hasta que los tambores de su iPod dejaron de sonar. No pensaba preocuparse por un sarpullido. Habían desaparecido antes y probablemente volverían a desaparecer.

VEINTINUEVE

Quedaba por resolver el problema de Perry. Se iban a escabullir por la noche y Cam no estaba segura sobre si llevarse a su hermana o no. Todos los demás eran mayores —Cam había invitado a Sunny, a Royal, a Autumn y a Grey— y podían ser una mala influencia, pero tenía ganas de pasar un poco de tiempo con su hermana en el lugar donde habían crecido. Además, Perry, que al principio estaba tan cómoda en Maine, había empezado a dar graves muestras de añoranza. Se la veía un poco triste y pasaba mucho tiempo delante del televisor. Incluso le había pedido a Nana que compartiese habitación con ella.

Al final habían decidido llevársela, pero no se lo podían decir con antelación porque Cam sabía que era incapaz de guardar un secreto. Tendrían que sacarla de su habitación en mitad de la noche.

Asher lo llamaba «Operación Extracción Adolescente».

Se jugaban mucho. Alicia, que tenía el sueño muy ligero, ya estaba en guardia y, cuando Alicia estaba en guardia, era como una vigilante profesional. Una de las mayores decepciones a las que se había enfrentado como madre era que Cam nunca había llegado más tarde de la hora acordada. Se había preparado para ese momento. La primera noche que Cam salió sola con el coche, Alicia se pintó la cara de negro, se puso ramas en el pelo y se sentó en un arbusto, preparada para lanzarse sobre Cam si llegaba a casa un solo minuto después de la medianoche.

Pero Cam no llegó tarde y, al oír que algo en el arbusto chasqueaba la lengua, se limitó a decir: «Hola, mamá» y a entrar.

—Cuidado con los cables trampa —le dijo Cam a Asher mientras recorrían el pasillo de puntillas en dirección a la habitación de Perry.

—¿Es realmente necesario todo esto? —preguntó. Cam lo había obligado a vestirse de negro y a ponerse una linterna frontal en la cabeza. Llevaba una cuerda enrollada en el hombro y un rollo de cinta adhesiva en la mano. Estaba ridículo.

—Afirmativo —contestó Cam con unas risitas.

Su otro desafío era que Perry no hiciese ruido. Su objetivo era una bestia que chillaba, aullaba y reía; era posible que se vieran obligados a atarla y amordazarla. Solo temporalmente, claro, hasta que la metieran en el remolque.

Abrieron la puerta y entraron en la habitación en calcetines. Nana roncaba como un bulldog. Cam señaló frenéticamente la maleta que había en el suelo y el armario para indicarle a Asher que metiera ropa para Perry. Él se señaló a sí mismo y se encogió de hombros, como diciendo: «¿Yo?», y Cam asintió, «Sí, tú» y entonces se puso manos a la obra.

Le dio la vuelta a Perry, que dormía en el colchón de la cama nido que estaba cerca del suelo, la cogió de las manos y la incorporó.

—¿Qué? —gimoteó Perry, dejando caer la cabeza a un lado.

—Nos vamos de viaje —susurró Cam.

Nana se dio la vuelta y soltó una mezcla entre ronquido y gruñido.

—¿Dónde? —preguntó Perry, aún con los ojos cerrados.

—A Orlando. Un par de días.

—¡Vi…! —Perry empezó a soltar un grito de alegría, pero Cam se apresuró a taparle la boca. Perry masculló con la boca pegada a la palma de su mano y Cam le hizo gestos a Asher para que viniera y la cogiera. Asher se echó a Perry a los hombros, Cam cogió la maleta y los tres se dirigieron a la puerta. Perry gritaba en susurros, emocionada, y le daba golpes a Asher en la espalda con los puños.

Una vez fuera, metieron a Perry en el remolque, donde ya estaban Sunny, Royal, Grey y Autumn. Ninguno de ellos tenía un coche en el que cupieran todos, así que habían decidido coger el Tren de la Vagina.

—¡Gracias por traerme, chicos! —gritó Perry.

—Toma —Cam le pasó la maleta.

—¿Qué es esto? —preguntó su hermana.

—Tu ropa —respondió Cam, que empezaba a impacientarse. Bajó la puerta del remolque y la cerró.

—¡Espera! —protestó Perry, aporreando un lado del remolque.

—Esa no es la maleta que he hecho yo —dijo Asher.

—¿No?

—No.

Cam subió la puerta del remolque y se encontró a Perry con una de las bragas blancas de seda enormes de su abuela en las manos.

—Vaya —dijo—. Pues te las tendrás que arreglar con eso. —Y cerró la puerta, ignorando los golpetazos que su hermana seguía dando en las paredes del remolque.

—Encima le había elegido cosas muy monas —añadió Asher, apesadumbrado.

Grey y Royal casi tuvieron que llevar a Asher a cuestas hasta el avión, que despegaba temprano. Logró llegar a la puerta C4 del aeropuerto de Portland antes de ponerse del color gris verdoso de unos pantalones de camuflaje descoloridos. Cam estaba empezando a plantearse si aquello era lo correcto, pero sabía que si Asher conseguía superar aquella prueba, podría hacer cualquier cosa. Era como la Operación Extracción Adolescente, hacer o morir.

Los otros chicos rodearon a Asher, lo cogieron de los antebrazos y lo ayudaron a cruzar la pasarela de acceso al avión.

—¿Está borracho? —preguntó el auxiliar de vuelo cuando subían al avión.

—Todavía no —contestó Grey. Cam llegó a la conclusión de que era el bala perdida del grupo y de que había que mantenerlo alejado de Perry.

—¿Has traído al menos mi libreta? —preguntó Perry—. Quería enseñársela a Izanagi.

—¿Es que está en los primeros puestos de la lista de gente a la que quieres ver? —preguntó Cam.

—Está bastante arriba. ¿Por? —preguntó Perry. Caminaba arrastrando los pies, con las zapatillas azules de la abuela y la chaqueta roja enorme y resbaladiza de uno de los chándales de la mujer.

—Por nada. Solo que pensaba que tendrías otras prioridades.

A Cam se le ocurrían veinte cosas que hacer antes siquiera de llamar a Izanagi. Y eso le recordó que tenía que llamar a Jackson. Quería saber cómo le estaba yendo su verano metido en la piel de Tiger.

En el avión, deseó tener un poco de lorazepam para dárselo a Asher, que estaba petrificado en su asiento de primera clase, pero le habían prohibido los tranquilizantes por toda la eternidad.

—Siéntate encima de él, Cam —propuso Sunny—. El peso y la presión sirven para calmar a los niños autistas. Funciona.

Cam se sentó encima de Asher e intentó presionarlo con todo su peso. Notó que se relajaba un poco bajo su cuerpo, pero cuando el avión despegó y tuvieron que sentarse el uno al lado del otro, Cam no supo qué iba a sonar más alto, si los latidos del corazón de Asher o los gritos de Alicia a treinta mil pies de distancia cuando se despertara y descubriera que se habían ido.

TREINTA

—Vamos, Perry y Perry —dijo Cam. Asher estaba tan atolondrado por haber sobrevivido al vuelo que había empezado a llamarlo Perry 2—. Asher, si empiezas a dar saltitos es posible que tenga que romper contigo. —Era demasiado estoico y tranquilo para dar saltitos, pero en ese momento, caminando alrededor del lago, tenía unos andares distintos, más desenfadados.

Después de apiñarse alrededor del mapa y discutir durante unos veinte minutos sobre dónde ir y qué ver, el grupo por fin se dispersó. Sunny y Autumn habían ido al parque acuático, Royal y Grey al bar que había en el paseo marítimo y Cam, Asher y Perry al World Showcase, que estaba en Epcot.

—¿Qué? Estoy contento. Tenías razón, Cam. Tenía que hacer esto. —En el avión, habían hablado del miedo que Asher tenía de dejar Promise. Parte de ello tenía que ver con haber pasado toda una vida oyendo las habladurías de los vecinos, según las cuales la «magia» del pueblo tenía que ver con su familia. Había acabado creyendo que, si se marchaba, la magia se iría con él.

—Promise siempre será mágica, Asher, sobre todo para ti —le había asegurado ella—. Es tu hogar. Lo mágico de tener un hogar es que te sientes bien cuando te vas y aún mejor cuando vuelves.

Y Cam comprendió lo ciertas que eran sus palabras mientras paseaba por Epcot. Por mucho que le gustara Maine, aquel era su hogar. Aquel cielo era su cielo. La flora, incluso si estaba recortada de manera impoluta y con las formas de animales de circo, era su flora. Respiró hondo para empaparse de la humedad pesada y pantanosa del mes de agosto y disfrutó de la sensación de que mitigaba el dolor de sus pulmones. ¿Cómo había sabido Lily que necesitaría ese viaje?

—Dios mío —dijo Perry—. ¿Le acabas de decir que tiene razón? Jamás le digas que tiene razón. Se le sube a la cabeza. La verdad es que suele tener razón, pero es mejor para todos mantenerla un poco insegura. Un poco en la cuerda floja.

—¿Así es como me manejas, Perry?

—Es una de mis técnicas.

—Toma —le dijo Cam a Asher mientras se acercaban al primer «país», la pirámide dorada y medio rosa del Pabellón Mexicano. Le tendió a Asher un casco de plástico con un par de orejas de ratón negras. Eran las orejas del novio, reservadas para las parejas que pasaban su luna de miel en Disney. Cam las había robado de la pequeña oficina de la entrada, y también un par de orejas blancas de novia para ella.

—¿Qué hago con esto? —preguntó mientras se empezaba a quitar de mala gana su gorra de béisbol.

—Póntelas —contestó ella.

Cam despreciaba en secreto a esas parejas patéticas que iban de luna de miel a Disney World. Era como si fuesen demasiado inmaduras para darse cuenta de que estaban casadas de verdad, como adultos, y no casadas de mentira, yendo a una luna de miel de mentira a los países de mentira de Epcot. Cam siempre se preguntaba qué les pasaría al llegar a casa y darse cuenta de que tenían que enfrentarse a las realidades del matrimonio, como las cuentas de ahorros conjuntas y los despidos, y los seguros de salud, los impuestos y el hecho de que ella siempre se dejaba los armarios de la cocina abiertos y que a él jamás se le ocurriría limpiar el inodoro.

Pero no pasaba nada si Asher y ella se ponían aquellas orejas, porque ellos sí que estaban de luna de miel de mentira.

Además, gracias a ellas pudieron saltarse la cola.

—Si vosotros estáis casados, ¿yo qué soy? —preguntó Perry. Se puso un poco de brillo de labios para dar énfasis a su precioso atuendo: una de las camisetas de manga corta de poliéster de la abuela a modo de vestido. Tenía tres enormes rayas diagonales de color morado que iban del hombro derecho a la rodilla izquierda. Se había puesto el cinturón del albornoz de Nana en la cintura y le quedaba un hombro al descubierto.

—Mi hija ilegítima de un embarazo adolescente —respondió Cam. En realidad, Perry parecía una bailarina perdida de un videoclip de los ochenta. Solo le faltaban una diadema y unos calentadores.

—Cómo no —contestó Perry, y chocaron los cinco.

—¿Cam? —la llamó alguien detrás de ellas.

Se dio la vuelta y se encontró con la mismísima Alexa Stanton, la chica en cuyo patio había intentado tirar a Darren, el flamenco de plástico, solo que iba vestida de Cenicienta. «Así que consiguió el papel», pensó Cam. Alexa y ella habían sido amigas en el pasado. En la guardería, habían visto juntas *El mago de Oz* y luego habían pasado semanas jugando a ser monos voladores en el recreo, pensó intentando procesar el trauma que eso les había causado. Las cosas habían cambiado en segundo, cuando alguien —seguramente su madre— le había dicho a Alexa que no se relacionara con la gente del espectáculo.

Pues mira quién había acabado formando parte del espectáculo. Alexicienta llevaba un vestido de gala azul claro y una peluca amarilla que le tapaba las orejas. Cogió a Cam del codo y se la llevó detrás de un mostrador de sombreros mexicanos.

—Caaam, ¿estás casada con él? —susurró con la boca torcida.

—¿Por qué te cuesta tanto creerlo?

—Por nada.

—Bueno, me alegro de verte, Cenicienta. Saludos al príncipe —dijo Cam.

Alexa se recompuso, se aclaró la garganta y, con su mejor voz de Cenicienta, contestó:

—Sí. Le transmitiré sus saludos al príncipe.

Se levantó las faldas y se fue flotando hasta el Pabellón de China.

Mientras Asher iba al circuito de carreras con Grey, Cam y Perry hicieron todo lo que solían hacer de niñas, cuando sus padres actuaban y tenían el parque para ellas solas. Fueron al Space Mountain, al Country Bear Jamboree, subieron a la atracción de Piratas del Caribe... Compraron unos batidos en la tienda que había en la calle principal y luego fueron a la Mansión Encantada.

Las dos hermanas se sentaron en el muro de piedra que había frente a la vieja y espeluznante casa y esperaron. Le habían pedido al resto del grupo que se unieran a ellas allí a las nueve, para poder enseñarles a trepar por la celosía de hierro de la mansión y ver los fuegos artificiales desde un lugar secreto en la azotea.

—Me podrías dar algunos consejos de hermana antes de que empiece el cole —le pidió Perry. Tenía el rostro sonrosado después de haber pasado todo el día atrapada en el «vestido» de poliéster, que estaba manchado de chocolate y kétchup.

—Ya... Vale.

—Nunca me has dado consejos. —Perry removía el batido con fuerza entre un sorbo y otro. Siempre lo hacía durar más que Cam y la chinchaba después.

—Nunca me pareció que los necesitases —repuso Cam—. Es lo que pasa cuando eres la pequeña, sales más relajada, molas más y sabes cómo conseguir exactamente lo que quieres.

—Eso es verdad, pero podrías darme algún consejo de todos modos. Solo para que sientas que has cumplido con tu cometido como hermana mayor. —Perry levantó el vaso para medirlo con el de Cam y asegurarse de que le quedaba más batido.

—Bueno, veamos —dijo Cam—. ¿Qué te parece «no seas como yo»? Es un buen consejo. O sea, en el instituto, deberías apuntarte a algo. No a las *majorettes*, como Autumn y Sunny, por favor. Eso no te enseña nada útil. Pero a algo. El equipo de tenis podría estar bien. —Cam reflexionó un minuto—. Sé tú misma —continuó—. Y sé buena.

—¿Buena?

—Sí. Ser buena es una de las cosas más difíciles en el instituto, porque estás tan aterrorizada de que se metan contigo que siempre estás en guardia. Pero no seas así. Si eres buena serás diferente. Destacarás. Serás única y feliz.

—¿Ya está? Que sea buena… ¿Eso es lo que me aconsejas, con todos los peligros que me acechan?

—Creo que es un buen consejo —respondió Cam, segura de sí misma, y dio el último trago de batido—. Es mejor ser buena que tener razón.

—Muy bien, lo intentaré.

—Bien.

Cam levantó la vista y, de repente y justo a tiempo, todos los chicos de catálogo acudieron hacia ellas desde todas las direcciones. Sunny y Autumn venían desde el este dando brincos con unos globos en forma de ratón que subían y bajaban en el aire. Grey y Royal, con sus camisetas pijas de rayas, sus zapatos náuticos y sus collares de cuero, vinieron desde el oeste.

—¡Bu! —las asustó Asher desde atrás.

Cam dio un brinco.

—¡Odio que hagas eso! —mintió.

—¿Qué pasa? Es la Mansión Encantada.

Cam los llevó a la parte trasera de la estructura gótica, donde treparon uno a uno por las afiladas vides de metal negro. Encontraron una parte llana de la azotea, detrás de la torre principal, y se escondieron bajo las ramas de un sauce llorón espeluznante. Grey propuso que jugaran a ¿Qué prefieres...? mientras esperaban a que empezasen los fuegos artificiales.

—Pero que sea para todos los públicos, ¿eh? Tiene que ser la versión Disney del juego —le pidió Cam señalando a Perry a sus espaldas, aunque no de forma muy discreta.

—Vale —accedió Grey—. ¿Qué prefieres, liarte con Yasmín o con Cenicienta?

Cam lo fulminó con la mirada.

—¿Qué? He dicho «liarte» —contestó con aire inocente, pero Cam negó con la cabeza—. Vale, está bien. ¿Qué prefieres, «darle la mano» —dijo haciendo el gesto de las comillas— a Yasmín o a Cenicienta?

—A Yasmín, sin duda —contestó Autumn riéndose. Inclinó la cabeza hacia delante y escondió su rostro tras la gruesa cortina de pelo caoba.

—Sí —respondió Royal—. Me encantaría darle la mano a esa mujer.

—¡Oye! —Sunny le dio un golpecito en el muslo.

Era agosto en Orlando. El aire flotaba sobre ellos como un mar antiguo que, de algún modo, se acababa de evaporar. Era caliente, húmedo y pesado, y apenas les quedaba energía para espantar a los mosquitos que volaban a su alrededor bajo el crepúsculo.

—Toma —dijo Sunny, rociando a Cam con su ventilador portátil con espray de Mickey Mouse. Rodeó a Cam con un brazo y le apoyó la cabeza en el hombro. El pelo le olía a vainilla—. Gracias por traernos —dijo.

—De nada —contestó Cam.

—Yo tengo una. —Autumn trazaba con el dedo las líneas de la mano de Grey, como si le estuviera leyendo el futuro—. ¿Qué preferís…, saber cuál es vuestro destino o pasar toda la vida descubriéndolo?

—Esa es fácil —contestó Royal—. A mí me aburre saberlo ya. Es como si mi vida ya se hubiese terminado. Como si nunca fuese a volver a sorprenderme. —Royal iba a estudiar Medicina en la Universidad de Massachusetts. Le había prometido a su madre que sería médico.

—¡Pero yo estoy llena de sorpresas! —exclamó Sunny, apartando la cabeza del hombro de Cam.

—Eso es verdad —admitió Royal. Le dio un abrazo y añadió—: La vida contigo nunca es aburrida.

—No sé —dijo Autumn—. Ojalá supiera lo que quiero. Me lo haría todo mucho más fácil. A veces ni siquiera sé si quiero chocolate o vainilla.

—A mí me gusta no saberlo —intervino Perry—. Es emocionante. Igual seré pilota.

Y justo entonces, el primero de los fuegos artificiales se disparó en la negra noche. Era dorado, metálico e intenso, como si acabaran de ganar un premio.

Asher atrajo a Cam hacia sí.

—Tú eres mi destino —susurró, y entonces se besaron, como si en aquella azotea no los acompañasen los demás.

—¡Eh! ¿No eras tú la que había dicho que fuera para todos los públicos? —dijo Grey, riéndose.

—No pasa nada, no es la primera vez que los veo besarse —contestó Perry, impertérrita.

Cam se sentía como si acabase de ganar un premio de verdad, no solo por la persona que estaba sentada a su lado, sino por la amistad de los chicos de catálogo, algo que ni siquiera sabía que deseaba. Los adolescentes van en manada, y ella había estado sola demasiado tiempo.

Cuando el último despliegue pirotécnico estalló soltando chispas y dejó unas serpientes de humo enredadas en el cielo, bajaron por la celosía y fueron hacia la salida, en dirección al castillo de Cenicienta. Pide un Deseo les había reservado la Suite Real.

La falsa opulencia era espectacular: había columnas de mármol, techos abovedados, camas con dosel envueltas en gruesos terciopelos y telas bordadas, un salón adyacente, una chimenea mágica con fuegos artificiales de fibra óptica y un jacuzzi sumergido con un grifo de cascada, rodeado de vidrieras de colores.

Cuando ya estaban cerca del castillo, Autumn, Grey, Royal y Sunny secuestraron a Perry. La cogieron y se dirigieron hacia el monorraíl para llevársela a su primera discoteca para menores de veintiuno en el centro de Disney.

—¡Esperad! —protestó Cam mientras intentaba agarrar a su hermana de la mano—. No tenéis por qué llevárosla.

—Ya nos encargamos nosotros —insistió Sunny, empujando a Cam a través de la pesada puerta del ascensor privado que llevaba a la Suite Real.

En la planta de arriba, había una alfombra de pétalos de rosa roja que cubría el suelo y formaba un camino hasta el dormitorio iluminado con velas. Asher la estaba esperando con sus nuevos calzoncillos de Mickey Mouse y dos copas de sidra de manzana espumosa. Asher, el chico perfecto, no bebía alcohol.

Cam se echó a reír. Era increíblemente cursi.

—Esto a mí no me va mucho, ¿sabes? —dijo.

—Ya lo sé, pero pensé que, cuando uno va a Roma, tiene que hacer como los romanos.

—¿Estamos en Roma?

—No, creo que estamos en la Francia medieval.

—¿Cenicienta era francesa?

—*Oui* —respondió él y brindaron, se bebió la sidra y luego la tiró a ella, con la copa llena y todo, en la cama gigantesca cubierta de sábanas de seda dorada y resbaladiza.

—Esto me intimida un poco —dijo Cam mientras él le besaba la oreja, el cuello, el pecho. Le levantó la camiseta y le lamió suavemente la barriga, trazando círculos.

—Déjate llevar. Eres una princesa.

—¿Qué quiere decir eso? —preguntó—. ¿Cómo…?

—Por el amor de Dios, Campbell. ¡Cállate! —la interrumpió él, riéndose.

Y más tarde se dio cuenta de que podía ser una princesa. No una princesa de verdad, pero sí algo más que una enferma de cáncer. Podía elegir el cáncer y la pena o las otras partes de su personalidad, que eran mucho mejores. Era una bailarina, una estudiante, una hermana, una asistente veterinaria, una novia. Podía reducir el cáncer a una parte mucho más pequeña de su ser. Por primera vez en mucho mucho tiempo, el cáncer no lo fue todo.

TREINTA Y UNO

—¿Hoy tenemos tiempo de ver el mundo? —preguntó Asher mientras se estiraba y bostezaba. Se habían despertado al mediodía. Las chicas ya se habían ido a sus tratamientos en el spa real y los chicos estaban en el campo de golf. Habían quedado a las cinco para ver el espectáculo «El espíritu de Aloha» en el Polynesian.

—El pequeño mundo, quizá —respondió Cam, recorriendo su maravilloso torso con los dedos. Después del espectáculo, tenían que coger el siguiente avión a Portland. Alicia le había mandado unos setenta y cinco mensajes en los que le rogaba que volviera y Cam le había prometido que lo harían esa noche. Pero no podían irse sin antes ver el mundo.

En la atracción «Es un mundo pequeño» había veinticinco minutos de espera, lo que no estaba tan mal. Mientras iban avanzando en la cola, curvada como una serpiente, abanicándose con los mapas del parque, Asher la acribilló a preguntas sobre «El espíritu de

Aloha», la extraña subcultura de una subcultura en la que se había educado.

—Me parece muy raro que en lugar de vivir tu cultura, la actúes —opinó.

—Bueno, es como lo que decía Sylvester Stallone al explicar cómo se preparó para *Rocky* —explicó Cam—. Hay gente que trabaja de fuera a dentro y otros de dentro a fuera. Él tuvo que conseguir el cuerpo de Rocky, vestirse como Rocky y hablar como Rocky antes de sentir quién era Rocky. Otro actor igual sentiría primero quién es Rocky y luego empezaría a vestirse como él. Así que algunas personas se sienten polinesias y eso las lleva a bailar, y otras, como yo, bailan para sentirse más polinesias. No importa cómo lo hagas, el resultado es el mismo.

—Ahora tengo que ver *Rocky* otra vez —dijo Asher.

—Ya, yo también. No has escuchado ni una palabra de lo que he dicho, ¿no?

—No, solo estaba pensando en *Rocky*.

Doblaron la última curva de la cola. Cam le guiñó un ojo a un niño pequeño que tenían delante, que se estaba columpiando en la barandilla pese a las muchas veces que le habían dicho que no lo hiciera. Por fin les tocó subir al barco. Cruzaron el torniquete, subieron al muelle en movimiento y se sentaron en uno de los bancos. Y así empezaba su viaje por el mundo, el empalagosamente dulce mundo. Era como si todo estuviese hecho de caramelo. La purpurina brillante rosa chillón, naranja y dorada los asaltó en cuanto entraron en el túnel. Era un mundo fantástico hecho de papel maché. Un diorama con las partes móviles a tamaño natural.

De niña, a Cam le fascinaba la idea de que los niños de los distintos países llevaran ropa diferente y comieran comida diferente y hablaran idiomas diferentes. Le parecía mágico. Los extraños estereotipos que iban apareciendo en la atracción, los niños africanos que tocaban el tambor subidos al lomo de una jirafa, las mujeres sudamericanas que llevaban cestas de fruta en la cabeza o las mujeres francesas que se levantaban el cancán para bailar, parecían una celebración de los fabulosos colores del mundo.

«Los estereotipos son útiles para los niños —comprendió Cam— porque todavía tienen intacta la creencia básica de que nadie puede ser menos humano que otra persona». Aquella atracción te devolvía a esa creencia.

Estaban en la India, donde una hilera de mujeres con sari volvía a casa de puntillas desde un Taj Mahal resplandeciente, blanco y redondeado hecho con sábanas. Asher sonreía, totalmente absorto en el espectáculo. No se fijó en las señales de «salida» que había sobre las puertas traseras ocultas de la nave ni en el técnico que estaba cambiando una bombilla en una esquina.

—¿Qué, Batman? ¿Se te está despertando el espíritu viajero? —le preguntó Cam, y lo cogió de la mano.

—Un poco —contestó—. Sí que me dieron una beca, ¿sabes?

—Lo sabía —exclamó Cam mientras dejaban atrás los títeres de sombras indonesios y llegaban a las geishas de Japón.

—Ajá. En la Columbia Británica.

—¿Y la vas a aceptar?

—Para mí es como una decisión de vida o muerte.

—No lo es. Siempre puedes volver a casa. Deberías intentarlo.

—Es un mundo pequeño —dijo Asher.

—Sí, lo es—respondió Cam.

Pero, mientras hablaba, tuvo una visión de la vida de Asher en la universidad. Vio a sus compañeros del equipo abriendo los paquetes que les enviaban sus madres y cómo eso reforzaría su sensación de soledad. Era triste.

—Seguro que Elaine te manda paquetes —murmuró.

Luego imaginó la alternativa. Asher, quedándose en Promise para siempre, entrenando al equipo de fútbol americano del instituto, tonteando con las animadoras, bebiendo cerveza. Al principio, solo un poco, después un pack de seis cada noche, sentado en un sillón reclinable, preguntándose cómo habría podido ser su vida.

—Tienes que irte —le susurró, pero su voz se vio amortiguada por otro coro de voces infantiles.

El público se reunía en la piedra volcánica falsa de color gris que había antes de entrar en el anfiteatro; el ritmo de los tambores se aceleraba. Las antorchas hawaianas estaban encendidas, aunque el sol todavía no se había puesto, y había niñas pequeñas con vestidos de verano y pantalones blancos trepando en las gigantescas esculturas polinesias falsas y con cabezas enormes. El público agachaba la cabeza para que los artistas les entregaran guirnaldas de flores y se las pusieran alrededor del cuello. Se habían reservado las de color lila, las que estaban hechas con flores de verdad, para Cam y sus acompañantes. Se sintió agradecida porque ninguno de los chicos de catálogo hiciese chistes sobre «entregar la flor», a Cam le molestaba mucho. No porque fuera una falta de respeto, sino porque era demasiado fácil.

Izanagi había ido a verlas al hotel. En el vestíbulo, rodeó los hombros de Perry con un brazo mientras salían, sonrió y la cogió de la mano mientras ella hacía una pirueta para enseñarle a todo el mundo el nuevo vestido rosa de flores que le había comprado en la tienda de regalos.

—Cam, ¿cómo se te ocurre traerla hasta aquí sin ropa? —preguntó Izanagi.

—Fue sin querer. ¿Cómo estás?

—Bien —contestó él, y le dio dos besos. Luego agachó la cabeza, como si se hubiese acordado otra vez de la decepción que le había supuesto que Alicia no las hubiese acompañado. Se había olvidado de afeitarse y de planchar los pantalones de vestir, normalmente inmaculados.

Se sentaron en la mesa del centro de la primera fila. El solitario y quejumbroso Izanagi se animó un poco cuando llegó la comida y pudo empezar a tirar trocitos de piña a las bocas de la gente ayudándose del cuchillo.

Después del primer número, un baile hawaiano en honor al sol, Mamá Suzi, la maestra de ceremonias, anunció que una vieja amiga había venido a ver el espectáculo y le pidió a Cam que subiera al escenario e hiciera malabarismos con su cuchillo de fuego.

—Creo que aún lo tenemos, Campbell. Ah, míralo —dijo justo cuando John, uno de los viejos amigos de su padre, llegó al centro del escenario con un cuchillo con la forma y el tamaño de un rifle.

Los malabarismos con fuego eran uno de los intereses más masculinos de Cam. No había muchas chicas que de verdad quisieran hacerlo, y ella había aprendido sobre todo para pasar tiempo con su padre. No sabía qué le parecería a Asher. El público aplaudió y pusieron su canción preferida.

Al final, se puso de pie y prendió cada extremo del cuchillo. Empezó a darle vueltas, primero de forma vertical, con las dos manos. Lo lanzó al aire, hizo una pirueta y lo cogió por la espalda. Se pasó el fuego por debajo de las piernas. Giró el cuchillo con una mano y luego con la otra. Estaba en trance, perdida en ese instante, pero de repente oyó que el público empezaba a reírse y vio algo grande y naranja por el rabillo del ojo.

Era Tigger, que también hacía malabarismos con un cuchillo de fuego.

—¡Jackson! —gritó— ¿Ese traje no es inflamable?

Tigger asintió, moviendo su enorme barbilla arriba y abajo.

—¡Pues sal de aquí!

Tigger asintió de nuevo y le lanzó el cuchillo de fuego a John, que lo atrapó y apagó las llamas. Tigger saludó al público y bajó del escenario.

Cam hizo otra pirueta y entonces se dio cuenta de que aquel número era muy parecido a lo que había hecho Sunny en el desfile. Miró a su amiga, que contemplaba atentamente el espectáculo con una sonrisa, y se le ocurrió una idea. Apagó su llama, respirando los familiares humos del líquido encendedor, e hizo un gesto a los que esperaban a un lado del escenario para que le lanzaran otro cuchillo. Y entonces invitó a Sunny a subir al escenario.

El sol de Florida había llenado el rostro de Sunny de pecas. Subió al escenario con su vestido ancho, incapaz de esconder su sonrisa. Cam le dio uno de los cuchillos y le dijo:

—Haz lo mismo que haga yo.

Saltó primero con un pie y luego con el otro y empezó a lanzarse el cuchillo de una mano a otra. Sunny la imitó con su cuchillo, y entonces Cam empezó a lanzar el suyo por los aires en una línea vertical. Sunny hizo lo mismo, y las dos terminaron haciendo piruetas como locas. Terminaron con un lanzamiento simultáneo tras el que atraparon el cuchillo de espaldas.

La gente se volvió loca, estaban impactados porque una chica blanca pudiera hacer lo mismo que los nativos sin ninguna preparación. «Somos más parecidos que diferentes —pensó Cam, citando a Maya Angelou para sus adentros—, por mucho que Disney nos quiera hacer creer lo contrario».

Cuando los de Maine se pusieron de pie para ovacionarlas, Cam y Sunny hicieron una reverencia de pie. Asher les sonreía de oreja a oreja y Royal silbó.

—¡Otra, otra! —gritaron, pero Cam y Sunny ya habían terminado. Volvieron a sus asientos a disfrutar del zapateado y las palmas de la danza de los hombres samoanos y el hula de la diosa del volcán hawaiana que cerraban el espectáculo.

Jackson dejó su traje de Tigger en la cocina y se unió a ellos con su nueva novia, una chica rubia, menuda y muy mona llamada Peg.

—¿Lo ves? —Cam le dio un codazo a su amigo y señaló a Peg con la barbilla—. Intentar salir conmigo habría sido un error. Pareces muy feliz.

—Lo soy —contestó—. Asher también parece majo.

—Ajá —dijo Cam, y se rio porque lo había dicho sin una pizca de ironía.

Tras sus postres de lava de chocolate caliente, el espectáculo terminó y Cam se despidió de los artistas de «Aloha», de Jackson, de Joe el cocinero y de Mamá Suzi, la maestra de ceremonias. Izanagi había estado dando vueltas por ahí, esperando su turno. Al final, se acercó a ella con la cabeza gacha, toqueteando el anillo de jade que su madre le había dado antes de marcharse. Todavía no habló; era como si necesitara concentrarse para mantener la compostura.

—Adiós, Iz, me alegro mucho de verte —dijo Cam.

—Sí, esto…, sí —tartamudeó. Cuando por fin levantó la vista, tenía los ojos llorosos y rojos, como si no hubiera dormido desde que se habían marchado. «Vaya —pensó Cam—. Mi madre es toda una rompecorazones».

—No estés triste. —Perry lo rodeó con sus brazos huesudos y añadió—. Cuando volvamos, iremos a un partido de los Devil Rays.

—Vale —contestó Izanagi con un hilo de voz, y entonces se le escapó un sollozo audible.

Siguió sollozando en el hombro de Perry, que, todavía abrazada a él, miró a su hermana con una expresión incrédula y ligeramente divertida. «¿Qué hacemos?», le preguntó solo moviendo los labios.

«No podemos dejarlo así», pensó Cam. No había nada más triste que un hombre abandonado y a la deriva.

—Ven con nosotras, Iz.

—¿De verdad? —Levantó la vista, se sonó la nariz en el pañuelo y sonrió.

—Sí. —Cam le devolvió la sonrisa—. Tenemos un billete mágico.

TREINTA Y DOS

Cam le pidió a la auxiliar de vuelo un poco de agua, té de hierbas y una aspirina.

—¿Te encuentras bien? —le preguntó Asher.

Era bonito que se hubiera dado cuenta. El avión seguía aparcado junto a la puerta y él ya estaba sentado rígido y con la espalda recta, agarrado con tanta fuerza a los reposabrazos que tenía los nudillos blancos y le caían gotas de sudor a ambos lados de la cara.

—Estoy bien. Tú preocúpate por ti. —Le dolía un poco la cabeza y la garganta, pero lo más probable era que estuviera deshidratada—. Cierra los ojos —le aconsejó a Asher— e imagínate en tierra, en Promise.

—Qué agradable.

—Sí. Simplemente, adelántate a todo esto del vuelo e imagina lo que estarás haciendo cuando haya terminado.

Le describió a Asher un día entero en Promise: desayunar una tortilla en Dad's, su cafetería de estilo casero preferido, ir a recuperar las trampas en el Stevie, entrenarse y, al final, ir a cenar en la bahía al atardecer para después sentarse a ver *Rocky* en el salón de la cochera. En un momento dado se quedó dormido, pero ella siguió contándole la historia en cuanto se despertó, desde el mismo punto en el que la había dejado. Cuando había llegado a la mitad de la película, al momento en el que Rocky está rompiendo las costillas de los cuerpos de las terneras en la carnicería, la voz del piloto les dijo a los auxiliares de vuelo que se preparasen para aterrizar.

—¿Ya vamos a aterrizar? —preguntó Asher.

—Pues sí. Lo has logrado.

—Eres increíble. Gracias.

—No, gracias a ti, por haber hecho esto. Ya lo verás. Promise seguirá ahí cuando lleguemos.

Cam miró atrás. Izanagi estaba sentado junto a Perry en el otro lado del pasillo. Estaban jugando a los dados en la mesa del asiento, aunque ya tendrían que haberla plegado para el aterrizaje.

De repente, Cam vio muy claro que Izanagi no era uno más de los rollos de Alicia. Cam nunca le había hecho mucho caso porque no lo necesitaba: ella ya tenía un padre y estaba en una edad en la que cada vez necesitaba menos un reemplazo. Jamás se le había cruzado por la mente, ni por un segundo fugaz, que la figura de Izanagi pudiera representar un padre para ella. Sin embargo, para Perry era algo más que el tipo molesto que dejaba demasiados mensajes en el buzón de voz. Para Perry era una persona, una persona que la ayudaba a hacer los deberes y la animaba a presentarse a las pruebas para entrar en el equipo de atletismo. Para Perry, era exactamente lo que necesitaba. Y eso le dio a Cam una idea.

Asher se puso un poco nervioso al no encontrar la entrada a Promise a la primera. Tuvieron que rodear el edificio del Dunkin' Donuts unas tres veces hasta dar con la abertura en los arbustos que llevaba al camino de gravilla serpenteante que desembocaba en el pueblo.

—¿Lo ves, Asher? Sigue aquí —dijo Cam cuando vislumbraron el faro, el acantilado y el pueblecito en el muelle—. El sol todavía se pone detrás del faro, las orcas todavía saltan en la bahía y los dientes de león violetas todavía son violetas. Todo está tal y como lo dejamos.

—Excepto eso —Perry señaló un tótem de colores de doce metros de alto que había en el patio delantero de Avalon Junto al Mar.

—Ya… —dijo Cam—. Pero eso podría haber pasado de todos modos.

Condujeron a Cúmulo hasta la casa y Cam y Perry entraron para avisar a su madre y su abuela de que habían llegado. Asher era el encargado de poner a Izanagi de punta en blanco y colarlo en la casa a través de los túneles.

—No sé yo… —dijo Asher cuando todavía estaban en el coche—. He visto lo mal que salían tus planes en otras ocasiones. ¿Seguro que funcionará? ¿Y si ella dice que no?

—No dirá que no —contestó Cam—. Al menos, no lo creo.

Aquello era algo más que plantar unos tomates. Tenía mucho sentido. Rellenaba todos los huecos.

—Esperemos que no —dijo Asher, señalando a Iz, que estaba preparando desesperadamente su declaración en el dorso de una bolsa de Dunkin' Donuts—. Por su bien.

—¡Hola, mamá! —saludó Cam al entrar por la puerta principal.

Alicia, que estaba fregando los platos, las ignoró, tal y como Cam sabía que haría. Dejaron las mochilas en el recibidor.

—¿Qué tal? —preguntó Perry.

Alicia se limitó a levantar la mano que sacudía cuando quería que la dejaran en paz y Nana se sentó en la mesa y negó con la cabeza. No pudo resistirse a chasquear la lengua un poco y a soltar un gran suspiro.

—Mamá, tenemos una sorpresa para ti —dijo Cam.

Alicia se volvió, se cruzó de brazos y se apoyó en la pila. Abrió la boca para hablar y entonces cambió de opinión. Negó con la cabeza y volvió a sus platos.

—Vamos, mamá —insistió Perry. Cam y ella la arrastraron a la planta baja, seguidas de Nana, y hasta la librería giratoria que daba al pasadizo secreto. Cam la empujó y la librería giró, revelando a Izanagi, recién afeitado pero con la ropa arrugada y con un ramo hecho con dientes de león violetas. Asher, que estaba detrás de él, le guiñó un ojo a Cam y se puso junto a ella, en el lado de la casa. Izanagi hincó una rodilla en el suelo y dijo:

—Alicia, eres el amor de mi vida. ¿Quieres casarte conmigo?

Alicia se quedó de pie, en silencio, mirando hacia abajo y con la mano de Izanagi en la suya, durante lo que pareció una eternidad. Al final, susurró «Sí». Primero lo susurró y luego lo repitió una y otra vez, cada vez más alto, hasta que aceptó a gritos. Abrazó a Izanagi y se besaron.

—Te he echado tanto de menos… —le dijo.

—¿Eso es lo que estaba escribiendo como un poseso en la bolsa del Dunkin' Donuts? —le preguntó Cam a Asher en susurros.

—Estaba nervioso, así que se lo hemos corregido un poco.

—Bien hecho.

Alicia dio media vuelta para mirar a sus hijas.

—Un momento, debería pedirle permiso a las chicas. ¿Qué te parece, Campbell?

—Mamá, ha sido idea mía.

—¿No ha sido idea tuya? —le preguntó Alicia a Izanagi.

—No, ha sido idea suya —se corrigió Cam—. Yo solo le he dado un empujoncito.

Alicia señaló a Cam con un dedo acusador y dijo:

—No creas que esto te excusa por lo que has hecho. Me has tenido hecha un manojo de nervios, Campbell, y secuestraste a Perry.

—Y me robaste las bragas —añadió Nana—. ¿Se puede saber para qué querías mis bragas?

—Es una historia muy larga —contestó Cam—. Lo siento.

—No pasa nada. Tenemos una boda que organizar. ¡Esto se merece un brindis!

Sacaron el champán y su abuela echó un azucarillo en cada copa espumosa. Incluso le dieron un sorbito a Perry, que estaba entre Alicia e Izanagi con una sonrisa de oreja a oreja.

—Creo que estoy un poco borracha —dijo.

Cam los miró desde el otro lado de la sala y, distraída, le dijo a Asher.

—Mira lo que he hecho.

—¿Qué?

—He hecho una pequeña familia.

Miró a los tres, que se reían juntos, y sintió que se adueñaba de ella la tristeza, porque se sintió desplazada, y también la alegría, porque supo que serían felices juntos, con o sin ella.

TREINTA Y TRES

La boda italo-japonesa-polinesia iba a celebrarse en el patio delantero, bajo una jupá judía atada por un lado al tótem de doce metros. Nana e Izanagi llevaban toda la semana en la cocina, preparando el sushi, el teriyaki, las salchichas con pimientos, la lasaña y una canoa de *cannoli*, mientras Cam cumplía con su trabajo habitual, tallar barcos de piña para el arroz polinesio. Perry era la encargada de la música; Asher, de la iluminación, los asientos y las estructuras; y quien se encargaba de supervisar todo y oficiar la ceremonia era Elaine, que, para sorpresa de nadie, era organizadora de bodas y estaba ordenada como pastora.

Aquella no era la primera fiesta que se celebraba en el césped de Avalon Junto al Mar. Casi todas las bodas de Promise tenían lugar allí, así que Asher solo tuvo que sacar las sillas y las mesas de los pasadizos secretos y prepararlas en el jardín.

Elaine estaba fuera, supervisando los preparativos. Se había traído a Colega y a Bart para que jugaran un rato, antes de llevárselos a sus casetas. Su extraña amistad habría dado para escribir un cuento para niños. Los dos estaban en las fases más torpes del crecimiento y se tropezaban con sus patas demasiado grandes cuando se perseguían el uno al otro. Colega picaba a Bart alargando su pico, que poco a poco se iba haciendo más largo y más rosa, y luego salía corriendo, abriendo las alas y dando grandes saltos que empezaban a aproximarse a un vuelo de verdad. Bart daba zarpazos al pico de Colega, irguiéndose sobre sus patas traseras para intentar alcanzarlo, y luego salía corriendo también, tropezándose en la hierba ligeramente en pendiente y convirtiéndose en una bola peluda.

—Vosotros dos, ya está bien —los riñó Elaine al fin, y los acorraló justo cuando Smitty llegaba con su escultura de hielo de dos flamencos besándose.

El mal genio que mostraba en el vivero de langostas hacía que costara un poco verlo, pero, en realidad, Smitty era como un oso de peluche. Le llevó su pesada creación a Asher con una sonrisa que asomaba en su espesa barba de color paja.

—Cuidado con los cuellos —avisó—. Son un poco frágiles por la parte de arriba.

—Es una pasada, Smitty. Gracias —oyó Cam decir a Asher. Estaba observando toda la escena desde las ventanas de su mirador. Alicia subió para unirse a ella y extendió sobre la cama el vestido de gasa atado al cuello de color frambuesa que acababa de terminar de coser.

—¿Alguna vez piensas en tu boda? —le preguntó.

—Sí, me la imagino exactamente así —contestó Cam de forma inexpresiva—. Con el flamenco adolescente, el tótem y… Ah, mira, y las mujeres sexagenarias en *muumuu*. —Alicia había invitado a todas las mujeres de su clase de Introducción al Hula.

—Sí, han preparado un número. Son entrañables.

—Sí. —Cam contempló cómo praticaban en el césped. Daban vueltas a pasitos pequeños y cautelosos de señora mayor, como si tuvieran miedo de romperse una cadera.

—¿Cómo te imaginas la tuya? —Alicia sacó un cepillo de la maleta de Cam y empezó a peinarle la melena negra, que ahora le llegaba a los hombros.

—Esto… No me la imagino.

—¿Nunca?

—No. —Y era cierto. Cam nunca había fantaseado sobre su boda. Antes de su diagnóstico, soñaba con otras cosas. Con hacer una película, quizá. Con ganar un Óscar, con escribir un libro, con visitar Egipto. A su modo de ver, una boda era algo insignificante.

—¿Ni siquiera ahora que has conocido a Asher?

—Ni un poquito.

—Supongo que está bien. —Alicia deslizó el cepillo por su coronilla—. Creo que algunas chicas se centran tanto en la boda que se olvidan de que luego viene el matrimonio, y terminan atadas de por vida a la persona incorrecta. La boda no es lo importante. —Cam miró por la ventana y vio a Asher colocando alegremente sillas plegables y cubriendo las mesas con manteles dorados de damasco. «Él sí sería la persona correcta», pensó.

—¿Eres feliz? —preguntó Cam.

—Sí, Campbell, muy feliz. Tenías razón. Esto era lo que necesitaba. Gracias. Esta vez funcionará —afirmó. Terminó de cepillarle el pelo y le giró la cabeza para mirarla a los ojos. Cam también estaba feliz.

—Lo único que puedes hacer es hacerlo lo mejor que puedas. Y lo mejor que puedes siempre es mejor que lo de los demás. Eres una madre fantástica —confesó Cam. Tenía la intensa sensación de echar de menos a su madre, aunque la tuviera al lado.

—Bueno, que me digas eso es un sueño hecho realidad —respondió Alicia y la besó en la frente.

—Pues ahora ha llegado el momento de que se haga realidad el mío. Toda hija sueña con llevar a su madre al altar.

—¿Te resulta incómodo?

—Sí, pero lo superaré. Tengo que hacerme a la idea. —Cam suspiró—. Ya no eres mi niña pequeña.

Encargarle la música a Perry tal vez hubiera sido un error de cálculo. Alicia, flanqueada por Cam en color frambuesa y por Perry en amarillo, llegó al altar al ritmo de Katy Perry. Estaba preciosa, con un vestido sencillo bordado de color crema. Se había puesto violetas en el pelo y llevaba un ramo de orquídeas amarillas y frambuesa. Izanagi llevaba una camisa marrón y diáfana de manga corta, unos pantalones de lino y unas sandalias. De repente, a Cam le pareció más guapo de lo que recordaba. Era alto, tenía la espalda ancha y un pecho fuerte, la piel tostada y perfecta y unos ojos sonrientes que brillaban cuando miraba a su madre. En el altar, a su lado, estaba Asher, que le guiñó un ojo, como diciéndole que todo saldría bien.

Alicia e Izanagi se sonrieron y Cam se permitió soñar despierta sobre su futuro. Las instantáneas fueron pasando por su mente. Los dos, dejando a Perry en la universidad. Viajando por el mundo real, no el mundo de fantasía de Disney. Los vio caminando con pastores de cabras en Nepal, en el Himalaya. Los vio posando en la Gran Muralla China y brindando con dos enormes jarras de cerveza en Alemania. Los vio envejeciendo poco a poco, juntos y felices en el álbum de fotos de su mente.

Luego intentó incluirse en sus vidas. Se concentró y usó hasta la última gota de su fuerza de voluntad para forzar una imagen de una Cam de veintiún años sentada con ellos en el sofá en Navidad. Intentó imaginarse a Izanagi, incómodo con un traje elegante en su graduación en Harvard. Intentó imaginar qué aspecto tendría su madre cuando mirase a su primer nieto y le contara los dedos de las manos y los pies. Las ideas aparecían en su mente, pero las imágenes no. Las imágenes estaban en blanco.

Así que se centró en el momento presente. Se recordó que el presente era lo único que importaba y que lo que estaba sucediendo en aquel momento era bueno.

Elaine fue breve, por suerte, y en lugar de torturarlos con un sermón fue al meollo del asunto: «Por el poder que me ha sido otorgado por el estado de Maine, yo os declaro compañeros de por vida». Y entonces empezó la fiesta. Perry y sus amigas correteaban por los bordes del jardín entre risas, espiando, imitando y postureando, como si fueran adultas, e intentando robar copas del bar. Asher les daba piñas coladas sin alcohol y ellas se imaginaban que eran de verdad.

Los chicos de catálogo estaban por aquí y por allá, como hermosas y coloridas estatuas en el templo de la pijez. Izanagi y Alicia bailaron casi todo el rato, fuera cual fuese la canción que reprodujera el iPod de Perry. Cuando llegó la hora de lanzar el ramo, Alicia se lo pasó, como si estuviera jugando a voleibol, a Elaine, que lo atrapó con entusiasmo y pasó el resto de la noche con Smitty, bailando pegados.

El sol se puso detrás del faro, y la madre orca, cuyo bebé debía de haber crecido y de haberla abandonado, saltó en soledad en la bahía. Todo el mundo comía, reía, bailaba y olvidaba. Olvidaron las fechas de entrega, las cuentas bancarias y las solicitudes para el trabajo y la universidad y los divorcios y los impuestos y las minucias de la vida. Todos lo olvidaron, menos Cam, que estaba en el baño de la segunda planta mirando con ojos bizcos cómo el mercurio del termómetro subía más allá del 40.

—¡Cam! —Asher llamó a la puerta—. ¿Estás bien? Llevas ahí un buen rato.

—Estoy bien —canturreó Cam—. Solo me estoy empolvando la nariz. —Rebuscó en el botiquín hasta encontrar el ibuprofeno y se tomó dos. La rana hecha de conchas que había robado en el parque de South of the Border la miraba de forma acusadora—. Cállate, estoy bien —le espetó a la figura.

—Oye —dijo Asher cuando por fin le abrió la puerta—. Todo el mundo está yendo al faro. ¿Quieres ir?

—No, pero ¿por qué no vas tú? Yo debería quedarme aquí con mi madre.

—Hum, no creo que te vaya a echar de menos. —Asher señaló al patio a través de la ventana del pasillo. Izanagi y Alicia se estaban besando contra un árbol.

—Qué asco —dijo Cam. No había nada peor que la gente mayor besándose.

—Ya... Bueno, entonces ¿quieres ir?

—No, no. Ve tú —dijo—. Yo me quedaré a recoger.

—Puedo ayudarte. O podemos hacerlo por la mañana.

—Asher...

—¿Qué?

—Ve y ya está, ¿vale? Necesito estar sola un rato.

—Vale, cariño —accedió—. Me parece un poco raro, pero vale.

—Vale —contestó Cam—. Ahora vete.

Cuando estaba a mitad de las escaleras, se detuvo y se volvió para mirarla.

—¡Vete! —exclamó ella.

—Vale.

Esperó hasta que estuvo fuera de su vista para doblarse en dos, acuciada por un dolor punzante que le atravesaba las entrañas.

TREINTA Y CUATRO

Tras una noche de un sueño intermitente y lleno de pesadillas aterradoras con terremotos, volcanes y tsunamis, Cam se despertó. Miró por la ventana y vio a su madre y a su abuela cribando los detritus desperdigados de la boda: lazos, flores muertas, montoncitos de arroz, el charco de la escultura de hielo derretida, platos de tarta a medio comer…

A Cam le ardía la piel, pero sabía que si llegaba hasta el ibuprofeno podría esconder la fiebre un día más. Se lo tomó y luego volvió a la cama a esperar a que le hiciera efecto. Se metió la mano en el bolsillo y palpó el botecito de morfina líquida que no había usado en semanas. Dejó caer tres gotitas bajo la lengua, solo porque sí. «Hoy estaré de un humor maravilloso», pensó. Como un veterano de la guerra de Vietnam loco, psicótico y sin techo, pero al menos no sentiría dolor. Se sintió tentada de usar también el inhalador, pero si la razón por la que le costaba respirar era que los tumores estaban ejerciendo presión sobre su corazón y sus pulmones, no le serviría de nada.

—¿Cam, estás bien? —la llamó Asher desde abajo.

—Sí, sube. Necesito que me ayudes con una cosa.

Asher subió las escaleras de caracol. Llevaba unos bermudas de cuadros marrones y una camiseta marrón claro que le marcaba la forma del pecho sin quedar demasiado ajustada. Asher, don perfecto.

Cam estaba sentada en el colchón hojeando de forma frenética el montón de correo milagroso que había conseguido llegar hasta ella, aunque estuviera en Promise. Estaba buscando el sobrecito gris de Hello Kitty que le había enviado Lily. Tenía la sensación de que era mejor abrirlo ya, antes de que fuera demasiado tarde. Rebuscó entre los papeles de admisión de Harvard hasta que el sobre cayó de canto sobre la cama.

—Necesito que me abras esto —le pidió.

—¿Te da miedo cortarte con el papel?

—No —respondió Cam un poco irritada. No estaba de humor para bromas—. Es de Lily. Necesito abrirlo y no quiero estar sola cuando lo haga.

—No te preocupes. Abrámoslo. —Se sentó en la cama detrás de ella, rodeándola con los muslos.

Ella suspiró y cogió el sobre.

—Vamos, Cam. —La besó en el hombro.

El sobre se abrió al instante; el pegamento se había ablandado tras semanas de aire de mar húmedo y salado. Cam sacó un pedazo de papel doblado: era la lista del flamenco de Lily, que había arrancado de una libreta de espiral hacía más de un año. Lily había decorado los márgenes con flamencos dibujados con tinta negra, y dentro había dibujado unos cuadraditos muy pulcros al lado de cada uno de los puntos para tacharlo cuando estuviera hecho. Cam acarició la tinta con los dedos, como si se dispusiera a leer Braille. Quería sentir más a Lily, quería notar cómo había presionado esas letras sobre el papel.

La mayoría de los puntos de la lista estaban tachados con un bolígrafo plateado con purpurina, como:

- Ir a Italia
- Aprender a pintar
- Tirarme en paracaídas («¡Qué pasada!», pensó Cam)
- Ver un espectáculo en Broadway
- Conseguir el autógrafo de Bono

Al lado de ese último punto había una nota, «incluido». Cam sacudió el sobre y una entrada de cine cayó sobre la cama. En el dorso había un autógrafo.

Lily había rodeado las cajitas vacías con un rotulador rojo, el mismo con el que había escrito, subrayado y en mayúsculas: «¡¡CAMPBELL, HAZ ESTOS!!»

Los puntos que no estaban tachados eran:

- Nadar desnuda (Vivía en un lago, recordó Cam. Esto podría haberlo hecho)
- Hacer surf
- Comer *surf & turf* (Esta se le debía de haber ocurrido por asociación de ideas)

- Ver un volcán en erupción
- Nadar con delfines
- Visitar el Taj Mahal

El último punto, que, por desolador que fuera, había quedado visiblemente en blanco, decía: «Encontrar el amor verdadero».

—Mierda —dijo Cam, mientras su corazón saltaba desde su diafragma y se le hundía en el estómago—. Oh, Lily... —Cam suspiró y respiró hondo para contener las lágrimas.

Asher cogió el lápiz de carpintero que llevaba detrás de la oreja, alargó la mano por encima del hombro de Cam y tachó el último punto de inmediato.

—Asher —dijo Cam.

—¿Qué? Es verdad —contestó él.

—Ya lo sé, pero... —Se sentía como si se lo estuviera robando a Lily y, por un segundo, sintió que no se lo merecía.

—Se alegraría por ti, Cam.

—Ya lo sé.

Cam cogió el lápiz y tachó el punto del volcán, porque había ido a Hawái un par de veces para asistir a seminarios sobre el hula. Tachó el del *surf & turf* porque aunque no hubiera comido un plato con langosta y carne roja, comer langosta se le acercaba bastante. Había visto la versión del Taj Mahal en Disney, en «Es un mundo pequeño», y tendría que bastar. Lo tachó.

—Lo demás podemos hacerlo en un solo día —afirmó Asher.

—¿Podemos?

—Y lo haremos.

Cam estaba de pie en la orilla de la playa, al otro lado del faro, luchando contra una bola arrugada de neopreno. No conseguía entender cómo funcionaba. A medida que avanzaba agosto, el verano de Maine se iba haciendo cada vez más frío, pero, por suerte, Asher había encendido una pequeña hoguera en la playa. El fuego crepitaba y siseaba un poco, luchando por mantenerse con vida pese a la brisa marina.

—Póntelo como si fuesen unas medias —le gritó Asher desde la orilla, hasta donde había arrastrado una tabla de espuma enorme para principiantes—. O no te lo pongas y ya está. Así tachas lo de bañarte desnuda y matas dos pájaros de un tiro.

—No pienso hacer surf desnuda, Asher.

—Lástima —contestó él.

Cuando por fin consiguió abrocharse el traje, Asher la hizo tumbarse boca abajo en la tabla, en la arena, y practicar cómo ponerse de pie de un salto un par de veces. Luego se adentraron en el agua, nadaron un poco sobre la tabla y se sentaron a horcajadas, balanceándose de un lado a otro.

—Esta es la parte en la que los tiburones se piensan que somos tortugas de mar.

—¡Asher! ¡Sabes perfectamente que odio los tiburones, maldita sea! —De repente, el mar le pareció de un color gris oscuro y amenazante.

—Era broma. En Maine no hay tiburones.

—¿No?

—No. Un momento, ¡¿qué es eso?! —señaló algo que había cerca de la pierna de Cam.

—¡Asher! ¡En serio, para! —Se le llenaron los ojos de lágrimas por un instante. No se encontraba bien, completar la lista de Lily la había puesto sensible y no le gustaban nada los tiburones.

—Perdona, Cam, de verdad. No pensaba que te daría tanto miedo. Ven aquí —le dijo, y la abrazó allí mismo, dentro del agua. Las tablas chocaron mientras subían y bajaban sobre las olas, intentando mantenerse a flote—. Muy bien, túmbate en la tabla. Te empujaré hacia una ola en el momento exacto y entonces solo tienes que levantarte.

—Solo tengo que levantarme, ¿no? Creo que si fuese tan fácil ahora mismo habría más gente haciendo surf. —Cam escudriñó la franja de arena, algas y rocas que había ante ella. Eran las únicas personas en kilómetros a la redonda. El pueblo, que estaba a su izquierda, se le antojaba pequeño y abandonado, como uno de esos pueblos en miniatura de cerámica que la gente ponía al lado del árbol de Navidad.

—Tú puedes —insistió él—. ¡Ale-hop!

Cam se tumbó en la tabla y Asher la cogió por detrás para que no se cayera. La impulsó hacia una ola que se acercaba justo antes de que llegara a su punto más álgido y rompiera. Cam se impulsó con las manos para ponerse de pie de un salto en un solo movimiento, con agilidad, como había visto en la televisión y... lo logró. Estaba de pie en el agua. Se sentía como si fuese a comerse el mundo; notaba cómo el océano se agitaba y retumbaba bajo sus pies. ¡Era muy emocionante! ¿Quién no iba a querer experimentar algo así?

Consiguió llegar hasta la orilla: un pequeño milagro, o la suerte del principiante. Asher alzó los brazos para celebrarlo mientras subía y bajaba en su tabla. Cuando llegó otra ola, también él se puso de pie de un salto y la surfeó hacia delante y hacia atrás a la perfección, como Cam esperaba. Él le pidió que volviese al agua y lo intentase de nuevo, pero por mucho que le hubiera gustado surfear, estaba exhausta. Todavía tenía fiebre, lo único que la enmascaraba un poco era el ibuprofeno. Solo ponerse el neopreno la había dejado agotada.

—Ve tú —le dijo—. Y yo te miro.

Una vez en la playa, se quitó el neopreno, se acurrucó en su sudadera con forro de felpa y las zapatillas rosas de su hermana y se sentó junto al fuego. Sacó la libreta que Izanagi le había regalado y desplegó la lista de Lily. Tachó «Hacer surf» y luego echó un vistazo a la libreta. En algún momento, durante su estancia en Promise, había empezado a registrar las nociones reveladoras que había aprendido durante ese tiempo.

- Los pensamientos son energía, la energía es masa, y la masa no desaparece
- Presta atención a las coincidencias
- Puedes elegir tu identidad

Y una más reciente: «Lo único que importa es el momento presente».

. Así que se sentó en el momento presente y contempló cómo Asher hacía surf con la felicidad y la concentración de un crío. Hacer surf implicaba aceptar unas condiciones en las que no tenías más remedio que vivir en el momento presente. Tenías que prestar atención. Quizá por eso la gente que lo hacía se ponía tan espiritual. Cam se alegró de que Lily lo hubiese incluido en su lista.

TREINTA Y CINCO

Cuando llegaron a casa, se dieron una ducha caliente cada uno, Cam tomó un poco más de ibuprofeno y descansaron antes de embarcarse en el plan de Asher para el resto de la tarde. Dijo que conocía una calita muy especial en la bahía que era perfecta para un «baño nocturno», que era su eufemismo para nadar desnudos.

—R.E.M. tiene una canción que se llama «Nightswimming». Deberíamos ponerla —dijo Cam.

—Por supuesto —contestó él. La llevaría hasta allí en barco cuando se pusiera el sol.

El resto de la familia estaba jugando a la petanca en el patio: Perry e Izanagi contra Nana y Alicia. Cam se sentó en la mesa de pícnic para mirarlos un rato. Iba con el equipo de las señoras, pero no hacía falta que las animara porque eran un par de tramposas y tenían la situación bajo control. Asher se unió a ella.

Cam miró hacia la playa. Las franjas púrpura y naranja que se dibujaban tras el faro, y que ya conocía bien, parecían querer quedarse allí para siempre en lugar de dejar paso a la oscuridad.

—¿No podemos irnos ya? —le preguntó a Asher cuando volvió de juzgar una discrepancia en el campo de juego. Estaba ansiosa por terminar la lista.

—No, tiene que ser de noche.

—No creo que nadie me vaya a ver.

—No es por eso por lo que tiene que estar oscuro.

—Entonces ¿por qué?

—Paciencia, Campbell.

El ruido profundo del motor del barco retumbaba en la negra oscuridad de la bahía. Cuando ya estaban cerca de su destino, Asher puso R.E.M. y la estela de espuma que quedaba tras el barco empezó a brillar y resplandecer como si hubiesen puesto un foco bajo el agua. Ancló el barco cerca del banco de arena iluminado por la luz de la luna.

Resultó que tenía que ser de noche porque la había llevado a una cala bioluminiscente donde el agua brillaba como por arte de magia, con destellos de colores fluorescentes y neón. Cam ya había oído hablar de aquello. El resplandor lo causaban antiguos organismos unicelulares que no eran ni plantas ni animales. Eran el principio de la vida, los habitantes originales y primigenios del mundo. El lugar donde la vida había empezado, el único lugar donde el agua y la electricidad podían coexistir. Era ciencia y era magia y era absolutamente increíble.

Cuando Cam bajó la vista vio rastros de purpurina en el agua. Unos peces azules diminutos nadaban a toda velocidad entre los dinoflagelados, las algas mágicas que brillaban.

—Las damas primero, señora —dijo Asher—. ¡Al agua!

Cam se bañó desnuda a la manera de los pusilánimes. Primero se metió en el mar con el bañador. El agua estaba caliente. Mientras flotaba, se quitó el bañador y se lo lanzó a Asher, que estaba en el barco. Él lo atrapó al vuelo y se desnudó antes de tirarse de bomba totalmente desnudo. El chapuzón iluminó el cielo con fuegos artificiales líquidos.

El agua no era muy profunda, así que Asher hacía pie. Abrazó a Cam y la besó mientras ella enrollaba las piernas a su alrededor. El polvo mágico de purpurina se arremolinaba a su alrededor cuando se movían. Era como nadar en el interior de una estrella. Con un dedo, Cam le pintó en la nariz una raya de agua que brillaba en la oscuridad. Él le hizo lo mismo en la cara, el cuello y el pecho. Se besaron y luego nadaron hasta el banco de arena, donde hicieron el amor de forma cósmica y resbaladiza, a medio camino entre allí y un mundo del más allá.

—Eso no estaba en la lista —dijo Cam.

—Estaba improvisando.

—Buen trabajo. —Cam estaba tumbada en la arena como una sirena.

—Quiero estar contigo para siempre —confesó Asher mientras la contemplaba. Su pelo, ya largo y ondulado, le rodeaba la cabeza apoyada en la arena, como si fuesen algas de seda.

—Esto es para siempre —respondió ella. Estiró los brazos sobre su cabeza y bostezó, satisfecha.

—No te me pongas metafísica, susurradora de asnos. —Asher sonrió mostrándole ese precioso hoyuelo a un lado de su boca.

—No. Este momento. —Cam entrelazó las manos tras la nuca de él—. El momento presente puede partirse en una infinidad de momentos presentes más pequeños. Este momento es para siempre. Y eso es lo único que importa.

Ambos oyeron un silbido, lo que les pareció espeluznante, porque estaban solos en la oscuridad en mitad del océano.

—¡Mira! —exclamó él, y se incorporaron, sentándose en la playa.

Dos delfines de color azul lavanda saltaron del agua a la vez, creando un arco de agua dorada y brillante en el aire, tras ellos.

—Vienen todo el tiempo —explicó Asher—. Para ellos es como un patio de juegos.

—¿No ven en blanco y negro?

—Supongo que pueden percibir la luz. ¿Se acerca esto lo suficiente a nadar con ellos o quieres que vaya a buscar a uno?

—No creo que haga falta —dijo ella. Los delfines volvieron a saltar y se acercaron más al banco de arena y al barco. Sentían curiosidad por Asher y Cam y querían jugar.

Cam se puso de pie y se metió en el agua hasta la cintura, aún desnuda, como Brooke Shields en *El lago azul*. Vio una aleta que se acercaba.

—¡Asher! —lo llamó con voz temblorosa—. Ven conmigo. Se parecen demasiado a los tiburones.

—No son tiburones, Cam.

Asher se puso junto a ella y le rodeó la cintura con un brazo. Cam alargó una mano y el delfín se frotó contra ella como un enorme gato que ronronease a la hora de comer. Tenía la piel resbaladiza al tacto.

—Cógete de la aleta —le dijo Asher—. Y así te llevará a dar una vuelta.

Se agarró a los lados de la aleta, y el delfín, que era puro músculo, puro poder, despegó.

Cam chilló.

—Espero que me estés viendo, Lily —dijo, y permitió que el delfín la arrastrara unos diez metros antes de soltarse. No quería que se la llevara al olvido, a las profundidades del mar.

Mientras volvía nadando junto a Asher, esperó ver una señal, algo que le confirmara que la vida de Lily se había completado. Se había acostumbrado a los atardeceres eternos, a los arcoíris a medianoche y a los flamencos que volaban por la nieve. Una pequeña parte de ella había cambiado de opinión respecto a la probabilidad de los milagros. Ahora ya casi se los esperaba.

Siguió aguardando algo, una luz en la distancia, un maremoto, algo grandioso e irrevocable. Sin embargo, aquella noche no habría milagros que partieran el cielo en dos. Creyó sentir el suave cosquilleo de un aleteo de mariposa en la mejilla y luego una brisa gélida, y decidió que aquello significaba que Lily se había marchado.

Cuanto más se acercaban al muelle, más serio se ponía Asher. Cam intentó hacerle cosquillas.

—Ahí está esa sonrisa —le dijo, intentando hacerlo reír. Su estado de ánimo la confundía. Mientras se preparaba para atracar el barco en el muelle, iba golpeando cosas, hasta que Cam por fin vio a qué se debía. Miró a la orilla y allí, junto al cartel enorme rojo y blanco en el que se leía «Vivero de langostas de Smitty», vio a una rubia delgada sentada encima de un montón de trampas para langostas con las piernas cruzadas, balanceando la de arriba adelante y atrás, esperando a que el barco volviera.

—Mierda.

Era «Marlene», según la matrícula personalizada de su Mustang. Era la mujer que estaba con Asher en su Jeep aquella noche, que era demasiado vieja para que su madre hubiera usado un catálogo de ropa como inspiración para su nombre.

Asher bajó cabizbajo y sin mirar a Cam, con las manos en los bolsillos, como un niño pequeño a punto de recibir una regañina. Se acercó a Marlene y Cam sintió que se le dormían las manos. Al final, se volvió hacia ella y le dijo:

—Lo siento. Dame un segundo, ¿vale?

A Cam le ardía la piel de la humillación, de la tristeza, de la certeza de que en la realidad no había un lugar honesto para su amor.

Se subió a Cúmulo y encendió la calefacción intentando derretir el hielo que tenía en los huesos. Cinco minutos más tarde, Marlene seguía hablando animadamente en el asiento del conductor del Mustang mientras Asher la escuchaba en silencio y con la cabeza gacha. Aquello iba para largo.

Cam salió del aparcamiento del puerto y deseó confundirse entre la niebla. Ser invisible, invencible y estar sola.

TREINTA Y SEIS

Cam se levantó todavía con más fiebre. Le dolían la garganta y el lado derecho del cuerpo y se sentía como si tuviera el estómago lleno de cemento. Sabía que lo más razonable era ir al hospital, pero también que, en aquella ocasión, cuando entrara ya nunca saldría.

Apenas fue capaz de bajar las escaleras y entrar en la cocina. Perry estaba sentada junto a la isla, leyendo un libro.

—Pensaba que estabas con Asher —comentó mientras Cam abría la nevera y echaba un vistazo, buscando algo que no la hiciera vomitar.

—No.

—¿Por qué no estás con Asher?

—No tengo por qué estar con él las veinticuatro horas del día, Perry.

—¿Habéis roto?

—¡Dios, Perry! No, ¿vale? Solo voy a tomarme un vaso de zumo de naranja, algo que puedo hacer muy bien solita, sin Asher.

Justo en ese momento, el susodicho entró en la cocina, cogió a Cam desde atrás y la inclinó para besarla.

—No, no puedes —dijo—. Me necesitas a mí, para que te sirva el zumo.

—Pues la verdad es que no —contestó en un tono totalmente inexpresivo.

—Uf, qué frialdad, Camarona —dijo Asher, mirándola a los ojos con seriedad. Todavía la tenía inclinada para besarla.

—Ya te dije que no me gustaba eso de Camarona —masculló, liberándose de sus brazos.

Asher se puso recto.

—He caído en desgracia, ¿no? *Sacré-bleu!*

—No. Solo tienes que saber que no te necesito como a ti te gusta que te necesiten. —Cam abrió un armario y se sirvió un bol de cereales que no tenía ninguna intención de comerse.

Perry se llevó su libro al salón.

—Ayer sí que parecías necesitarme.

—No. No soy de la clase de personas que necesitan a la gente —respondió mientras sacaba la leche de la nevera.

—Campbell... —dijo Asher tras respirar hondo—. Tengo un pasado, ¿vale? Tuve una historia con ella, pero solo fue un rollo, algo temporal. Una sustituta hasta encontrar algo de verdad. Lo nuestro es de verdad. —Se puso de pie, la cogió de la mano y le acarició la palma con la yema rugosa de su dedo índice.

Cam apartó la mano.

—Qué bonito. Cómo me alegro de que lo nuestro sea de verdad. ¿No es eso de un anuncio de Coca-Cola?

Asher se acercó de nuevo a ella, pero ella lo apartó.

—Sé sincero contigo mismo, ¿vale, Asher? Admite que hay muchas probabilidades de que tires tu vida a la basura en este pueblucho, dejando que te absorba la vida la tía esa, que cogerá todo lo que le des y pedirá más y más, a no ser que le eches un par de huevos y encuentres el coraje de construir tu propia vida.

—Cam...

—Pero no lo harás, ¿verdad que no? Jamás abandonarás tu estatus de pez gordo en estanque pequeño. Eres un cobarde. Podrías ser alguien. Podrías tener un futuro, pero tienes demasiado miedo de intentarlo. Qué desperdicio —le espetó. Tiró el cartón de leche en la nevera y la cerró de un portazo. Le temblaban las manos y le caían lágrimas de ira calientes y febriles.

Asher dio un paso atrás, como si temiera que le pegara.

—Me gusta vivir aquí, Campbell. Tengo todo lo que necesito. ¿Por qué querría estar en otro sitio?

—Porque la mayoría de la gente quiere cosas, Asher —dijo sin girarse, con la mirada fija en la nevera—. Quieren algo y van a por ello. No está bien quedarse esperando a que la vida te encuentre.

—Pensaba que habías dicho que tenía que vivir en el momento presente.

—Esa era yo. Yo debería vivir en el momento presente. Pero tú deberías planificar tu futuro porque tienes uno, joder.

—Tú también tienes uno. ¿Has enviado esos formularios a Harvard?

Cam se volvió y lo miró.

—No estamos hablando de mí, Asher, pero por supuesto que lo hice. Cuando llegue septiembre me iré y no miraré atrás. ¿Cómo es posible que hayas pensado que esto era algo más que un amor de verano?

—No sé, quizá porque me dijiste que me querías. O igual no. Lo dijiste en samoano, así que en realidad no tengo ni idea.

—Seguro que no soy la primera chica que te lo ha dicho.

—Al menos las otras lo decían de verdad.

Se apoyó en la encimera con la cabeza gacha y escuchó cómo se iba, dando un portazo tras él. Sabía que tenía que alejarlo, pero jamás había sentido tanto peso en su interior. La fuerza de la gravedad tiraba de su cuerpo con tanta fuerza que pensó que tal vez el suelo se la tragaría.

Cam, que había llorado hasta quedarse dormida, se despertó con el sonido del viento, que entraba por las ventanas del mirador de la viuda. Por primera vez desde que se habían mudado a Promise, hacía dos meses, el cielo se estaba llenando de nubes, unas nubes grises que parecían moverse a cámara rápida, como en uno de esos documentales de naturaleza donde aceleran el tiempo de forma dramática. Por fin, una enorme gota de lluvia se estampó contra el cristal que daba al este y fue como la piedra angular que, una vez cae, hace que todas las demás se precipiten detrás. La lluvia empezó a acribillar las ventanas como si fuera metralla.

Al principio, oía las gotas individuales, pero luego un muro de agua comenzó a golpear la ventana como si la abofeteara. En Florida, Cam había visto algunas tormentas impresionantes, con truenos fragorosos que resonaban acompañados de rayos chisporroteantes, pero lo más impactante de aquella tormenta era su permanencia. En Florida, las tormentas eran volubles y efímeras, absolutamente temporales. Aquella, en cambio, había llegado para quedarse. Cam se envolvió en sus mantas y la contempló, analizando las sombras grises que cambiaban de forma.

—Está ahí fuera, ¿sabes? —oyó la voz rasposa de una anciana desde la esquina de la cúpula.

Debía de tener la fiebre muy alta, porque Cam podía ver la figura ensombrecida de la mujer de larga melena de la fotografía de Asher. «OLIVIA, 1896» estaba sentada en la antigua silla de madera en la que Cam solía dejar la ropa limpia. De hecho, tal y como Cam se recordó, lo más probable era que fuera precisamente eso, un montón de ropa limpia.

Ya había tenido alucinaciones febriles en otras ocasiones. Normalmente, desaparecían si no les contestabas, así que Cam la ignoró.

—Hay amores que matan, ¿no? ¿No dice así el dicho? —dijo la sombra.

«Es un montón de ropa limpia —se repitió Cam—. Solo es una silla y un montón de ropa limpia». Palpó el suelo, al lado de su cama, para buscar el ibuprofeno y se tomó tres pastillas a la vez.

—Es bastante egoísta por tu parte que decidas por él cómo debe enfrentarse a esto —dijo la silla.

—No necesita vivir más pérdidas —contestó Cam sin poder contenerse—. Es mejor que esté enfadado que triste.

«Vaya», pensó. Ahora que le había hablado, esa bruja escalofriante no se iría nunca.

—Eres una sabelotodo —le espetó la viuda—. Quizá necesite sentir esa pena. Quizá necesite despedirse, pasar página.

Cam odiaba esa expresión, «pasar página». La odiaba aún más que la de «hay amores que matan».

—¿De dónde has sacado los libros de autoayuda?

—Te queda mucho por aprender sobre los hombres.

—Claro, porque tú sabes un montón. Por eso te quedaste ahí sentada y te pasaste toda la vida esperando a que un hombre volviera a casa.

—No se nos puso en esta tierra para pasar por ella en soledad.

—Puede que no, pero todos morimos solos, ¿no?

—¿Y yo qué soy, transparente?

—¿Has venido a ayudarme a morir?

Un rayo iluminó la cúpula y Cam pudo ver a la figura con más claridad. Estaba sentada con la mirada baja, concentrada en la labor que tenía en el regazo. Llevaba una falda negra hasta los tobillos y un jersey negro. Tenía la nariz larga y afilada y el rostro arrugado y curtido, pero su melena seguía siendo hermosa, ondulada y de color rubio rojizo.

—Ajá.

—¿Ya?

—Pronto, niña.

—Solo eres un montón de ropa.

—Hum…

—¿Por qué te han mandado a ti? ¿Por qué no han mandado a mi padre? ¿O a Lily? Y si este pueblo es tan mágico, ¿por qué no puedes salvarme y ya está? ¿Qué tiene de mágico que me den algo por lo que vivir y luego simplemente me lo arrebaten? Eso es cruel.

—«Todos esos arcoíris de mierda y los flamencos y las tormentas de nieve en julio no pueden evitar que me muera como una pirada, hablándole a una silla», pensó. ¿Cómo podía haber llegado a creer que la salvarían?

—Está ahí fuera, ¿sabes? —repitió la viuda. Levantó un dedo gris, artrítico y espeluznante y señaló el mar. Cam se levantó y miró por la ventana. Parecía que estuviera hirviendo. Regueros calientes y negros como lava de agua de mar chocaban en ángulos extraños. Era el caos. Cam miró de nuevo al montón de ropa, pero la mujer había desaparecido.

Su mirada se desvió hacia la antigua cochera, que estaba a menos de veinte metros.

Cam seguía sentada en la cama, contemplando la tormenta.

—Qué locura, ¿verdad? —comentó mientras un rayo blanco parecía romper el cielo en dos.

—Oye, cariño, tengo que decirte una cosa —dijo Alicia mientras le tendía una taza humeante. Había subido con un poco de chocolate caliente.

—Dime.

—Perry me ha contado que Asher y tú habéis discutido.

—¿Y qué?

—Bueno, parece que después de eso se ha ido. —Alicia se sentó en la cama y la cogió de la mano.

—¿Y qué?

—Con el barco, cariño. Se ha ido con el barco y nadie ha conseguido ponerse en contacto con él. Está perdido ahí fuera, en esa tormenta.

Cam miró de nuevo los violentos remolinos del mar y del cielo. «Sabrá manejarlo, ¿no? —pensó primero, imaginando la fuerza de sus robustos antebrazos mientras izaban, guiaban y manejaban el oleaje—. Él es capaz de todo». Pero entonces estalló otro trueno, resonando profundamente en la distancia, y el sonido rodó hacia ellas, amenazante como un tren. Explotó entonces un restallido final atronador.

—Voy a buscarlo —dijo Cam—. Cogeré el kayak.

Se levantó de la cama y empezó a rebuscar entre la

ropa. «¿Ves? Solo es ropa». La adrenalina había tomado el control y se había olvidado del dolor. Se puso los vaqueros y un par de camisetas y fue hacia las escaleras. Podía salvarlo. Había hecho algunos cursos de socorrismo en la piscina del Polynesian en los que te enseñaban cómo hacer un flotador con tus vaqueros mojados atando los bajos con nudos y llenándolos de aire.

—Campbell, no puedes salir ahí fuera.

—Sí, sí que puedo —replicó ella, pero cuando alargó una mano para cogerse de la barandilla se sintió tan mareada que creyó que se desmayaría. Estuvo a punto de caerse.

Su madre la cogió del codo.

—Espéralo aquí, Campbell. Es lo único que puedes hacer, cariño.

Cam abrió la puerta de cristal de la cúpula y salió al mirador. La lluvia oblicua la empapó al instante.

—¡Asher! —gritó al viento—. ¡Asher, idiota! ¡Vuelve!

Lo que ella quería era que se marchara y disfrutara de su vida sin ella, no que abandonase el planeta.

—¡No te oye, Campbell! —gritó su madre.

Observó cómo la luz del faro oscilaba sobre la bahía y escudriñó el agua en busca de un barco, pero no vio más que las olas oscuras y plateadas, con sus crestas blancas, chocando las unas contra las otras y precipitándose hacia la orilla.

—Tiene que estar ahí fuera. ¿Por qué no va nadie a buscarlo? —chilló desesperada.

—No pueden mandar a alguien ahí fuera con esta tormenta, Campbell. Tenemos que esperar a que amaine.

Cam caminaba de un lado a otro bajo la lluvia.

—Me voy a quedar aquí fuera buscándolo.

—No seas tonta, Campbell, no puedes hacer nada desde ahí.

—No. Esto es culpa mía. Lo voy a esperar.

—¡Campbell! —gritó su madre, exasperada, y entró a buscar un chubasquero y un paraguas. Encontró el impermeable amarillo de Asher y obligó a Cam a entrar, secarse y ponérselo antes de volver a salir al mirador.

—¿Por qué no puedes esperar dentro? Para eso construyeron este sitio. Para esperar.

—Tengo que estar ahí fuera y ya está, ¿vale? —Necesitaba sentir lo que él estaba sintiendo, que no hubiera ninguna barrera entre los dos. Tenía que estar ahí fuera, enviándole sus pensamientos, porque los pensamientos son energía, la energía es masa y la masa no desaparece. Con sus pensamientos, podía mantenerlo cerca. Sabía que si dejaba de prestar atención iría a la deriva para siempre—. No hace falta que te quedes conmigo.

Su madre se quedó con ella, por supuesto, y las dos esperaron, encogidas y acurrucadas contra la pared. Alicia intentó proteger a Cam con varios paraguas, pero el viento los ponía todos del revés. Al final, se rindió y escondió la cabeza entre las rodillas. Cam creyó oírla mascullar algunos avemarías.

—¿Es la oración correcta? —preguntó Cam.

—Es la única que me sé. Soy una mala católica.

—No pasa nada.

Continuó su vigilia, visualizando una y otra vez a Asher conduciendo el barco hasta casa. Se lo imaginó acercándose al muelle y luego lo vio en su recuerdo, bajando de un grácil salto y atando las cuerdas, como lo había visto hacer otras veces.

Cuando los primeros rayos blancos de sol intentaron abrirse paso entre las nubes de tormenta, todavía llovía. El viento había aflojado un poco, pero aún inclinaba la lluvia contra el rostro de Cam. La bahía estaba en calma, pero negra y vacía.

Cam intentó ponerse de pie, pero se tropezó y se cayó en las rodillas de su madre.

—Por Dios, Campbell, ¡estás ardiendo! —exclamó Alicia.

Ayudó a Cam a entrar y a quitarse la ropa y entonces empezaron las convulsiones. El frío, la fiebre, el dolor y el agotamiento colisionaron y erupcionaron en su interior y no pudo evitar los temblores. Temblaba con tanta violencia que hizo falta que Perry, Nana y Alicia unieran esfuerzos para darle una ducha caliente y vestirla. Sin embargo, los temblores continuaron hasta que llegó la crisis epiléptica, y fue entonces cuando se dieron cuenta de que no bastaría con el pequeño hospital de ladrillo de Promise y cogieron el coche en dirección a Portland.

TREINTA Y SIETE

Por extraño que parezca, allí Cam se sentía segura. Ahora que estaba de nuevo entre las paredes sagradas y estériles de la medicina occidental, se había cerrado el círculo. Los pitidos irregulares de los monitores la tranquilizaban y se sentía fresca, limpia e hidratada gracias a la solución salina que le entraba por las venas. Debían de haberle metido también alguna otra cosa, porque, pese a que le hubieran apuñalado la caja torácica con dos gruesos tubos, no sentía ningún dolor.

En realidad no sentía nada. ¿Era suyo ese pie que salía de debajo de la manta con los restos descascarillados de pintaúñas negro en los dedos? Debía de serlo. Qué vergüenza, que te atrapen a las puertas de la muerte sin que antes te hayas hecho una pedicura. Se preguntó si el empleado de la funeraria le pintaría las uñas de negro. «¿Qué harán con los dedos de los pies?», se preguntó. Probablemente, limitarse a taparlos. Qué más daba.

Oyó el sonido familiar de la voz de Alicia en balbuceos susurrantes. Mantenía una seria conversación con un médico que sabía que pronto iría ganando en intensidad, sobre todo cuando el médico le dijo lo que Cam ya sabía: que aquello era el final.

La enfermera de cuidados paliativos había venido hacía un rato y Cam había oído su conversación con Perry.

—Todo terminará muy pronto, cuando las uñas de los dedos se empiecen a poner azules.

—¿Azules como cuando se te ponen los labios azules o como cuando una uña se va a caer? —había preguntado Perry.

—Como el de los labios —había contestado la enfermera, y luego, tras dejar unos folletos informativos sobre la vida y la muerte, se había marchado.

—¡No! ¡No puede ser cierto! —oyó gritar a Alicia—. Debería haberla visto hace dos días; estaba perfectamente. ¿Cómo puede haber pasado esto en dos días?

—Creo que lleva ya bastante tiempo luchando contra esto. Siete años, según el historial —repuso el médico.

—Sí, pero eso era antes.

—¿Antes de qué?

—No lo sé. —Alicia suspiró—. Antes de que la trajéramos a Maine. Aquí estaba mejorando.

—A menudo, la gente pasa por una especie de periodo de bienestar, o de remisión, antes de una recaída más grave. No acabamos de entenderlo. Todavía hay mucho que no sabemos —admitió el médico.

—No. Todavía hay mucho que USTED no sabe —replicó Alicia—. Esto era diferente. Estaba bien de verdad. No era ningún «periodo de bienestar». Necesito que vaya a buscar a alguien que sepa de lo que está hablando.

—Con todos mis respetos, señora Cooper...

—¡Ahora mismo! Quiero que venga otra persona, ¡alguien que no vaya a dar a mi hija por perdida!

—Señora Coop...

—Mamá —gimió Cam, aunque no lo pretendía—. Deja a ese pobre hombre en paz, ¿quieres? Solo está haciendo su trabajo.

—¿Cam?

—Es hora de que me digas algo bonito. Ya sabes, rollo «además de Perry, eres la mejor hija que podría haber imaginado. Qué suerte haberte conocido. Es un honor haber sido tu madre». Algo así. ¿Es que la unidad de cuidados paliativos no te da una especie de guion por si no sabes qué decir?

—Sí sé qué decir, Campbell.

—Entonces es mejor que lo vayas diciendo, ¿vale? Por tu bien, no por el mío —contestó Cam. Su madre exhaló, dejó caer los brazos a los lados del cuerpo y se acercó a la cama.

—No te imaginas lo profunda que es mi pena, Campbell Maria Cooper. —Alicia se llevó el puño a la boca y apoyó la otra mano en la barandilla de la cama. Respiró hondo antes de continuar—. Cuando no estés, ya nada volverá a ser lo mismo. Para mí, la vida estará apagada, gris y sin vida. Pero hay algo que me ayudará a seguir adelante, Campbell, y eso es mi fe en mi conexión contigo.

En esto. En que este amor loco y enredado que siento por ti es real. Como real es esta taza, o este teléfono. Y no desaparecerá contigo. ¿Lo entiendes? Vayas donde vayas, estarás unida a mí por esto y nunca, jamás, estarás sola, ¿vale? Quiero que lo sepas.

—Vaya, ¿eso estaba en el folleto del hospital? —preguntó Cam mientras se sorbía la nariz.

—No, se me ha ocurrido a mí —contestó Alicia, enjugándose los ojos con un pañuelo.

—Ha estado muy bien.

—Gracias.

—Gracias por todo lo que has hecho. Y por traerme aquí, mamá. —Promise no la había salvado, pero ahora comprendía que había completado su vida más que si hubiese vivido cien vidas en Orlando—. Te quiero.

Cam cerró los ojos y dejó que las lágrimas se deslizaran por sus mejillas y aterrizaran en la almohada. Su madre la besó en la frente y entonces Cam volvió la cabeza a un lado.

—¡Cam!

—No estoy muerta, Nana. Solo estoy descansando.

—Ay, gracias a Dios —dijo su abuela.

Perry la cogió de la mano y le dijo.

—¿Sabes? Me parece que me aconsejaste mal.

—¿Ah, sí?

—Sí. Creo que tendría que intentar ser más como tú, y no menos. —Perry se subió a la cama con ella para que pudiera acariciarle la melena rubia y ondulada con los dedos.

—Qué bonito, Per. Cuida de mamá.

—Lo haré.

Nana estaba a los pies de la cama y le acariciaba las piernas. Dejó caer la cabeza mientras rezaba en silencio, pese a las lágrimas.

—No estés triste, Nana —dijo Cam—. Si te sales con la tuya, mañana desayunaré con Jesús o algo así, ¿no?

—No sé yo si será para el desayuno. Igual el almuerzo. Le gustan mis salchichas con pimientos.

—¿Cómo lo sabes?

—Eso queda entre él y yo —contestó. Hizo la señal de la cruz y añadió—: *Ti amo,* Campbell Maria.

—*Ti amo,* Nana.

Era más de medianoche y todo el mundo se había dormido en las incómodas sillas reclinables que había alrededor de su cama. Al verlos dormir juntos en una de ellas, Cam se alegró de que Izanagi estuviera abrazando a su madre. A última hora se habían acordado de traer a Piolín, que dormía en su pequeño poste en el interior de la jaula, haciendo un ruidito cada vez que exhalaba.

Todo estaba preparado. Era hora de que se marchara, pero Cam sentía que todavía se obligaba a aguantar. Todavía se aferraba a algo.

Aquel verano había aprendido un poco sobre la esperanza, y no pensaba perderla hasta que su último deseo se hiciera realidad. Sabía que él vendría a despedirse. Sabía que habría logrado volver. Y, cuando abrió los ojos, Asher estaba allí.

Llevaba el viejo jersey de punto trenzado de pescador de su padre y la miraba, inclinado sobre la barandilla de la cama. Había estado llorando y tenía los ojos rojos e hinchados.

—¿Eres real? —le preguntó. Llevaba ya varias horas cayendo y saliendo de sus ensoñaciones, así que no podía estar segura de si era él o una cruel aparición confeccionada por las salvajes sustancias químicas de su cerebro moribundo.

—Sí —susurró él.

—Demuéstramelo. Pellízcame, o algo.

—No quiero pellizcarte, Cam.

—Pues bésame de una vez. —Le puso una mano llena de ampollas en la frente y la besó en los labios con suavidad. Tenía los labios y la cara irritados y sabía a mar—. Te quiero —dijo ella. Quería decírselo antes de que se le acabara el tiempo.

—Lo sé —contestó, y fue mejor que si él también se lo dijera. Necesitaba saber que lo sabía.

—La pelea...

—No pasa nada, Cam.

—No estaba intentando mandarte a la tormenta perfecta.

—Fue la tormenta perfecta. Yo intentaba irme y no hacía más que devolverme al puerto. Era como si supiera que tenía que estar aquí contigo.

—¿Asher?

—Dime. —Las lágrimas caían ya sin control por sus mejillas.

—Tenías razón en una cosa.

—Pensaba que tú siempre tenías razón, susurradora de asnos.

—Normalmente sí. Pero tú tenías razón en una cosa.

—¿Cuál?

—Eso de Jimmy Stewart.

—¿Qué bello es vivir?

—Exacto. Sea como sea.

Cam miró por la ventana. Un flamenco rosa anaranjado y alto estaba de pie, solo, en un pedazo de hierba del patio.

—¡Colega! —exclamó alborozada, pero no sabía si lo había pensado o si lo había dicho en voz alta. El patio estaba inundado de una potente luz blanca. Cam sintió que su alma entera estaba colmada de amor. «Vaya, vaya», pensó. Al final, resultaba que la muerte no estaba desprovista de amor.

Sintió que iba a la deriva. Su mirada siguió a Colega, que abrió las alas, las movió dos veces y despegó. Su cuerpo dibujó una Z, con las largas piernas rosas colgando tras él… Y se marchó.

AGRADECIMIENTOS

Este libro os llega sobre los hombros de innumerables amistades. Mi más sincero agradecimiento a todos esos nuevos amigos que me ofrecieron trabajos, compartieron conmigo sus despachos (y sus casas de la playa), se quedaron con mi hija, me trajeron comida y me mandaron su constante y cariñoso apoyo, y a los viejos amigos que creyeron en este trabajo hace ya mucho tiempo, cuando creer parecía absurdo. Soy muy afortunada. Sois mi corazón y mis otros corazones.

Le doy las gracias a Cam, que me mostró su voz con valentía. Gracias a mi hija, Cadence, que hace que el trabajo de madre sea pura y maravillosa diversión. Gracias también a mi madre, por mostrarme el camino. Y gracias a mi marido, que es una joya, y que inspiró estas páginas con su espíritu brillante y divertido. Muchas gracias también a su familia y a la mía, por animarme.

Gracias a la talentosa y poco convencional Alexandra Bullen, por compartir su éxito conmigo aunque no tuviera por qué. Y al «equipo Milagros»: el fabuloso personal de Razorbill por su visión y su comprometido apoyo, y a Josh Bank, Joelle Hobeika y Sara Shandler de Alloy, porque sus brillantes ideas y el calor de su ánimo constante pudieron derretir el bloqueo más persistente de todos.

Y muchas gracias a ti, por leerme.

Namaste.

ESTE LIBRO SE TERMINÓ DE IMPRIMIR
EN EL MES DE SEPTIEMBRE DE 2022.